रांगेय राघव : सम्पूर्ण कहानियाँ–6

गदल

रांगेय राघव : सम्पूर्ण कहानियाँ–6

गदल

रांगेय राघव

अनन्य प्रकाशन

प्रकाशक : ***अनन्य प्रकाशन***
ई-17, पंचशील गार्डन, नवीन शाहदरा
दिल्ली-110032
फोन नं. 011-22825606, 22824606
E-mail : prakashanananya@gmail.com

संस्करण : 2024

आईएसबीएन : 978-81-962022-2-4

मूल्य : ₹ 175

शब्द-संयोजन : कम्प्यूटेक सिस्टम, दिल्ली-110032

मुद्रक : हर्ष प्रिंटर्स, दिल्ली-110094

Rangeya Raghava : SAMPURAN KAHANIYA—6
GADAL

अनुक्रम

जीवन की घृणा

कई दिन बाद आज जब वह घर आया तब भी किसी के चेहरे पर मुस्कराहट दिखायी नहीं दी। सबके चेहरे जैसे खिंचे हुए हैं। तोबड़े की तरह लम्बे। अगर उसे यह आशा होती तो आज शाम को भी वह कभी नहीं आता। पर उसकी कमजोरी है कि वह कभी-कभी इन्हें अपना समझ बैठता है और जब यह विचार उसके दिमाग में घुसता है तब वह छटपटाने लगता है और अनजाने ही उसके कदम इस घर की ओर बढ़ने लगते हैं जैसे वह किसी स्वर्ग की ओर चला जा रहा है, जहाँ सब उसे देखकर खिल उठेंगे। उसका यह स्वप्न सदैव दहलीज पर पाँव रखते ही टूट जाता। घर पहुँचते ही कोई-न-कोई शिकायत आ खड़ी होती है और वह अपने मन को समझाता कि अगर उससे यह भूल न होती तो कभी भी उसे इस रुखाई से व्यवहार में नहीं लाया जाता। मन बहलाने के पच्चीस साधन हैं। बहुत से लोगों की मूर्खता पर जब संसार हँसता है, वे समझते हैं कि बस उनके अतिरिक्त यह सब और किसी से भी कहा गया है।

"आज आये हैं।" बीवी ने अपनी माँ से संक्षिप्त वाक्य कहा जैसे इस तीन शब्दों के जाल में किसी का पूरा व्यक्तित्व, उसके सामाजिक सम्बन्ध, उसका जीवन, व्यवहार, चलन, इतिहास, आकृति, भूगोल और भूत, वर्तमान तथा भविष्य घिरा हुआ है। और क्योंकि प्रायः सब ही आवश्यकता से अधिक रूप से ज्ञात है, किसी को भी अब उसमें दिलचस्पी बाकी नहीं रही है।

सास ने सिर उठाकर देखा और बतौर तकल्लुफ कहा—"आओ बैठो।"

वह फिर भी खड़ा रहा। यह सोचकर कि शायद पास बैठा छोटा साला कुछ कहेगा। पर वह नालायक कुछ देर तक उसकी ओर खामोशी से घूरता रहा और फिर मुस्कराया और फिर उसने आँखें हटाकर अपनी गरदन नीची कर ली। उसकी बीवी ने इस सबको देखा और आँख से इशारा किया कि बैठ जाओ जैसे इससे अधिक तुम्हारे लिए कुछ और नहीं हो सकता। यही क्या कम है?

ससुर भीतर घुसे। उसने उन्हें आदाब बजायी। वे लम्बे आदमी थे। अपनी

दाढ़ी पर हाथ फेरते हुए उन्होंने प्रवेश किया था और अपनी बीवी यानी बीवी की माँ यानी उसकी सास की ओर कुछ मुस्कराते हुए बढ़ रहे थे। तभी सास ने आँख से कुछ इशारा किया और उन्होंने मुड़कर उसकी ओर अब देखा जैसे पहले उन्होंने उसके उठकर खड़े होने और आदाब बजाने को देखा ही न था। वे मुसकराये। कहा, ''अच्छे हो?''

'' जी हाँ, काम है...'' स्वर खरखराया और वह अपनी झेंप में चुप हो रहा। उसका स्वर कमरे के वातावरण में ऐसा लगा जैसे चमकती मेज पर एक खरोंच लग गयी हो, जैसे सफेद कागज पर बेहूदी लकीर खिंच गयी हो। सम्भाव्य था कि यह स्वर शान्त पानी में पत्थर गिरने पर फैलते हुए भँवरों की तरह बढ़ता जाता, पर बीच में ही ससुर साहब के बादशाह जार्ज के-से फूटते शब्दों में डूब गया। अब वे भूल गये कि वह वहाँ उपस्थित था। अपनी पानदाननुमा बीवी से वह कुछ घरेलू बातें करते रहे कि उनके समधी का खत आया है। वे लड़की भेजने से आनाकानी कर रहे हैं। उनका कहना है कि उनकी लड़की अपने खाविन्द के साथ अलग रहे तो कहीं अच्छा हो। यह सच है कि लड़की के खाविन्द के पास पैसों की कमी नहीं; पर अच्छा यही है कि घर छोटे हों, उनमें एक-दूसरे की कम फिक्र करनी पड़े।

यह कहकर ससुर साहब ने एक खत अपनी बीबी के सामने फेंक दिया और अपनी बेटी और दामाद की ओर देखा। अपनी ओर ससुर साहब को घूरते हुए देखकर उसे अत्यन्त बेचैनी-सी हुई जैसे टिड्डी चिराग के पास उड़ता हुआ दिख रहा था। क्या ठीक वह कब आकर आँख से टकरा जाय।

वह इसी उधेड़बुन में था कि उसकी सास ने तड़पकर कहा—''लड़की रखें अपने घर। हमें कोई फिक्र नहीं। लड़का अपना हीरा बना रहे। हम उसके लिए दूसरी लौंडी ले आयेंगे। लड़का कोई आसमान से टपककर नहीं मिल जाता। बड़ी मशक्कत से उसके माँ-बाप इस दिन के लिए तैयार नहीं करते।''

''लेकिन सोचो तो जरा नसीम की माँ,'' जईफ बादशाह जार्ज की सूरत के उस जूते के व्यापारी ने कहा—''यह जरा सोचने की बात है। ऐसी नहीं कि खल्लर में डाली और कूट दी कि रस निकलना तो कुदरती काम है, वह तो निकलकर रहेगा।'' और उन्होंने मुड़कर अपनी बेटी से कहा—''नसीम!''

''जी अब्बा,'' उनकी लड़की ने कहा। वह अपने बाप की ही सूरत पर गयी थी। लिहाजा, उसे सब अच्छी किस्मतवाली समझते थे। अम्मी की कुछ आदतें उसमें पूरी-की-पूरी उतर आयी थीं। दिमाग में नवाबी थी। फर्क था कि वह अधेड़ न थी, अभी अल्हड़ जवान थी। लेकिन हुकूमत का माद्दा उसमें इतना था कि क्या कहना। माँ की हुकूमत तो कुछ नौकरों, कुछ खाविन्द और कुछ लड़कों, लड़कियों और बहुओं पर बँट गयी थी, पर उसके पास कोई न था। अतः आज आने वाला यह व्यक्ति

देखकर उसे कुछ-कुछ रूहानी खुशी हुई। आखिर वह उसका आदमी था। दुनिया में अनेक आदमी हैं, मगर आदमी के नाम उसे यही माँस और हड्डी का नालायक ढेर मयस्सर हुआ है। उसने अब्बा की ओर देखा।

माँ समझ गयी थी। उसने कहा—''तुम जरा दूसरे कमरे में जाकर बैठो।'' नसीम समझी। कुछ खास बातें करनी हैं जो उसके पति के सामने नहीं की जा सकतीं। अभी तक वह बेपर्दा थी। लेकिन अब वह जब कमरे से चलने लगी उसने सिर ढँककर ओढ़नी मुँह पर खींच ली और अपने पति की ओर बढ़ती हुई दरवाजे की ओर चली। मन मारकर गुलाम की तरह वह उठा और उसके पीछे-पीछे चल पड़ा।

अम्मी और अब्बा में अपनी खास बातें होने लगीं। साधारण मध्यवर्ग के लोग थे। मगर खानदान में नवाबी किस्सों के ढेर थे। और उनसे अगर किसी को चिढ़ थी तो इस दामाद को। वह कभी भी नवाबी हवा में नहीं पला था। शरीर पर खद्दर का कुरता और चुस्त पायजामा पहनता, बाल रूखे रहते, पाँवों में धूल भरी चप्पल। और उसके पास पैसा न था, न है, और शायद अब होगा भी क्या?

नसीम ने बगल के कमरे में पहुँचते ही अपना पर्दा हटा दिया और उसका हाथ पकड़कर उसे पलँग पर बिठाकर हँसी, फिर उसने कहा—''हुजूर! इतने दिन तक कहाँ रहे?''

यह तो एक स्वयंसिद्ध सत्य था। उसका पति अपने घरवालों से लड़ चुका है, और क्योंकि ज्यादा पढ़ा-लिखा नहीं, ज्यादा कमा नहीं सकता और चूँकि यह उर्दू की शायरी का दम भरता है और थोड़ा-बहुत आत्मसम्मान भी रखता है, यानी खब्ती भी है वह घर जमाई बनने को भी तैयार नहीं है, अब वह सिवाय इसके कि आज इस दोस्त के घर, कल उस दोस्त के घर, और कर भी क्या सकता है? वह सास की हुकूमत नहीं सह सकता। ससुर को व्यापारी बुद्धि ने उससे बचपन में नसीम का ब्याह करके पहली बार नुकसान उठाया है। सालियाँ, सलहजें सब उस पर हँसती हैं। वह आया कि सबके चेहरों पर व्यंग छा गया। वह सब कुछ देखती, सुनती, पर वह खुद का ऐसा था जिस पर वह नाज करती? तभी उसे माँ के हुक्म बजाने पड़ते हैं और घरवालों से मिला रहना पड़ता है। वह उसके बाप के घर कभी नहीं जायेगी। वहाँ उससे बहुत काम लिया जाता है। घर की मालकिन बनाकर रखो, सौ बार चलेगी। बाँदी ही अगर रहना है तो अपने माँ-बाप की ही क्यों न बनी रहे?

बीबी के इस सवाल का कुछ भी जवाब न दे सकने के कारण उसे कुछ खिझलाहट हुई। उसने धीरे से कहा—"उस सबको जाने दो। तुम्हें देखने की ख्वाहिश हुई थी, तभी चला आया।''

पत्नी ने उसके दुःख को समझा। अभी आयी, कहकर वह चली गयी। जब लौटी तो हाथ में खाने का सामान था। दस्तरखान पर रोटियाँ रख दीं और सामने

बैठ गयी। उसके चेहरे पर प्रसन्नता थी।

"आओ न?" उसने कहा—"मुझसे भी नाराज हो?"

पत्नी की आँखें चमक रही थीं। वह उसको मोहित-सा देखता हुआ खाता रहा। फिर कहा—"पहली बार तुमने कहा था, यह सब क्या हुआ?"

पहली बार। पत्नी ने कहा था कि पति ही सब कुछ है। वह उसके साथ भूखी-प्यासी भी रह लेगी पर भाभियों की फटकार अब उससे नहीं सही जाती। दुनिया में क्या गरीब आदमी अपनी बीबियों को नहीं रखते? ताँगे में पर्दा बाँधकर न गयी, लम्बा बुर्का ओढ़कर पैदल चला करेगी। कुछ हो अपना घर होगा, तुम होगे, मैं होऊँगी। और शायद अब वह माँ बनने वाली थी। अगली बार आओ तो मैं जरूर चलूँगी। बस जरा जल्दी करूँगा तो अम्मी कहेंगी कि मैं न कहती थी ब्याही बेटी असल में बिल्ली होती है। मतलब पूरा हुआ आँखें फेर लीं। अब मेरे लिए उन्होंने इतना किया है तो क्या और कुछ दिन मुझे उनकी खिदमत नहीं करनी चाहिए? उनसे इजाजत ले लूँ।

जब उसने यह सुना था, उसे जीवन में पहली बार अनुभव हुआ था कि वह पुरुष था, वह मनुष्य था। उसके बाद वे कुछ समय तक पति-पत्नी के रूप में अपने-अपने विचारों को प्रकट करते रहे। एक क्षण उसे अनुभव हुआ था कि वह पत्नी के जीवन में बहुत थोड़े अंश में आवश्यक है, अन्यथा कभी उसे उसकी जरूरत नहीं। पर उसने अपने को ऐसे विचारों के कारण कमीना समझा और अपने दुःख-दर्द, मानापमान को भूल जाना चाहा।

पहली बार का यह प्रश्न सुनकर पत्नी जरा भी नहीं घबरायी। उसने कहा—"अभी तो इजाजत लेने का मौका ही न मिला। मेरा गलत ख्याल था।" अर्थात् वह गर्भवती नहीं थी। तभी शायद बीवी ने कोई तैयारी नहीं की। सोचते हुए खाता रहा। खाना अच्छा नहीं लग रहा था, क्योंकि बात अधूरी रह गयी थी, पर अच्छा भी लग रहा था क्योंकि वह औरत सामने बैठी साथ खा रही थी जिसे वह अपनी बीवी समझता है, जिसकी समाज और धर्म ने आज्ञा दी है कि वह उसके साथ खा सकती है चाहे वह तिरस्कृत है, और वह माँ की लाड़ली ही है। कभी वह उसे मुसकराकर देखती और फिर गरदन नीची करके शर्माती।

जब खाना हो चुका पत्नी ने कहा—"आराम कर लो।"

जूठे बर्तन लेकर भीतर चली गयी। और वह पड़ा-पड़ा सोचता रहा। घर किराये पर मिल गया है। मकानदार ने घर को जबर्दस्ती सरकारी कानून के मुताबिक लिया जाता देखकर बिजली जरूर कटवा दी है। नसीम क्या कहेगी जब मैं उसे घर में ले जाकर खड़ा करूँगा। शुरू में तो बेचारी को कुछ तकलीफ होगी, पर सब के पास तो खाना-पीना भी मुश्किल से जुटता है। उसे अपने बूढ़े माँ-बाप की याद आयी।

तभी बीवी ने प्रवेश किया और कहा—"अरे सोये नहीं? दरवाजा तो बन्द कर लिया होता। इतनी हवा में क्या खाक नींद आयेगी?" हवा ऐसी तेज नहीं थी, पर वह हवा को स्वयं महसूस करने लगा।

दरवाजा उसने निर्भीकता से बन्द कर दिया और चटखनी भी चढ़ा दी, जैसे वह भी हवा रोकने का इन्तजाम था। वह मुस्कराया। बीवी बिस्तर पर आकर बैठ गयी और कह उठी—"यह नहीं कि तुम्हें कभी मेरी याद भी आती हो। बड़े बेरहम हो। सारी सहेलियाँ मुझ पर ताने कसती हैं। तुझमें कुछ खराबी जरूर होगी...।"

फिर गिले-शिकवे शुरू हुए। उसे सुन-सुनकर मजा आता रहा। कुछ भी हो यह प्राणी उससे बँधा हुआ है। कुछ भी हो, इसे तो आज नहीं, कल झुकना पड़ेगा। माँ-बाप कब तक जियेंगे। भाभियाँ तो फाड़कर खा जायेंगी। उसे न अपने माँ-बाप का खयाल आया, न उसके बाप-माँ का। केवल आँखों में बीवी की ही तस्वीर थी। और कमरे के धुँधलके में बेहोशी की एक हल्की सिहरन अब व्याप्त हो चली। उसने उसे हाथ पकड़ कर सुला लिया और कहा—"तुम सच बड़ी बेरहम हो।"

सड़क कुह गयी। अब जैसे इस राह पर सब तरह के भावों को आने-जाने का निमन्त्रण मिल गया। फिर वे सोने का उपक्रम करने लगे। पर जागते रहे।

सुबह जब आँख खुली वह "हाय अल्ला इतनी देर हो गयी, कोई सुनेगा तो हँसेगा," कहकर कमरे से चली गयी। वह उठा। अब कपड़े पहन हाथ-मुँह धोकर बैठा, उसका छोटा साला उसे उसी नजर से घूरते हुए सामने से निकल गया। ससुर भी गये, पर उन्होंने भी उसे नहीं देखा। वह बैठा रहा। अन्त में बीवी चाय की प्याली में चाय भरकर लायी और सामने रखकर बोली—"पी लो।"

जब वह चाय पीने लगा वह धीरे-धीरे कहने लगी—"अम्मी भाभी से बहुत खफा हैं। वे कभी नहीं झुकेंगी। भइया दूसरी शादी करेंगे तो भाभी की जिन्दगी तबाह हो जायेगी। इसलिये अच्छा हो दोनों घर से अलग हो जायें। फिर तुम भी यहीं आ जाना। कोई दिक्कत नहीं रहेगी...।"

वह हक्का-बक्का-सा देखता रहा। पत्नी खाली प्याली उठाकर चलती हुई कह गयी—"ध्यान रखना। राज की बात है, किसी को जाहिर न कर देना। तुम भोले आदमी हो। भली? मैंने तुम्हें बता दी है।"

वह चली गयी। कुछ देर तक बैठा रहा। फिर चलते वक्त उसने प्रतिज्ञा की कि अब वह इस जलील मतलबी लड़की के पास कभी नहीं आयेगा। पर यही प्रतिज्ञा उसने दस दिन पहले की थी और जाने कितनी बार उसे अपने-आप तोड़ चुका था।

('51 से पूर्व)

रेडियो की दुकान

संगीत की तान उठती हुई झूम रही थी, जैसे उस स जी हुई दुकान में एक करुण वातावरण छा रहा था। लेकिन लोगों के चेहरों पर उस संगीत की आत्मा का कोई प्रभाव नहीं दिखायी दे रहा था। सब जैसे अपने-अपने में मग्न थे।

दुकान में एक सिक्ख बैठा था। वह कोई बड़ा अफसर था। उसके फौ जी कपड़ों में कर्रा कलफ था। वह गोरा आदमी था। उसकी दाढ़ी, उसका डील-डौल—सब कुछ में एक बनावटीपन था।

उसके साथ उसकी गोरी-गोरी पत्नी थी, जो निहायत नाजुक थी और अपने बालों के बेहतरीन नुमाइशी छल्ले सामने की तरफ उठाये हुए थे। उसके सुन्दर रूप में लावण्य नहीं था, क्योंकि हर तरफ उपेक्षा से देखती हुई यह अपनी भौं तान लेती और कभी-कभी जब मुस्कराती, तब लगता यह कोई अहसान कर रही हो। उसके होंठों पर इस कदर लाली थी, जैसे कोई चुकन्दर काटकर रख दिया गया हो।

दुकानदार कश्मीरी था श्यामनाथ दर। होगा करीब तैंतीस-चौंतीस साल का गठीला आदमी जो भकाभक कमीज और पतलून पहने था। उसके हाथों पर घने बाल थे और उनमें से एक पर प्लैटिनम की चमकदार जंजीर में सफेद चमचमाती घड़ी बँधी थी। वह अपनी घनी भौहें उठाकर मुस्कराता।

उसने कहा, "यह सेट ले जाइये। इसके वाल्ज बहुत अच्छे हैं। मैं आपको—'' और उसकी नजर घूम गयी, ''इससे भी अच्छी चीज दिखा सकता हूँ।''

चुस्त रेशमी कपड़ों से ढँकी स्त्री हँसी, बहुत अच्छी लगी; पर वह हँसी बनावटी थी। तभी रेडियो पर खबरें आने लगीं। जहाँ पहले 'आदाब अर्ज' होती थी वहाँ अब 'जयहिन्द' से काम शुरू हुआ? सिक्ख अफसर कुछ सोचने लगा। स्त्री अब भी मुस्करा रही थी और दर उसको छिपी आँखों से देख रहा था।

सब खामोश होकर रेडियो सुनने लगे। खबरें अब विस्तार से सुनाई जा रही थीं।

''अच्छा'', सिक्ख ने लम्बा कदम आगे बढ़ाकर कहा—''मैं फिर आऊँगा।''

और वे चले गये। दर निराशा से मुस्कराया। वह उसको तब तक देखता रहा,

जब तक वह दिखायी देती रही।

तभी शुक्ला ने प्रवेश करते हुए कहा, ''जनाब के मिजाज तो अच्छे हैं? अब तो बड़े-बड़े जायकेदार ग्राहक आने लगे...!''

''चुप रहो, बको मत!'' गुप्ता चिल्लाया, जो अन्दर की कुर्सी पर टाँगें ऊपर रखे रेडियो की खबरें सुन रहा था।

सड़क पर सात-आठ मोटरें अपना भोंपू बजाती हुई गुजर रही थीं। शुक्ला ने सिर हिलाकर कहा—"अरे मियाँ, सुन रहे हो?''

उसकी बात सुनकर दर चौंक उठा। वह अपने दिमाग में इस वक्त कल्पना कर रहा था—रेडियो बिकेगा। फिर वह उनके घर आने-जाने लगेगा। औरत तो मुश्किल नहीं। ये औरतें उसको नजर में ढीली औरतें थीं। लेकिन दर के सामने वह हट्टा-कट्टा सूँस सिक्ख आ खड़ा हुआ। वह उसकी पिस्तौल की नली घूर रहा था कि शुक्ला ने उसके विचारों को तोड़ दिया। उसने इशारे से शुक्ला को चुप रहने को कहा।

जब खबरें खत्म हो गयीं, गुप्ता ने लम्बी साँस लेकर कहा—''अब क्या किया जाये? उपर फिलस्तीन, इधर अमरीका और रूस, चीन की लड़ाई, हैदराबाद की अकड़, कश्मीर की लड़ाई—और भी जाने कितनी परेशानियाँ हैं। महँगाई भी वही है। सरकार खुद परेशान है कि ब्लैक-मार्केट दबाये नहीं दबता। जिसे देखो, पैसे के लिए कुत्ता बना बैठा है।''

''बड़ी खुशी की बात है,'' शुक्ला ने ताना मारते हुए कहा, ''अब आपको क्या मिल गया?''

सवाल बड़ा बेतुका था। मिलने को क्या था? कुछ नहीं। आदमी का काम है दुनिया की हलचलों को समझना, हर चीज की जानकारी रखना।

''आपकी कोई राय लेता है?'' शुक्ला ने फिर पूछा।

सदर की चौड़ी सड़क पर उस समय शाम का अँधियाला होने लगा था। सड़क की बिजलियाँ जलने लगी थीं। सब कुछ साफ-सुथरा था। काली सड़क अपना चौड़ा वक्षस्थल फैलाये पड़ी थी। सड़क पर अब अनेक लोग चल रहे थे और सबके कपड़े अत्यन्त सुन्दर थे।

एक पंजाबिन को देखकर शुक्ला ने डटकर अँगड़ाई ली और कहा, ''कौन कहेगा यह शरणार्थी है? इसके रेशमी सैटिन के चमकदार कपड़े और कहाँ हमारे...।''

उसने निराशा से सिर हिला, अपनी अमरीकी ढंग से कटी मूँछों की जगह को हिलाया, फिर उसने अपनी नाक सिकोड़ ली और दोनों हाथ फैला दिये, मानो अब शब्द नहीं रहे—क्या कहे, क्या न कहे...।

सामने से फौजी गुजर रहे थे। इस समय वे शाम को टहलने के लिए निकले थे। ऊँचे-बड़े सभी किस्म के अफसर थे। आदमी कितना भी मजबूत हो, कठोर हो,

वह पानी के नल की तरह होता है; पर फौज में पहुँचने पर उस पर खाकी रेत के दो-चार रन्दे लगे नहीं कि फिर उसमें राइफल की नली जैसा सुताव और चमक आ जाता है, वह ज्यादा खतरनाक दिखायी देता है। हाँ, तो उन फौजियों की चाल में मस्ती थी। वे अपने को आजाद महसूस करते थे, क्योंकि दो-चार अँग्रेज जब मिलते, तब बराबरी से, बड़प्पन से नहीं।

गुप्ता को यह सब पसन्द नहीं आया। उसने अपने गाँव की नाइन का जिक्र छेड़ दिया। जमींदार आदमी था। उसके पास ऐसे झूठे-सच्चे किस्सों की भरमार थी। अपने में मस्त रहता था। अक्सर किताबों में जो पढ़ता, उसमें अपने-आपको रखकर कहानी सुना देता। अब की बार एक नया किस्सा शुरू हुआ था। तथ्य और तत्त्व इस सात सौ पैंसठवें किस्से का भी वही था, जो आज तक सब सुन चुके थे।

''क्या हुआ? क्या हुआ? शुक्ला पूछ बैठा। उसको गम था कि वह शहरों की छोटी-बड़ी जिन्दगी देख चुका है, लेकिन गाँवों के बारे में उसे कुछ भी ज्ञान नहीं है—और हिन्दुस्तान की सारी जिन्दगी गाँवों में ही है। लेकिन अभी तक उसके 'जिन्दगी' शब्द का अर्थ 'स्त्री' था, क्योंकि वह कुछ और अपनी बात के लायक ही न समझता था। अब वह किस्सा सुनने लगा। गुप्ता अब चमक रहे थे। पतली कमर शेर की-सी थी, लेकिन सीना उसका अपना था, उसमें कोई शेरपन नहीं था। गोरे आदमी थे। कभी जब मसूरी गये थे, दिन में दो बार हजामत बनाते थे, इससे मूँछों की चौड़ी जगह तथा कहीं-कहीं उगी दाढ़ी की जगह काली पड़ गयी थी, और चूँकि वे गोरे थे, इसलिये जैसे उनके गोरेपन ने उनकी बाकी बद-शक्लियत को छिपा लिया था। यह कालापन भी हल्का-सलेटी-सा दिखायी देता था। बहरकैफ, काफी दूर से देखने पर वे सुन्दर लगते थे और इसी से उजाले में करीब आने के दुश्मन थे।

बात बढ़ती जा रही थी। सुनने वाले ऊब चले थे। पर वह अपना मलमल का कुर्ता, जिसके भीतर से चमकती जालीदार बनियान, सफेद ढीला लट्ठे का पाजामा पहने बैठा था। उसकी बला से, क्या कुछ हो, बस हाथ की घड़ी चलती रहे। इससे बढ़कर कुछ नहीं चाहिए, क्योंकि जिन्दगी चली जा रही है, चली जा रही है, बस ठीक है...।

उसकी बात ऐसी थी जैसे बच्चे के हाथ में पेन्सिल पड़ गयी हो और पहले तो उसे घुमा-फिराकर देखा; फिर कागज पर लकीरें खींचना शुरू किया, तो गोले बने, और एक के भीतर एक, एक को काटकर दूसरा...परिणाम में कोई चित्र नहीं बना, बस काँटा-फाँटा, उलझन। या नाई का लड़का अब किसी दूसरे की हजामत बना रहा था। अभी उसका हाथ सधा नहीं था और दूसरे आदमी की खाल जगह-जगह से कट रही थी, जैसे उस्तरे और हाथ का कसूर नहीं, वह तो खाल ही बतख की तरह पतली है, जिसके भीतर कोई तनाव नहीं, मरियल फुसफुसी...

आखिर तंग आकर शुक्ला ने कहा, ''नहीं सुनेंगे। कोई किस्सा है। हम समझे कि खत्म होने वाला है, पर वह है कि 'खैर साहब' कहकर बढ़ रहे हैं, और किस्सा नतीजे में अभी शुरू ही नहीं हुआ। मेरा रूमाल साफ था। क्यों साफ था? वो धोबी ने...धोया था... क्योंकि रूमाल सूती है, भट्टी पर चढ़ सकता है, हिश! यह कोई गाँव है। ठीक से बात करो। देहाती! दहकानी...!''

मुँह फाड़े गुप्ता देख रहा था। दर अब हँसा, जिससे नवाबी जिस्मवाला गुप्ता खिसिया गया। उसने कहा, ''तुम सुनोगे, सौ दफा सुनोगे। कोई बात है? ऐसा लुल्फन्दाज ऐसा तीर-सा चुभने वाला किस्सा है कि तुम सुनकर कह उठोगे...''

किन्तु उसकी बात रुक गयी।

''अक्खा' करके दर उठा; पर गुप्ता फिर अब शुक्ला का कन्धा पकड़कर किस्से की जगह अपनी नाइन की खूबसूरती की तारीफ करने लगे। शुक्ला ऐसे ताज्जुब से देख रहे थे जैसे उन्हें सोने का अंडा देने वाली मुर्गी मिल गयी थी जिस पर विश्वास करना कठिन था।

सामने मिस्टर करमरकर खड़े थे। पतले-दुबले आदमी थे। काले-काले से, पर चेहरे पर किरमिच के जूते की-सी चमक थी—यानी कि वे क्रीम और स्नो का प्रयोग करते थे। अभी तक अँग्रेजी बोलने के शौकीन थे। वे चश्मे में से मुस्कराये और जान-बूझकर कुछ उन्होंने गलत हिन्दी में कहा, क्योंकि वे अभी तक अपने को ठीक नहीं कर सके थे। वे टेकनिकल इंजीनियर थे और किसी कच्चे-मच्चे नहीं, फौलादी ब्लैक मार्केट करने वाले मिल-मालिक के यहाँ इंजीनियर के पद पर नियुक्त थे।

गुप्ता ने देखा तो बात बन्द की, जैसे रेडियो बन्द कर दिया, या पहले वह कोई किताब पढ़ रहा था, जिसके पन्ने हवा से उड़ गये।

उँगलियाँ चटकाते हुए दर ने कहा—''वाह, क्या कहने हैं, करमरकर साहब आये हैं! मिस्त्री!''

मिस्त्री भीतर से निकलकर आया। उसके हाथ में अब भी कोई औजार था। शायद वह बीड़ी पी रहा था; आवाज सुनकर फौरन उसे उठा लाया कि काम में लगा था, जैसे बड़े भाई के आवाज देने पर छोटा भाई झट मुँह में रोटी रखकर भरे मुँह से कह उठता है—'आया भाई साहब, खाना खा रहा हूँ।' मतलब यह कि खुद काम कर लो। मिस्त्री और करमरकर भीतर चले गये।

वे सब हँसे। करमरकर अपने-आपको जोश में कभी-कभी 'कारमेकर' कह जाते, यानी मोटर बनाने वाला और जब सब उन पर प्रसन्न होते, वे कल्पना में अपने को फोर्ड जैसे अमरीकी करोड़पतियों की गणना में देखने लगते।

गुप्ता गीत सुनने लगा।

अब रात होने लगी थी। सड़क पर अँधेरा हवा के झोंकों पर बहने लगा था—वे

झोंके जो स्त्रियों के शरीर, केश में लगे चूर्ण और द्रव्यों की गन्ध से भारी हो गये थे, जो पुरुषों के भारी जूतों की पगध्वनि सुनकर ऊपर-ही-ऊपर काँपते और भागती मोटरों से छितर-छितरकर फिर किनारों पर फैल जाते।

पड़ोस के जीने पर कुछ खिलखिलाहट की आवाज आयी। गुप्ता ने शुक्ला का पाँव दाबा, यानी सुनो। तीनों जानते थे। तभी करमरकर लौट आये। दर ने कुछ पूछा, जिसके जवाब में एक अस्फुट ध्वनि 'ट्' जैसे मुँह से निकली। वह उनका महाराष्ट्री नकार था। फिर 'हाँ' करने में दोनों तरफ सिर हिलाया, जैसे लेफ्ट, राइट...

'अबे, अब हिन्दुस्तान आजाद हो गया है,' शुक्ला ने कहा। उसका मतलब करमरकर से नहीं था, बल्कि उस खिलखिलाहट के प्रति इशारा था। वह एक पुरानी जानी-पहचानी जगह थी। वहाँ ऐंग्लोइंडियन लड़कियाँ रहती थीं, पेशेवर...।

तभी मिस्त्री ने बीच का पर्दा हटा दिया। अंदर अनेक रेडियो रखे थे; इनकी टेक्नीशियन लोग मरम्मतें कर रहे थे। बहुत बड़ी दुकान थी। करमरकर ने जो भीतर राय दी थी, उसी के विषय में दर से बातचीत हो रही थी। दोस्त थे, कभी-कभी राय देते थे। बाहर से दिखायी दिया।

टेक्नीशियन कादरी भीतर बैठा पुर्जों से दिमाग लड़ा रहा था। वह काला था—चिकना काला था। उसकी खाल ऐसी लगती थी, जैसे यह सारी कलौंच एक शीशे के पीछे हिल रही हो। इस समय किसी रेडियो के अंजर-पंजर ढीले किये उस पर जुट रहा था। करमरकर चले गये थे। कादरी ने थककर अपनी नीली पतलून से हाथ पोंछे और कुहनियों के ऊपर लिपटी चढ़ी कमीज की आस्तीन से माथा। उसके दाँत चमकने लगे, उसने बढ़कर पर्दा गिरा दिया, पर असलियत यह थी कि बीड़ी पीने में दिक्कत हो रही थी।

गुप्ता बोले—''यही हरामखोरी किसानों में आ गयी है। जमाना है।''

वे 'यही' का अर्थ समझे। दर ने धीरे से कहा—''देखा, कितना चालाक है? वैसे इसने जाहिर किया है कि दुकान का 'शो' खराब हो रहा है, और मैं कुछ कह भी नहीं सकता। आजादी क्या मिली, हर राह चलता बराबर हो गया और नहीं हुआ तो होना चाहता है। जिसे देखो अखबार पढ़ता है।''

बाहर पल्लेदार आ बैठे थे। एक कह रहा था, 'सैंया भये कोतवाल अब डर काहे का। दारोगा जी तो बस ओलम टीटी, घर में जाय गधैया पीटी...।'

उसके शिकवे लम्बे थे।

शर्मा थका-माँदा भीतर घुसा। उसने आते ही अपनी बात छेड़ दी। वह परेशान था—''कचहरी में फँस गया था। एक कारखाना खोलना चाहता था। एक बुड्ढे माली की थोड़ी-सी जमीन थी; साला देने से इनकार करता है। देशी आदमी कभी काम के लिए कुर्बानी नहीं दे सकता। कहता है, खाऊँगा क्या? मैंने भी एक ही चाल

चली है। दारोगा को मिलाकर पकड़ा दिया उसे। वह हैं न लाला खुशखतराय, बस लीडर आदमी हैं। उनकी सिफारिश है। दुनिया चिल्ला रही है, पैदावार बढ़ाओ; पर यह लोग सुनते हैं? लेकिन एक चोट हो गयी।"

"क्या हुआ?" गुप्ता ने कहा—"अब वह जमाने नहीं रहे, बड़े भाई; वर्ना मजाल थी।"

"हाँ, क्या हुआ?"

"यार," शर्मा ने अपनी रेशमी अचकन की जेब में से रूमाल निकालते हुए कहा, "खुशखतराय साला तीन हजार रुपया खा गया। नेता आदमी है, भाई। तपस्या का फल पा रहा है। अमां, हम तो डरते हैं, उसने मजदूरों पर अपने कारखाने में लाठी चलवा दी। समझे? जेल जाता था, जनाब...!"

शर्मा बहुत कुछ कहना चाहता था।

"कसम से?" शुक्ला चिल्लाया, "वाह मेरी सरकार! धीरे-धीरे सब हो जायेगा।" और वह गुनगुनाने लगा—"साजन का थाना बलम धीरे बोल, कोई सुन लेगा।" फिर हँसा कह उठा, "प्यारेलाल, पूत के पाँव पालने में दिखायी देते हैं...।"

वह कहते-कहते रुक गया। सड़क पर सिपाही खड़ा था, पूत का पाँव दिखायी दे रहा था...

गुप्ता भी मुस्कराया। कहा, "बस?"

लेकिन दर उसी वक्त किसी अफसर की बड़ी मोटी रकम की गाड़ी देख रहा था, जो चमक रही थी।

"बेहतरीन।" दर ने कहा, "वाह क्या चीज है!"

तभी अफसर की बजाय सिर पर भकाभक गाँधी टोपी लगाये एक सेठ उतरे, अकड़ते हुए गम्भीर। टोपी को देखकर सब चौंके और चुप हो गये, जैसे सिर पर मशीनगन रखी थी।

जब वे सामने के अँग्रेजी ढंग के रेस्तरां में घुस गये, तब यहाँ फिर काँग्रेस का जिक्र होने लगा। शर्मा सुनाने लगा, "कचहरी में अब 'जय हिन्द' का इस्तेमाल होता है। पहले 'आदाब अर्ज' होती थी, अब 'जय हिन्द' कहकर रिश्वत ली जाती है। तुम्हारा भाई छूट गया। क्यों गुप्ता? आर. एस. एस. के बहुत से लोगों की काँग्रेसी सिफारिश कर रहे हैं, किसी से करवा लो। क्या मुश्किल है?"

फिर बहस छिड़ गयी। अब आन्दोलन क्यों होते हैं? गरीब अब भी गरीब हैं।

"जनाब," शुक्ला ने काटकर कहा, "हाथी बहुत बड़ा जानवर होता है पर उसको चलाने के लिए छोटा-सा अंकुश काफी होता है। ऊँट उससे छोटा है, उसके लिए नकेल काफी होती है। घोड़ा और छोटा होता है, तो उसके मुँह में लोहा अड़ा

देते हैं; पर कुत्ता सबसे छोटा होता है। लोहे की जंजीर उसके गले में बाँधी जाती है। क्यों? जितना छोटा हो, उसे उतना ही दबाओ। यही जमाने की रीति है। बड़ी दुकानों में कभी सौदा होता है? फलवाले से, ताँगेवाले से हमेशा बहस होती है। वे लोग हमेशा मुँह फाड़ते हैं। सफेद कपड़े देखे और चाहते हैं, बस, निगल जायें। मजदूर, मजदूर...''

''लेकिन अब कोई खतरा नहीं। अपना राज है,'' शर्मा ने कहा—''सालों को कुचल कर धर देंगे, चटनी करके धर देंगे...।''

पर यह कहते-कहते वह हिचका, कुछ डरा, जैसे उसे स्वयं विश्वास नहीं हुआ।

सब लोग हँसने लगे। गुप्ता ने कहा, ''देखा, इस पूँजीवाले को? और लोग कहते हैं कि जमींदार बुरे हैं। कभी गाँव गये हो? कोई सुनता है हमारी? सरकार लगान नहीं लेगी? अरे, हम वैसे ही पिसे जा रहे हैं। वह प्रेमचन्द की झूठें पढ़ लीं और कहने लगे जमींदारी मिटा दो...''

''वह तो ठीक है,'' शर्मा ने कहा, ''मगर देश को इस वक्त पैदावार की जरूरत है, ऐसे कि हिन्दुस्तान खुद सब माल बनाने लगे...''

''तो क्या जरूरी है कि,'' गुप्ता ने कहा, ''आपका रोजा तोड़ने के लिए बकरी की माँ कुर्बान की जाये?''

''यार हम तो दर से कह चुके है,'' शुक्ला ने कहा, ''किसी सिन्धी को दुकान बेच और ठाठ से कोई नया काम शुरू कर। वह देखो, एक-एक कर सब मुँह माँगे मोल पा रहे हैं। इन शरणार्थी सिन्धियों के पास बाप रे, कितना रुपया है। पगड़ी दे-देकर दुकान खरीदते हैं। अपनी तो यार किसी ऐसी से शादी हो जाती, जो मजे से खिलाती-पिलाती, पालती...तब मजा आता...''

सब उठाकर हँसे।

''एक बात है,'' शुक्ला ने फिर कहा, ''ये शरणार्थी हैं अँग्रेज। यहाँ भी कुछ दिन में 'अनारकली' हो जायेगा।''

''छोड़ो भी शुक्ला,'' शर्मा ने कहा—''बेचारे मुसीबतजदा हैं। कुछ दुनिया को आँख खोलकर देखो।''

इसके बाद हर तरह की बातें होने लगीं, जिनमें मनुष्य की अतृप्ति, वेदना और अपने भीतर हाहाकार का दाह, सब टुकड़े होकर बाहर बिखरने लगा, जो दूसरों को जलाना चाहती थीं, किन्तु उनका कोई आधार न था। वे स्वार्थ की कठिन झाड़ियों में उलझे ईमान के वस्त्र थे, जो कदम-कदम पर फटते थे और हर जगह वही बे-हिसाब दिली गुरबत और बेइत्मीनानी थी कि उनको लगा, वे सब व्यर्थ हैं।

और अन्त में पैसा बोलने लगा।

सब चले गये थे। दुकान में बस रेडियो बजने की आवाज आ रही थी। कोई

विलायती आर्केस्ट्रा बज रहा था, जिसमें करुण ध्वनि नहीं, जीवन की धड़कन थी, जो यौवन की शिराओं में वासना का उद्रेक करती है। दर सुनता रहा। उसने एक सिगरेट सुलगायी। दुकान के भीतर से मिस्त्री चले गये हैं। वह अकेला है। रात का पहला 'शो' खत्म हो चुका है। अभी-अभी भीड़ गुजर गयी है। यह हिस्सा हिन्दुस्तान में घुसी विलायत की लाश है, जो अभी तक इस पुराने मकान में सड़ रही है, गल रही है...

दर चौंक उठा। उसने देखा, द्वार पर एक आकृति दिखायी दी। और एक एंग्लो-इंडियन लड़की लड़खड़ाती-सी आकर कुर्सी पर बैठ गयी। वह सुन्दर थी, युवती थी। वह शराब पिये हुई थी। उसकी आँखों में अब गुलाबी छा गयी थी। कभी-कभी उसके होंठों के कोने अपने-आप मुड़ जाते थे।

लड़की बकने लगी। उसकी आवाज सुस्थिर नहीं थी। स्पष्ट ही वह नशे में थी। वह आज का किस्सा सुना रही थी। वह दफ्तर में कहीं टाइपिस्ट है और सिनेमा से आ रही है। यह शराब नहीं पिये है, ईमानदार लड़की है, शादी करना चाहती है, दर उससे विवाह क्यों नहीं कर लेता...?

दर देखता रहा, सुनता रहा। जिन्दगी में जब बहुत जोर लगाया, तब वह टाइपिस्ट बनी; किन्तु वह लाइसेन्स रखने वाली तवायफ, जैसे कोई बन्दूक हो या मोटर। इस समय उनकी झूठ सुनकर दर को नफरत हुई। वह तवायफ है। सामने बैठी है। और सड़क के उस पार कुछ बड़ी-बड़ी मोटरें खड़ी हैं, चमकदार रौबदार, जिनके मालिक 'बार' में बैठकर पी रहे होंगे...दर और कुछ नहीं सोच सका। साल-भर पहले यह दोगली लड़की हिन्दुस्तानियों से नफरत करती थी...

गीत उमड़ रहा था। वही विदेशी स्फूर्ति वाला ऑर्केस्ट्रा, और लड़की अब उस पर झूम रही थी, जैसे उसके अन्दर के तार बज रहे थे, निरन्तर हाहाकार करता निर्धूम वलन अब सिसककर झुक गया था, कुत्ते की जीभ की तरह आग की लपट काँप रही थी...

दर स्वयं एक रेडियो हो चुका था। कितना विराट प्रसार है इस जीवन का, कितने विविध हैं इसके कार्य-व्यापार, कितना अद्‌भुत है इसका असामंजस्य! फिर भी अनवरत एक चक्र-सा घूम रहा है—और वह लड़की उसकी आँख में ऐसे अटक गयी जैसे आटे की गोली के लिए लपकती मछली के गले में काँटा अटक गया हो...। दर सहम उठा।

उसने सहारा देकर लड़की को उठाया और उसको जीने की ओर ले चला। वह चुपचाप चलती रही। ऊपर उसकी साथिनें रहती हैं। दर उससे फूटना चाहता था।

किन्तु भीतर कोई था, क्योंकि भीतर से ही चिटकनी चढ़ी थी। द्वार बन्द था।

लड़की ने धीरे से कहा—"चलो, गार्डन चलें!"

दर विक्षुब्ध हो गया। यह लड़की क्या समझती है? क्या वह उसे मामूली आदमी समझती है...? तवायफ! और यह क्या समझ सकती है? जिन्दगी इसने अभी पाँच-दस रुपये की समझी है। लुत्फ...आग...जलन...मशाल की-सी फहर...और कुछ नहीं...।

फिर रेडियो पर खबरें आ रही थीं—फिलस्तीन...हैदराबाद...कश्मीर...मजदूर...किसान...रूस...अमरीका...गरीबी...अमीरी...मौत...जिन्दगी...

दुकान खाली पड़ी थी। और अब खबरों के बीच में वही संगीत की द्रिम-द्रिम करती ध्वनि, जो घूँसा बनकर सीने पर बज उठी। दर काँप उठा। कोई कुछ उठाकर न ले जाये। उसने लड़की से कहा, "चलो नीचे बैठेंगे। दरवाजा खुलने पर लौट आयेंगे।"

लड़की हँस रही थी। दर ने देखा, वह होश में नहीं थी। उसको देखकर दर को एक भीषण साम्राज्य की समाप्ति का करुण दृश्य दिखा, जैसे एक अमानत थी। लेकिन शराब के नशे में झूमती लड़की ने उसे पकड़ रखा।

('51 से पूर्व)

कार्तिकेय

धीरे-धीरे अंगिरा का प्रभाव बहुत बढ़ चला। देवों में उसकी प्रसिद्ध अन्धकार-नाशक प्रथम अग्नि के रूप में हो गयी। उसके सात पुत्र और सात कन्याएँ थीं। उनका सातवाँ पुत्र बृहस्पति और तीसरी कन्या सिनीवाली अपने-अपने क्रम से ज्ञान तथा कृशता के कारण अपनी माता शुभा के प्रति अत्यन्त अनुरक्त थे।

जब बृहस्पति के चान्द्रमसी के गर्भ ने छः पुत्र और एक पुत्री ने जन्म लिया, तब तक वे काफी प्रसिद्ध हो चुके थे। निरन्तर अग्नि की पूजा और अग्नि में ही यज्ञ करते रहने के कारण बृहस्पति का वंश 'अग्नि वंश' के नाम से प्रसिद्ध होने लगा।

उधर प्राचीन अग्नि के पुरोहित अपनी हीनता से काफी निष्प्रभ हो चले। उस समय अग्नि के प्रति देवों में दिन-पर-दिन श्रद्धा बढ़ती चली जा रही थी। दूसरी ओर असुरों का घोर उत्पात देवों को विचलित किये रखता था। उनके हृदय में नाना प्रकार का आतंक दिन-रात अपनी छाया डालकर, उन्हें डराया करता था। देवाधिदेव ब्रह्मा से सब प्रकार की प्रार्थनाएँ प्रायः निष्फल हो चली थीं। उन्हें अब विश्वास हो चला था कि यदि असुरों को स्वयं विधाता ने इतनी सहायता न दी होती, तो वे लोग कभी इतने सशक्त न होते। असुरों का प्राबल्य धीरे-धीरे इतना अधिक होने लगा कि उनके मदोन्मत्त युवक देवों में श्रेष्ठ प्रजापति का अपमान करने से भी न चूकते। इन्द्र पद पर एक महावीर के बैठे रहने पर भी देवों में एक प्रकार का मन-ही-मन भस्म कर देने वाला दाह भरता जा रहा था। कहीं कोई राह दिखायी न देती थी। पर्वत प्रान्तों में देवता एक-दूसरे से पूछते 'क्या सचमुच असुर, दैत्य और दानव घुल-मिलकर एक हो गये हैं?' किन्तु उत्तर देने वाला कोई न था। देवों का आनन्दवाद अब भी स्वाभाविक और प्राकृतिक ही था। किन्तु यक्षों के विलास और गन्धर्वों के संगीत की धारा ने जैसे सबको डुबो दिया था। केवल अग्नि के नये उपासकों में धैर्य की असीम मात्रा निरन्तर देदीप्यमान होती चली जा रही थी। बृहस्पति का ज्ञान देवों में उनकी अखंड श्रद्धा को प्रदीप्त करने में समर्थ होने लगा था। वे कहते, 'देवों की पुरानी अग्नियाँ बुझ चली हैं। महाबली इन्द्र के हाथ में आज भी महा मेधावी

दधीचि के अस्थियों का वज्र है। देवो, एक दिन जब देव अपनी जाति के लिए अपनी खलि देने के लिए प्रस्तुत रहते थे, तब वृत्र जैसे महान असुर को भी इन्द्र ने ध्वंस कर दिया था। हम देव असुरों की भाँति जीवन को दुःख नहीं समझते। हम जीवन की निरर्थक और दाह-भरी तृष्णा नहीं मानते। मृत्यु हमारे गौरव और शक्ति के कारण हमारे पैरों को चूमती है। हम कभी नष्ट नहीं हो सकते।'

देवता सुनते। गन्धर्वों के संगीत की अजस्र धारा जैसे कुछ भी सुनने के लिए तैयार नहीं थी। कुबेर पद पर बैठा हुआ यक्षराज सबको भूलकर केवल अपने विलास और वैभव में मत्त रहता। केवल यक्ष जाति सुनती और समझती। यक्ष विलास और वैभव की पूजा करते, किन्तु यक्ष जीवन के प्रति अधिक-से-अधिक कटु होते चले जा रहे थे। वे कहते, 'महादेव सबकी रक्षा करने में समर्थ हैं।'

भिन्न जातियों में भिन्न प्रकार की क्रुद्ध यन्त्रणायें होतीं। प्रजापति दक्ष के यज्ञ-विध्वंस के बाद उनके देवता महादेव के उपासकों का सम्मान पहिले से कहीं अधिक बढ़ गया था। किन्तु फिर भी अभी तक देव तथा अन्य जातियाँ उनसे कुछ अलग-अलग-सी रहतीं। पर्वत-मालाओं की किरात इत्यादि जातियाँ उन्हीं के साथ रहतीं, और जृम्भक, वसु, तथा रुद्र इत्यादि गण अपने प्राचीन विश्वासों को लिये हुए कट्टरता से उन्हीं के साथ रहते। उनकी प्रबल शक्ति को देखकर भी देव, यक्ष, गन्धर्व, किन्नर, सिद्ध दक्षिण-पूर्व के नाग सभी उनसे अलग रहते। उनके जीवन की नीरसता, उनकी अपनी प्राचीनता का अहं, अपने देवता को दुर्दमनीय समझने का दम्भ, भीतरी तौर से सबके स्वीकार करने पर भी मन को शीघ्र ही रुचिकर नहीं होता था।

(2)

साँझ हो चली थी। दोनों की निरन्तर व्याकुल अवस्था को देखकर महाबली इन्द्र नित्य सोचते, कि किस प्रकार असुर, दानव और दैत्यों को पराजित किया जाय, और अपने विलास की बहती हुई धारा को अक्षुण्ण रखा जाय। मानस पर्वत पर उतरते हुए अन्धकार की झीनी चादर धीरे-धीरे आकाश के रंगीन वर्णों को ढकने लगी। महाबली इन्द्र ने व्याकुल होकर, अपने-आप कहा, "कहाँ है वह पराक्रम, कहाँ है वह स्फूर्ति शिराओं में ऊधम मचा देने वाली ऊर्जस्वित वीर्य, जो इस शोकाकुल देव जाति को फिर से उबार सकने में समर्थ हो सकेगा?" वे सिहर उठे। क्या उन्हें रुद्रगण से सहायता लेनी पड़ेगी? क्या उन्हें उन बर्बर विश्वासों में डूबी हुई जातियों के सामने हाथ फैलाना पड़ेगा? 'नहीं, नहीं!' उनकी आत्मा अब समस्त शक्ति के साथ पुकार उठी, 'देवों का गौरव अपनी भुजाओं के बल पर आज तक पला है। और आज यदि देव जाति निर्वीर्य हो गयी है, तो उसे जीवित रहने का भी अधिकार नहीं है। इसी द्वन्द्व पर बैठे हुए वीरों ने अनेक बार अतुल पराक्रमी असुरों की असीम वाहिनी

को खंड-खंड करके विध्वंस किया है। फिर मैं ही इस पद का गौरव इस प्रकार नष्ट कर दूँ?''

देर तक वे सोचते रहे। पार्वत्य प्रदेश पर समीरण अब गुफाओं में भरकर उन्हें झंकृत करने लगा था। हठात् उस नीरवता में किसी स्त्री का कोमल, करुण कंठ चीत्कार कर उठा।

इन्द्र चौंक उठे। 'बचाओ' की प्रतिध्वनित पुकार उनके कानों में गूँजने लगी। और विषैले काँटों की भाँति वह स्वर इन शब्दों में बिखर गया—'या तो मुझे कोई पति दो या स्वयं मेरे पति हो जाओ। किसी प्रकार मुझे इस असुर से बचाओ! किसी प्रकार इस असुर से मेरी रक्षा करो।'

इन्द्र का पौरुष इस चुनौती से चुटीले साँप की तरह फुंकार उठा। वे बड़ी-बड़ी चट्टानों को लाँघकर, उस ध्वनि की ओर भागने लगे। ध्वनि पास आने लगी थी। इन्द्र ने देखा, एक भीमकाय असुर एक देवकन्या को बलात् अपनी ओर खींच रहा था, जिसके आर्तनाद से गिरि-कन्दरायें गूँज रही थीं। इन्द्र ने कड़ककर कहा—''सावधान मूर्ख! इस देवकन्या को छोड़ दे! मैं स्वयं वज्रधारी इन्द्र हूँ।''

किन्तु असुर ठठाकर हँसा। जिस समय उसकी अट्टहास की प्रबल ध्वनि पर्वतों से टकराकर, निनादित हो उठी, इन्द्र ने देखा, कि उसने गर्व से अपना सिर उठाया, और उसका स्वर्ण किरीट पीछे की ओर उठ गया। उसने अपने बलिष्ठ हाथ में गदा को उठाते हुए, उपहास के स्वर में कहा—''इन्द्र!'' उसके स्वर में तीखा व्यंग था। ''केशी का पराक्रम आज तुम्हें यह गदा दिखायेगी, यह कन्या मेरी है। यदि तुम्हें अपने कन्धों पर अपना सिर प्रिय है, तो जाओ मैं तुम्हें क्षमा करता हूँ।''

क्रोध से इन्द्र के नथुने फूल गये।

हठात् केशी की गदा आकाश में घूम गयी, और उसने विस्मय से देखा कि महाबली इन्द्र के वज्र से टकराकर, टुकड़े-टुकड़े होकर पृथ्वी पर गिर गयी। क्रोध से केशी काँप उठा। कन्या उसके हाथ से निकलकर दूर जा गिरी। उसने अपने दोनों हाथों को उठाकर एक बड़े शिलाखंड को इन्द्र के ऊपर फेंकने का प्रयत्न किया। किन्तु तब तक इन्द्र ने वेग से झपटकर, उसे धक्का दिया, और शिलाखंड की चपेट में पड़कर कुछ दूर लुढ़क चला, और इसके बाद भय से भाग चला। उसकी पग-ध्वनि से कुछ देर नीरव पार्वत्य प्रदेश गूँजता रहा।

इन्द्र ने देखा, देवकन्या के नयनों में विश्वास लौट आया था। किन्तु वह अभी भूमि पर अस्त-व्यस्त और कातर-सी पड़ी हुई थी। इन्द्र के उस भयानक रूप को देखकर, तरुणी के नयनों में धीरे-धीरे जीवन-शक्ति लौटने लगी। उसने झपटकर, इन्द्र के पैरों को पकड़ लिया, और करुण स्वर में कहा—''महाबली, महापराक्रमी, हे महावीर इन्द्र! युगों तक तुम्हारी कीर्ति के गीत गाये जायेंगे। युगों तक तुम्हारी

शक्ति...''

''ठहरो सुन्दरी!'' इन्द्र ने बात काटकर कहा—''तुम कौन हो?''

तरुणी के नयन झुक गये। उसने काँपते हुए स्वर में कहा—'हे देवराज, मैं प्रजापति की कन्या देवसेना हूँ। मेरे देखते-ही-देखते मेरी बहिन दैत्यसेना को यही बर्बर केशी उठा ले गया।''

''फिर सुन्दरी?'' इन्द्र ने अचानक चौंककर पूछा।

देवसेना ने तीखे स्वर से कहा—''प्रजापति की आज्ञा लेकर हम दोनों, सखियों के साथ, इसी मानव पर्वत पर क्रीड़ा करने के लिए आया करती थीं। महाअसुर केशी हमें नित्य ही हरने की घात में लगा रहता था। दैत्यसेना अन्त में उसके बहकाने में आ गयी। इन्द्र, तुम मेरी मौसी के पुत्र हो। आज तुम्हारे कारण मेरी रक्षा हो गयी। मैं नहीं जानती, कि मैं क्या करूँ। आज देव-जाति में पौरुष नहीं रहा। आज उनकी कन्यायें असुरों पर मोहित हो-होकर भाग रही हैं।''

इन्द्र ने देखा, उसकी आँखों से चिनगारियाँ निकल रही थीं। बोले—''जानता हूँ, बहिन, जानता हूँ! किन्तु देव-ललनायें भी तो आज श्रीहीन हो चली हैं।''

''मैं प्रतिज्ञा करती हूँ,'' देवसेना ने तुरन्त फूत्कार किया—''कि चाहे वह कोई भी हो, देवसेना उसी की पत्नी होगी, जो इन्द्र के साथ देवता, दानव, यक्ष, किन्नर, नाग, राक्षस, दैत्य, असुर और अन्य प्राणियों को जीतेगा।'' उसका स्वर उठता गया, और आकाश तक गूँजने लगा। उस समय इन्द्र को आकाश, मेघ, पर्वत, वसुन्धरा और जल की लहरों पर लाल-ही-लाल रंग दिखायी दिया। जैसे रक्त की भीषण प्रतिच्छाया दशों दिशाओं में काँप उठी। किंकर्तव्य-विमूढ़ इन्द्र को लगा कि सूर्य उदयाचल पर चढ़ रहे हैं, और चन्द उनके शरीर में प्रवेश कर रहे हैं। तब उस रौद्र मुहुर्त में अमावस्या छाने लगी। उन्हें याद आया, कि देव विभाजित पड़े हुए हैं। इस समय भृगु और अंगिरा की सन्तान अलग-अलग मन्त्रों से अग्नि का आह्वान कर रही होंगी। उनको लगा, मानो अग्नि आहुति और हव्य लेकर सूर्य में प्रवेश करने लगी। उन्हें लगा, जैसे महायुद्ध समीप था। नदियाँ उलटी बहने लगी थीं। उनमें जल की जगह रक्त बहने लगा था। सियारी सूर्य की ओर मुँह करके बोलने लगी थी, 'अग्नि! चन्द्रमा! सूर्य! देवाधिदेव ब्रह्मा! कहाँ हो तुम! बोलते क्यों नहीं? कहाँ है इसके लिए ऐसा पति?' उनका सिर झुक गया।

जिस समय वे ब्रह्मर्षियों की यज्ञशाला में उस कन्या को लिये हुए आये, उन्होंने देखा कि अनेक देवता वहाँ सोमरस पीने के लोभ से इकट्ठे हो गये थे। ब्रह्मर्षियों ने यथाविधि इष्टि करके, प्रज्वलित अग्नि में आहुति देना प्रारम्भ हो गया। इन्द्र ने देखा, कि समस्त त्रिभुवन का दाह उस अद्‌भुत अग्नि में केन्द्रित हो उठा। जैसे स्वयं सूर्य में से प्रभूत तेज-पुंज आकर जल उठा। अग्नि की उसकी शिखा देखकर, बृहस्पति

की भीम मेधा, गम्भीर निर्घोष कर उठी, 'जीवन, जीवन की दाह! देवो, जीवन की गरिमा वर्षों तक इसी प्रकार शाश्वत होकर जला करेगी।'

इन्द्र को लगा, जैसे महाप्राण अग्नि की शिखायें हिल नहीं रही थीं, वरन् वे अपनी-अपनी पलकें खोलकर उस हतोत्साह देव-जाति में अपनी शक्ति भरने की चेष्टा कर रही थीं। एक दिन पूर्वजों ने इसी अग्नि को लेकर असुरों के घरों को भस्मसात् कर दिया था। उस दिन यही अग्नि इन्द्र के साथ अपनी भीम-विकराल जिह्वा से नगर-ग्रामों को चाटता हुआ, देवों की अपार शक्ति की विजय-पताका बनकर, आगे-आगे फहर उठा था। आज उसी अग्नि को प्यास लग उठी है। आज वही अग्नि भूखा है। ब्रह्मर्षियों की मन्त्र-ध्वनि गूँजती रही।

देवसेना ने काँपती हुई आवाज में इन्द्र से कहा–"महाबली इन्द्र, इसी...इसी अग्नि का पुत्र...ऐसा देदीप्यमान...मेरा पति..."

इन्द्र उस फूत्कार को सुनकर काँप उठे। उन्होंने अविश्वास से उसकी ओर देखा। उस समय देवता सोम पी-पीकर अपने-आपको भूल चले थे। अगिरा के वंश का मन्त्रोच्चार गूँज रहा था। देव-ललना स्वाहा सतृष्ण आँखों से उस अद्‌भुत अग्नि को देख रही थी। इन्द्र सिर नीचा करके लौट चले।

(3)

इन्हीं दिनों अनेक प्रकार के अपवाद यज्ञशालाओं में फैल गये। प्रजापति दक्ष की पुत्री स्वाहा सुनती और हँसती। सप्त-ऋषियों में से छः ने अपनी पत्नियों को लोकापवाद के भय से छोड़ दिया। केवल अरुन्धती के ऊपर किसी ने व्यंग्य नहीं किया। कोई कहता, 'स्वयं अंगिरा की पत्नी शिवा भी इस व्यभिचार में सम्मिलित थी।' कार्तिकेय का नाम चारों ओर अपूर्व विस्मय का कारण बन गया था। लोग कहते थे कि 'उस तेजस्वी कुमार से हाथ में स्वयं त्रिपुरदहन महादेव का दानव-दलन, विशाल, भयानक धनुष रह-रहकर टंकार उठता है।' सबसे बड़ी बात यह थी, अंगिरा और भृगु के वंश में आजकल अखंड मित्रता हो गयी थी। अग्नि-सम्प्रदाय वालों का प्राबल्य दिन-दूना, रात चौगुना बढ़ता जा रहा था। अग्नि के प्रति नित्य नये मन्त्र बनते और सब तरफ अग्नि-ही-अग्नि का जयघोष सुनाई देता। कुछ देव कहते कि 'अग्नि का यह पुत्र कार्तिकेय उस भयानक वन में पाला गया है, जिसकी रक्षा नाग, राक्षस, पिशाच, भूत रात-रात-भर जागकर किया करते हैं।' कोई कहता, 'नहीं, यह महादेव का पुत्र है। यह किसी किरात का पुत्र है।' किन्तु सत्य किसी को भी नहीं मालूम था। स्वाहा चुपचाप सुनती। उधर क्रौन्य पर्वत पर कार्तिकेय अगाध-वाहिनी बना रहा था। इन लोकापवादों में सुपर्णों का नाम भी जुड़ा हुआ था। अन्त में इन्हीं से बात फैलनी आरम्भ हुई। जब देवशक्ति निर्बल होने लगी थी, तब भृगु और अंगिरा के वंश अंगिरा

के सम्प्रदाय में मिल गये। उधर स्वाहा ने अपने जिस गर्भ के बालक को लोक-लाज के कारण सुपर्णो को दे दिया था, वह पिशाच और राक्षस आदि जातियों में जाकर पलने लगा।

जिस समय इन्द्र द्वारा भे जी गयी मातृकायें कार्तिकेय के सम्मुख पहुँचीं और उन्होंने कहा, ''देवजाति के कलंक, हम तुझे सदा के लिए समाप्त कर देना चाहती हैं,'' तो कार्तिकेय ने हँसकर कहा, ''मैं यक्षों में रहा हूँ। मैंने उनका कुक्कुट-साधन सीखा है। मैंने सिद्धों से शक्ति साधना सीखा है। मैं राक्षसों, पिशाचों और किरातों में घूमा हूँ। स्वयं भगवान महादेव को ही मैं आज तक अपना पिता समझता हूँ। मैं नहीं जानता, कि मैं किसका कलंक हूँ।''

उस समय कानन में प्रतिध्वनित हो उठा—''पुत्र! पुत्र!''

सबने चौंककर देखा, स्वाहा बढ़ी चली आ रही थी। उसने वेग से कार्तिकेय के गले में हाथ डालकर कहा—''तू मेरा पुत्र है, बालक! तू मेरा पुत्र है!''

चौंककर युवक पीछे हट गया। उसने कहा—''तुम?''

''हाँ, स्कन्द!'' हाँफते हुए स्वाहा ने कहा—''तेरी धमनियों में देव-जाति का पवित्र रक्त है!'' और फिर उसने मातृकाओं की ओर हाथ उठाकर कहा—''निर्वीर्य देवों से जाकर कह दो, स्कन्द कार्तिकेय स्वाहा का पुत्र है। यह अग्नि-वंश सम्भूत ऐसा भीषण तेज है, जिसे संसार का समस्त जल भी नहीं बुझा सकता। गहन कानन उस ज्वाला को नहीं छिपा पाये। जिन जातियों से आज तक देव घृणा करते रहे, उन्हीं में पलकर आज मेरा पुत्र इतना बड़ा हुआ है। तुम्हारा इन्द्र असुरों, दैत्यों और दानवों के अपार बल को देखकर निःशक्त-सा काँप रहा है। किस बात का अभिमान है तुमको! क्यों नहीं इन्द्र स्वयं युद्ध करने आता?''

युद्ध का नाम सुनते ही तेजस्वी कार्तिकेय को चारों ओर से सुपर्णों, नागों, पिशाचों और राक्षसों ने घेर लिया। स्वाहा ने हँसकर कहा—''स्कन्द अपराजित है! मातृकाओं, लौट जाओ! स्कन्द अकेला नहीं। इसके साथ छः जातियाँ खड़ी हैं। वह छहों अपने मुख से अग्नि उगलने के लिए तत्पर हैं। जाति-दम्भ की दुहाई देने वाली स्त्रियों, इन्द्र से जाकर कहो, कि मातृत्व की ममता दिखाकर, स्कन्द की बलि नहीं ली जा सकती। अग्निवंश देवों की निर्वीर्यता और लोलुप, विलासी यक्षों की कायरता से ऊब चुका है। यदि आज इन्द्र को अपने ऊपर अभिमान हो, तो वह भी युद्ध भूमि में आकर...''

स्कन्द ने हठात् चिल्लाकर कहा—''ठहरो माँ! तुम गृहदाह का बीज बो रही हो। अंगिरा का वंश एक ओर जीवन का वस्तुवाद प्रचारित कर रहा है, और दूसरी ओर भृगु का वंश जीवन की शाश्वत् कल्याण कामना में निरत है। उधर इन्द्र और महर्षि यक्षों, गन्धर्वों, किन्नरों और सिद्धों के साथ मिलकर, अपने उसी प्राचीन दम्भ

में रत हैं। वे नहीं जानते, कि असुरों का पराक्रम आज कितना भीषण हो चला है। किन्तु वे आज भी पिशाच, नाग, राक्षस, सुपर्ण और किरात जातियों की कोई सहायता नहीं चाहते। मैं नहीं समझता, कि वे लोग अपनी प्राचीन रूढ़ियों में कब तक बद्ध रहेंगे। दक्ष-यज्ञ में जिनके सामने स्वयं प्रजापति बकरे के रूप में जीवन-दान के लिए प्रार्थना कर चुके हैं, उन्हीं से आज भी इतना द्वेष! मातृकाओं, स्कन्द इन्द्र पद नहीं चाहता। वह केवल असुरों का नाश चाहता है। इसलिये उसे किसी से भी सन्धि करने में कोई लज्जा नहीं है। मैं दक्ष की पुत्री का पुत्र हूँ। मेरी मौसी सती इसी जाति-विद्वेष को मिटाने के लिए अपनी बलि दे चुकी है। जिस समय मुझे बाल्यावस्था में वंशगत लड़ाइयों के कारण, स्वयं मेरी माता भी मेरी रक्षा करने के लिए तत्पर नहीं थी उस समय इन्हीं बलिष्ठ हाथों की छाया में मैं इतना बड़ा हुआ। इन्द्र और देव-जाति से जाकर कह दो, स्कन्द का उससे कोई विद्वेष नहीं है। किन्तु यदि इन्द्र को दम्भ हो, अभिमान हो, तो वह आकर शस्त्र-परीक्षा कर लें। समस्त देव-जाति में घोषित कर दो, कि जिस समय स्कन्द अपनी प्रबल वाहिनी के साथ बढ़ता है, तो पर्वत तिनकों की भाँति उड़ने लगते हैं।''

इन शब्दों को सुनकर, आकाश स्थिर हो गया, ऐसा लगा।

मातृकाओं ने स्नेह से अपने हाथ फैलाकर कहा—''स्कन्द, तू हमारा पुत्र है।''

आनन्द से सदाशिव के गण उस समय विभोर होकर नृत्य करने लगे, जिनकी गुंजार मानसरोवर की ओर उड़ते हुए पक्षियों के कलरव में मिलकर, आकाश में व्याप्त हो गयी।

मातृकायें लौट चलीं।

जब देव-सेना ने सुना, तो उसने अस्फुट शब्दों में धीरे से कहा—''वही!...वही!'' और वह इन्द्र के भवन की ओर चल पड़ी।

(4)

देवदारु की झूमती हुई लम्बी-लम्बी शाखाओं से समीरण अठखेलियाँ कर रहा था। आकाश में सूर्य डूबने लगा था। मानो इन पर्वत-मालाओं के पीछे कहीं वह देवरमणी का रत्न अब जाकर अन्धकार के पिटक में बन्द हो जायेगा। पार्वत्य प्रदेश की उस शीतल नीरवता में देवसेना ने अपने कन्धों पर मेघ चर्म को कस लिया। उसने झुककर देखा, दर्पण-से स्वच्छ जल में असंख्य नीले और पीले कमल मोहान्ध से सोने के लिए झुक पड़े थे। रंगीन आकाश की छाया में उड़ते हुए वे पक्षी धीरे-धीरे अपने नीड़ों की ओर लौट चले। शिलाखंडों पर अपने पाँव जमाती हुई, देवसेना चली जा रही थी। मानो कठोर पत्थरों से नुपूर-ध्वनि सुनकर रूप और यौवन की अग्नि-शिखा फूट रही हो।

धीरे-धीरे मकरन्द खा-खाकर तृप्त हुए हँसों का कलनिनाद पीछे छूट गया, और सन्ध्या के झिलमिल अन्धकार पर सुवासित धूर्म पर हुई, संगीत की मधुर ध्वनि सुनाई देने लगी। देवसेना ने सोचा, 'इन्द्र सुनकर प्रसन्न होंगे।''

इन्द्र के विशाल प्रासाद में सान्ध्य दीप-मालिकायें जलने लगी थीं। जैसे अन्धकार की अधोवस्त्र ओढ़े हुई धरित्री की कवट पर रत्न-मेखला जगमगा उठी हो, वही जैसा कि यक्ष-स्त्रियाँ तथा अप्सरायें पहिना करती थीं।

उसने द्वार-रक्षक से कहा—''मैं प्रजापति दक्ष की कन्या देवसेना हूँ। इन्द्र मेरी मौसी के पुत्र हैं। मैं उनसे मिलना चाहती हूँ।''

द्वार-रक्षक ने सिर झुकाकर अभिवादन किया।

देवसेना ने भीतर पहुँचकर देखा, गन्धर्वों का स्वामी चित्रसेन मत्त होकर सोम-पान कर रहा था। विघूर्णितलोचन इन्द्र स्वर्ण चशक हाथ में लिए अनावृत्त अप्सराओं का नृत्य देख रहे थे। हठात् द्वार पर कोलाहल सुनाई दिया। देवसेना एक स्तम्भ के पीछे छिप रही। उसने देखा, मातृकाओं को आगे किये, महर्षि क्रोध से काँपते आगे चले आ रहे थे।

अप्सराओं का नृत्य बन्द हो गया। चित्रसेन ने भौंहें सिकोड़कर, कहा—''देवराज, कैसा असमय का कोलाहल है?''

इन्द्र उठकर बाहर आये। महर्षि उनको देखते ही चिल्ला उठे—''मातृकाओं ने धोखा दिया है, इन्द्र। वे स्कन्द को अपना पुत्र स्वीकार करके लौटी हैं।''

इन्द्र ने चकित होकर कहा—''यह मैं क्या सुन रहा हूँ, मातृकाओं?''

मातृकायें मुस्करायीं, एक ने धीरे से कहा—''स्कन्द देवों का शत्रु नहीं, असुरों का शत्रु है।''

''असम्भव!'' महर्षि चिल्ला उठे। फिर उन्होंने इन्द्र की ओर देखकर कहा—''वज्रधर इसका बदला लेना होगा। असुरों से पहले स्कन्द को ध्वंस करना होगा?''

और देवों ने हुँकार करके उसी स्वर में अनुमोदन किया।

देवराज इन्द्र क्षण-भर चुपचाप खड़े रहे। फिर उन्होंने धीरे से कहा—''देवगण, आप उत्तेजित न हों। अपमान का उत्तर शत्रु का रक्त है।''

देवगण ने इन्द्र की जयध्वनि की, और तिलोत्तमा का फूँका हुआ श्वास तुरही में भरकर देव सौधों में गूँजने लगा। युद्ध के आवेश से देवों की भुजायें फड़कने लगीं। जब वे सब लोग चले गये, तो देवसेना करुण रागिनी के समान पाषाण स्तम्भों के पीछे से निकलकर महा पराक्रमी इन्द्र के चरणों में बैठ गयी। उसने व्यथित स्वर से कहा—''देवराज, आप भी?''

इन्द्र का सिर झुक गया।

दोनों देर तक निस्तब्ध रहे। चित्रसेन का अट्टहास अप्सराओं की नूपुर-ध्वनि

को मचलते हुए पकड़ने का प्रयत्न कर रहा था।

देवसेना लौट चली। उसका हृदय भारी हो रहा था। क्या-क्या नहीं कहना चाहती थी वह, किन्तु क्या एक भी शब्द उसके होंठों से बाहर फूट सका?

देव युद्ध के लिए पागल हो रहे थे।

केवल अग्नि-वंश गम्भीर और सतर्क था।

देवसेना ने स्वाहा का हाथ पकड़कर कहा—"भगिनी, क्या युद्ध अनिवार्य है?" उसका गला रुँध गया।

स्वाहा ने जलती हुई आँखों से देखकर कहा—"इसके सिर पर मृत्यु नाच रही है।"

देवसेना सिसकते हुए पुकार उठी—"माँ!"

स्वाहा चौंक उठी। उसने धीरे से कहा—"क्या तू कुमार कार्तिकेय..."

देवसेना ने सिर झुका लिया।

स्वाहा विस्मय से देखती रही। दक्ष की सब कन्यायें देव-जाति में इतनी अद्भुत क्यों हैं? उसने दृढ़-स्वर में कहा—"भय न कर, देवसेना मेरा पुत्र अजेय है!" और प्रौढ़ा स्वाहा ने अपनी उस तरुणी बहिन को अपने अंग में खींचकर उसके मस्तक को ऐसे वात्सल्य से सूँघा जैसे वह स्वयं उसकी माँ हो।

(5)

सब-कुछ था, किन्तु स्वाहा का मान नहीं बढ़ा। युवक अग्नि भृगु के वंश में इतने निकट आकर भी उससे खिंचा-खिंचा रहता। अंगिरा के वंश में यद्यपि बाकी छः महर्षियों ने अपनी पत्नियों को सुपर्णी के कहने से पुनः स्वीकार कर लिया था, फिर भी थोड़ा-सा मनमुटाव बाकी रह ही गया था। देवसेना की विचित्र दशा थी। वह इन्द्र के घर गयी थी, कि आज अचानक ऐसा सुयोग उपस्थित हुआ है, और तभी उसने देखा कि इन्द्र स्वयं महर्षियों और देवों के विक्षोभ में बह गये। वह सोचती, 'दक्ष के समय में देवों में महादेव के इन उपासकों से इतनी भयानक घृणा क्यों हो गयी? इसलिये कि वे ब्राह्मणों का आधिपत्य स्वीकार नहीं करते? इसलिये कि वे महर्षियों के ज्ञान को कुछ भी नहीं समझते? गन्धर्वों और यक्षों के देवता विलास-प्रिय हैं। देव अपने सामने किसी को कुछ नहीं समझते। वे स्वयं अपने-आपको सबका नियन्ता मानते हैं। असुर भयानक दुःखवाद में डूबे हुए हैं। दक्ष यद्यपि यक्षों के इतने निकट हैं, फिर भी वे जीवन की एक रहस्यमयी नीरवता के प्रति इतने अनुरक्त क्यों हैं? सभी के तो देवता अलग-अलग हैं। कुछ भी परिणाम नहीं निकलता।' फिर वह सोचने लगती, 'दक्ष की कन्या क्यों उसी महादेव के उपासक किरात की ओर आकर्षित हुई? इसलिये कि उसमें जीवन की गरिमा थी। बृहस्पति भी तो कहते हैं, कि "देवो,

परलोक कुछ नहीं है। तुम स्वयं देवता हो। मत्त रहो। आसव पियो। विलास करो, किन्तु उसके दास न बन जाओ।'' देवताओं में से अनेक उन्हें अपना गुरु मानते हैं। फिर भी सब तो उनके बताये पथ पर चलने को उद्यत नहीं हैं। बृहस्पति कहते हैं कि 'देवों को इसी अग्नि की उपासना करनी चाहिए, इसी के समान बनना चाहिए।' और अंगिरा-वंश के अग्नि-सम्प्रदाय के नये केन्द्र में दक्ष-सुता स्वाहा ही ऐसी निकली, जिसने भृगु-वंश में जाकर गर्भ धारण किया, और वह भी ऐसे पुरुष से, जो स्वयं उसकी ओर आकर्षित न था। स्वाहा ने स्त्री-रूप में काम-पीड़ित होकर उससे गर्भ-याचना की। पुरुष ने पौरुष की रक्षा की। और उसका पुत्र ऐसे अद्भुत रूप से जब पलकर बड़ा हुआ, तो वह इतना पराक्रमी हुआ। 'क्या मैं उसका वरण कर सकूँगी? महादेव के उपासक भी अपनी पहली भयानक नीरसता छोड़ते जा रहे हैं। सती के मरने पर जब महादेव समाधि में बैठ गया, तब हिमवान और मैना की पुत्री उमा ने उसकी समाधि तुड़वा दी, और उसने उससे विवाह कर लिया। कैसा भव्य है वह! भस्म रमाता है, भोग में मस्त रहता है। वह किसी जाति से घृणा नहीं करता, किन्तु किसी को अपने से ऊँचा भी नहीं समझता।' देवसेना सिहर उठी। क्या वह इस सबको सरलता से समझ पायेगी?

जब से इन्द्र आदि ने कार्तिकेय के विरुद्ध युद्ध करने का विचार किया है घर-घर में एक नयी हलचल व्याप्त हो गयी है। कौन जाने इस गृह-युद्ध का परिणाम क्या होगा? तरुण कार्तिकेय महापराक्रमी इन्द्र से जीत सकेगा? पर लोग कहते हैं कि उसकी भी अपार वाहिनी है। वह स्वयं अत्यन्त पराक्रमी और वीर है। और सबसे बड़ी बात यह है, कि अब भी वह देवों का शत्रु नहीं है। कहता है, 'महर्षि और इन्द्र भूल कर रहे हैं। शीघ्र ही सत्य उनकी समझ में आ जायेगा।'

देवसेना फिर उसके सुदृढ़ और फैले हुए वक्ष पर कल्पना में अपना शीश रखकर, मन-ही-मन सुख अनुभव करती। उसे क्या कमी थी? देवों के विलासी युवकों के साथ वह सोम पीकर, अप्सराओं की भाँति अनेक तारों-भरी रातें कुंजों में बिता सकती थी। अन्यथा किसी से भी विवाह कर सकती थी। देव विवाह न करती, गन्धर्व विवाह कर लेती। पर साधारण पुरुष के चरणों में अपने-आपको नहीं समर्पित कर सकती। स्वयं इन्द्र भी उसके योग्य नहीं है। 'वे पिशाच अच्छे हैं,' वह मन-ही-मन कहती, 'जिनको स्त्री के प्रति इतनी दुर्दम्य वासना है।' वह पैशाचिक विवाह की कल्पना करती, जिसमें स्त्री उसी पुरुष की हो जाती थी, जो उससे बलात्कार कर लिया करता था, और उसे कच्चा माँस खिलाता था।

देव अखंड विलास करते। देव-स्त्रियों भी उन्हीं के पीछे चलतीं। किन्तु उन्हें यक्षों और अप्सराओं का-सा स्वातन्त्र्य क्यों नहीं? देव शासन करना जानते हैं? वे कुछ और नहीं कर सकते। यक्ष धन एकत्र करना जानते हैं? चाहे मैदान में पड़े

लोग उनके लिए श्रम करते-करते मर जायें, पर वे परवाह नहीं करते। महादेव के उपासक उन्हें नहीं मानते। वे शिकार करते हैं, कि दक्षिण-पूर्व की ओर नागों की अनेक बस्तियाँ हैं।

किन्तु परिणाम क्या निकला? कुछ नहीं।

देवसेना उठी। उसने सुना, कि बृहस्पति का वंश स्वाहा के प्रति उपेक्षा छोड़ रहा था। उनका कहना था कि कार्तिकेय ने कोई अपराध नहीं किया। मातृकरण और अन्य जातियों के अतिरिक्त, अग्नि के उपासक भी कार्तिकेय की ओर हो गये। युद्ध की विभीषिका समीप थी। उधर इन्द्र तथा उनके अनुयायी भी तत्पर हो रहे थे। कहा जाता था कि असुर इस गृह-युद्ध से अत्यन्त प्रसन्न थे। उनका विचार था कि जब सब लोग लड़कर श्रीहीन हो जायेंगे, तब वे उसको दबा लेंगे और फिर अखंड शासन करेंगे।

देवसेना सिर हिलाती। ऐसा कभी नहीं हो सकता। रात का संवाद था कि कुछ अग्निवंशीय युवकों का कुछ देवों से युद्ध हो गया था, जिससे बहुत सनसनी फैल गयी थी। यद्ध के संवाद से अप्सरायें और यक्ष सब क्षुब्ध हो गये थे। वे इस सबको पसन्द नहीं करते थे।

''लोलुप!'' देवसेना ने तिक्त स्वर में कहा। और फिर उसकी आँखों के आगे कार्तिकेय कुमार स्कन्द का भव्य स्वरूप नाचने लगा। उसने दोनों हाथों को अपने हृदय में भींच लिया और व्याकुल हो, दीर्घश्वास छोड़ने लगी।

देव अपने को ब्रह्मा का प्रिय मानते हैं। वे समझते हैं—

जो कुछ हैं, वे स्वयं हैं। कार्तिकेय अग्नि-वंश-परम्परा तोड़ रहा है। पर कहाँ जा रहे हैं ये लोग? क्या देव अब दूसरों की उपासना किया करेंगे? इसे देवसेना के मन ने स्वीकार नहीं किया।

फिर चक्र चलने लगा। सबका नेतृत्व फिर भी देवगण के ही हाथ में है। कार्तिकेय! वह यक्षों की जर्जर विलासिता के विरुद्ध है। वह अपार पौरुष!

देवसेना सोचने लगी, 'देव, यक्ष, किन्नर, गन्धर्व, सिद्ध, नाग, राक्षस, पिशाच, किरात, जृम्भक, वसु, गरुड़ सभी उनके चरणों में बैठे होंगे। वह सबके ऊपर होगा। फिर सब मिलकर असुरों, दैत्यों और दानवों के दम्भ को चूर-चूर कर देंगे।'

किन्तु स्वप्न स्वप्न ही था। जीवन की कठोर वास्तविकता यह थी कि देवों के घर के भीतर-ही-भीतर आग लग रही थी।

देवसेना सोचती ही रही। रात उतरती आ रही थी। उसने देखा दूर से यज्ञशाला की अग्नि धधक रही थी। मानो आँखों से वह उसका समस्त तेज पी जाना चाहती थी।

देवसेना सिहर उठी। कैसी है यह स्त्री। कैसा कठोर है इसका हृदय। वह रात कैसी रही होगी, जब वन में इसने भृगु-वंश के उस युवक से याचना की होगी? और

लोग कहते हैं, कि एक नहीं छः रातें उसने उसके साथ वहीं बितायीं। फिर सुपर्णी की सहायता और फिर उन जातियों में जाकर स्कन्द का पालना और इतने दिन तक स्वाहा का चुपचाप पुरुष की उपेक्षा और पुत्र का दूरत्व स्वीकार करना। वर्षों चुपचाप सब-कुछ सहते रहना। और अन्त में एक दिन उस पुराने ज्वालामुखी का फूट निकलना।

लोग कहते हैं कि 'स्वाहा ने अपने सिर पर व्यर्थ सब ले लिया है। वास्तव में कार्तिकेय महादेव और उमा का पुत्र है।' देवसेना हँसी। उसे स्वाहा का कथन याद आया। उसने कहा था, 'देवसेना, दक्षसुता होकर यह क्या कहती है? मैं भी तो दक्षसुता हूँ। तू नहीं जानती? तब शायद तेरा जन्म भी नहीं हुआ। बहिन सती इन्हीं रूढ़िवादियों के कारण बलि दे दी गयी। हिमवान की कन्या उमा को मैं जानती हूँ। जब उनके पास संवाद पहुँचा कि कुमार मेरा और अग्नि का पुत्र है, तभी से उन्होंने उसे पुत्रवत् स्नेह से पाला। यदि उसे महादेव-जैसा श्रेष्ठ पिता न मिलता तो क्या वह इतना पराक्रमी होता? सुनती है? वीरभद्र ने उसे मल्लयुद्ध सिखाया है।'

देवसेना को इच्छा हुई कि वह कह दे कि वह कुमार पर अनुरक्त है, पर लाज ने रोक लिया। किन्तु स्वाहा ने हँसकर कहा था—"मैं समझती हूँ, देवसेना। वह तुझे देख-भर ले एक बार। आज तुझ जैसी सुन्दरी समस्त देवों में क्या, यक्ष, गन्धर्वों और अप्सराओं में भी नहीं मिलेगी।"

देवसेना ने उसके वक्ष पर हाँफते हुए सिर टेक दिया था, और कहा था—"मेरा ऐसा भाग्य कहाँ, भगिनी?"

तब स्वाहा ने उसके बालों पर हाथ फेरते हुए, तीव्र स्वर में कहा था—"लोग स्वाहा को कुलटा कहते हैं, देवसेना। वे समझते हैं कि मैंने सती के पति का गर्भ धारण किया था। किन्तु वे उसकी महानता को नहीं जानते। वे कहते हैं, कि मैंने अपवाद को छिपाने के लिए अग्नि का नाम दे दिया। कहने दो। जिसके जो जी में आये कहे। जब तक कुमार देव-जाति के उद्धार में लगा है, तब तक उन्हें कुछ भी कहने दो। पूछो इन मूर्खों से तुम्हारे देखते दैत्यसेना को केशी उठा ले गया। तुमने क्या किया? यही है तुम्हारे यहाँ स्त्री की मर्यादा? जो तुम्हारी चिन्ता नहीं करता, उससे तुम डरते हो। जो तुमसे मिल कर रहना चाहता है उससे तुम घृणा करते हो।"

स्वाहा हाँफ रही थी। क्षण-भर रुककर उसने फिर कहा—"इन्द्र का पौरुष कहाँ है? अप्सराओं का भोग करने में? पहले के पराक्रमी इन्द्र! वे दिन ही और थे। किन्तु..." फिर उसने दृढ़ स्वर में कहा—"मेरा वे कितना ही अपमान क्यों न करें, किन्तु मैं जानती हूँ कि मैंने कोई पाप नहीं किया, महादेव ने कोई पाप नहीं किया। उमा ने कोई अपराध नहीं किया। शिवोपासक जातियों में कोई पाप नहीं है। यदि देव अपना दम्भ नहीं छोड़ेंगे, तो उन्हें असुरों का दास होना पड़ेगा। असुर दुर्दमनीय हैं। वे कितने

चतुर और कुशल हैं। उनके एक बार दास हो जाने पर, फिर मुक्ति असम्भव है। देवसेना, तब हम तुम उनकी दासियाँ होकर उन्हीं की स्त्रियों की भाँति अवरुद्ध जीवन व्यतीत किया करेंगी, जिसमें भयानक बन्धन है।''

देवसेना काँप उठी। उसने स्वाहा के मुँह पर हाथ रख दिया।

(6)

देवों के मुख्य नगर स्वर्ग और चारों ओर के कितने ही लोग कार्तिकेय के सहायक हो चले। सब पूछते, 'क्या कारण है? कुमार का विरोध किसलिये किया जाय?'

देवसेना ने देखा, स्वाहा के होंठ फड़क रहे थे। भयानक संग्राम हो रहा था। एक ओर थे इन्द्र, देव और महर्षि। और दूसरी ओर थे कार्तिकेय और उसके पारिषदगण।

अपने बलिष्ठ ऐरावत को जब इन्द्र ने अंकुश मारकर, उसे कुमार की ओर खींच कर वज्र मारा, तब कुमार की दाहिनी ओर से विशाख ने आगे बढ़कर, उसे अपने ऊपर ले लिया।

देवसेना मुग्ध-सी देखती रही। कुमार के पराक्रम से देवों का साहस छूट रहा था। स्वयं इन्द्र का मुख निष्प्रभ हो चला था। कुमार के पारिषदगण, महासागर की उत्तुंग लहरों की भाँति गरज रहे थे। अग्नि-वंश के योद्धा मानो समर-क्षेत्र में भीषण आग उगल रहे थे। किसी का सिर, किसी का शरीर, किसी का वाहन जल गया।

उस भीषण युद्ध में धीरे-धीरे देवों का पक्ष निर्बल होने लगा। क्रोध से इन्द्र का मुख विकराल हो गया था। भृगु-वंश के अग्नि, स्वाहा के पति, स्वयं रुद्र की भाँति युद्ध कर रहे थे। काकी, हालिमा, मालिनी, वृहिता, आर्या, पलाला और वैमित्रा स्कन्द की ओर से शस्त्र-वितरण कर रही थीं। भद्रशाखा अपनी अपार शक्तियों के साथ स्कन्द का पारिषद था। शुक्लपक्ष की पंचमी को पारिषदों की सृष्टि हुई थी, और आज छठ को ही भीषण संग्राम हो रहा था।

देखते-ही-देखते इन्द्र को छोड़कर समस्त देवताओं ने अस्त्र फेंक दिये और 'कुमार कार्तिकेय की जय' का आर्त क्रन्दन करते हुए, पुकारा—'शरण' महापराक्रमी, शरण!'

पारिषदों के उठे शस्त्र झुक गये।

क्रोध से व्याकुल इन्द्र चिल्ला उठे—''कायरो! तुम्हारे ही लिए मैंने शस्त्र उठाया था। तुम्हीं मुझे अकेला छोड़कर शत्रु की शरण में चले गये। मैं जानता था। देवसेना मेरे पास आयी थी। मैं जानता था कि मैं युद्ध को रोक सकता था। मैं कुमार की शक्ति जानता था। किन्तु तुम लोग अन्धे हो रहे थे।''

फिर क्षण-भर रुककर इन्द्र ने गरजकर कहा—''किन्तु इन्द्र पद पर बैठकर मैं पीछे नहीं हट सकता। कार्तिकेय, मैं द्वन्द्व-युद्ध के लिए तुम्हें निमन्त्रित करता हूँ।''

चारों ओर निस्तब्धता छा रही थी। सब भयानक परिणाम की आशा कर रहे थे।

किन्तु तभी कुमार ने बढ़कर कहा—"महाबली इन्द्र! मैं तुमसे युद्ध नहीं करना चाहता। मैं जानना चाहता हूँ कि तुम्हारा मुझसे क्या वैमनस्य है?"

इन्द्र ने अपमान से झुलसकर कहा—"इन्द्र कभी पराजित होकर नहीं रह सकता।"

उस समय अचानक एक स्त्री-स्वर सुनाई दिया। लोगों ने देखा देवसेना पुकार-पुकार कर कह रही थी—"किसलिए हो रहा है यह युद्ध? किसलिए घायलों की कराहें आज कानों में पहुँच रही हैं? महाबली इन्द्र मेरी मौसी के पुत्र हो। ऐरावत से उतर आओ। कुमार कार्तिकेय देवों का शत्रु नहीं है। किसलिए हम परस्पर युद्ध करके अपनी शक्ति क्षीण करें?"

'युद्ध बन्द कर दो,' 'युद्ध बन्द कर दो!' स्त्री और पुरुष चिल्लाने लगे।

इन्द्र का मुख उतर गया। वे ऐरावत से उतर आये। और उन्होंने हाथ फैलाकर कहा—"कुमार, तुम विजयी हो गये।"

किन्तु कुमार ने झुककर प्रणाम किया और कहा—"इन्द्र कभी पराजित नहीं होते। मैं इन्द्र का दास हूँ।"

जहाँ कुछ देर पहले भयानक रक्तपात हो रहा था, वहाँ अब मंगल ध्वनियाँ होने लगीं। शंख बजने लगे। स्वाहा आगे बढ़ी। कुमार कार्तिकेय ने एक बार देवसेना के मुख की ओर देखा जो हठात् ही लाल हो गया। स्वाहा मुस्कराकर हट गयी। देवसेना पृथ्वी की ओर देखने लगी। रक्त-बिन्दुओं से सजा हुआ कुमार कार्तिकेय का सौन्दर्य इस समय कामजित्-सा लग रहा था।

कुमार ने धीरे से कहा—"तुम कौन हो सुन्दरी?"

देवसेना ने बिना सिर उठाये ही कहा—"सेनापति, मुझे देवसेना कहते हैं।"

उसी समय इन्द्र कह उठे—"महापराक्रमी कुमार, आज से देवसेना तुम्हारी है।"

देवसेना ने लज्जा से सिर छिपा लिया।

कुमार ने कहा—"क्षमा करें, महाबली इन्द्र! मैं आज आपकी ये देवसेना न चाह कर, युद्ध करने वाली देवसेना चाहता हूँ।"

"होगा, होगा! वह भी होगा।" इन्द्र ने मुस्कराकर कहा।

सब चले गये।

देवसेना चुपचाप रो उठी। किसी ने स्नेह से उसके सिर पर हाथ फेरकर कहा—"रोती है, पगली?"

देवसेना ने सिर उठाकर देखा, स्वाहा खड़ी थी उसकी वेदना को समझती हुई। देवसेना ने उसके कन्धों पर सिर रख दिया, और सिसकने लगी। स्वाहा उसे ले चली।

देवों में सब जगह स्वाहा और देवसेना की ही चर्चा थी।

उधर संवाद आया कि असुरों ने उत्तर-पश्चिम में देव-नगरों और देव-ग्रामों को लूटना प्रारम्भ कर दिया था।

सन्ध्या ने शैल-मालाओं पर अपना स्वर्ण छिड़क दिया। हिममंडित शिखर ऐसे प्रतीत हुए, जैसे सोते हुए पुंडरीकों पर पराग फैल गया हो। गन्धर्वों की वाद्य-ध्वनि और गाँव से जागरण का अजय मन्त्र पवन पर आरूढ़ हो गया।

देवों की लक्ष्मी कार्तिकेय के पक्ष में आ गयी थी।

देवों ने स्तुति की—"हे महापराक्रमी स्कन्द! तुम त्रिभुवन को अभय देने वाले इन्द्र का पद ग्रहण करो।"

किन्तु कुमार गम्भीर था। उसने कहा—"मैं नहीं जानता कि इन्द्र का क्या उत्तरदायित्व है। इन्द्र इन्द्र रहें। मैं इन्द्र-पद नहीं चाहता। मैं इन्द्र का अनुचर होकर असुरों का नाश करना चाहता हूँ।"

इन्द्र ने गद्गद होकर कहा—"महापराक्रमी स्कन्द की जय! आज से स्कन्द को मैं स्वयं इन्द्र बनाता हूँ। इन्द्र से बढ़कर कोई भी पराक्रम नहीं होता। यदि तुममें मुझसे अधिक शक्ति है, तो मैं किसलिये इन्द्र बना रहूँ?"

सबने इन्द्र का साधुवाद किया। वे पुलकित थे। उन्होंने पुकारकर कहा—"स्कन्द! यदि मैं इन्द्र बना रहा, तो सब मेरा निरादर करेंगे, और हम दोनों में भेद डालने के विशेष यत्न करेंगे। यदि उनका यत्न सफल हो गया? तो लोगों के दो दल हो जायेंगे। एक दल तुम्हारे पक्ष में होगा और दूसरा दल मेरे पक्ष में। उस समय मुझमें और तुममें झगड़ा हो जायेगा। तब युद्ध में तुम अपनी इच्छा के अनुसार अपने बल से मुझे जीते लोगे। इसलिये तुम इन्द्र का पद ग्रहण करो।"

स्कन्द ने कहा—"हे इन्द्र! तुम श्रेष्ठ हो! तुम त्रिलोक के और मेरे भी स्वामी हो।"

देवताओं और उपस्थित लोगों ने दोनों की जय-जयकार किया।

इन्द्र ने कहा—"तब तुम्हें मेरी आज्ञा माननी चाहिए। तुम देवताओं के सेनापति का पद ग्रहण करो। यह देखो, यह सब देवसेना तुम्हारी है।"

स्कन्द के पारिषदगणों के रण-वाक्यों की ध्वनि से आकाश गूँज उठा। कार्तिकेय के पास उसका ध्वज लाल-लाल-सा दिख रहा था।

स्कन्द ने कहा—"हे इन्द्र, दास को स्वीकार है!"

इन्द्र ने पुकारकर कहा—"दानवों के विनाश के लिए देवताओं के प्रयोजन की सिद्धि और गो-हित के लिये...

देव-कवियों ने स्तुति करना प्रारम्भ किया—"सेनापति कार्तिकेय! स्वयं अग्नि ने समस्त अग्नि-वंश के साथ तुम्हारी रक्षा की है। तुम आज से सूर्य, चन्द्र, पवन, पृथ्वी और जल के शासक हो। त्रिभुवन तुम्हारी रक्षा में सतर्क है, तुम्हारी शरण में है।"

उस समय त्रिपुरदहन, किरातराज महादेव पार्वती के साथ आ गये। उन्होंने

विश्वकर्मा की बनायी कंचनमाला स्कन्द के गले में पहनाकर जयकार किया।

महर्षियों ने स्तुति की—"तुम अग्नि के पुत्र हो। अग्नि रुद्र है। तुम रुद्रसुत हो। कृत्तिकायें तुम्हारी माता हैं। वे पूजनीय हैं। इस समय इन्द्र का कवच पहनकर, तुम्हारा रूप अद्‌भुत हो उठा है। तुम सूर्य के समान हो। आज का दिन तुम्हारी विजय का दिन है। देवों की लक्ष्मी तो कल ही तुम्हारी ओर चली गयीं। आज मिलन का अवसर है। यह महातिथि है। युगों तक लोग तुम्हारा यश गायें।"

उस समय स्वाध्याय-पाठ का शब्द, देवताओं के नगाड़ों का शब्द और देवताओं की स्तुति तथा गन्धर्वों के मंगलगान का शब्द चारों ओर गूँज उठा। अप्सरा, पिशाच, देवता और बहुत-सी प्रजा सभी कुमार के इन्द्र के सेनापति होने पर आनन्दित हो रहे थे। इन्द्र का सम्मान करते, प्रफुल्लित हो सबने देखा कि सहस्रों कुमार के पारिषद और देवताओं की सेना ने एक स्वर से कार्तिकेय का जयनाद किया।

कवियों ने फिर जयगान किया—"सप्तर्षियों की छः पत्नियाँ और अरुन्धती लोकपूज्य हैं। वे तुम्हारी माता के समान हैं। हे स्कन्द, तुम्हारे विधान में इन्द्र के विचारानुसार अभिजित् नक्षत्र के स्थान पर घनिष्ठता प्रतिष्ठापित हुआ। आज चन्द्रमा, सूर्य और बृहस्पति एक हो गये हैं। आज नवयुग का आदि हुआ। कृतिका तुम्हारी माता है। गरुणों की माता, वृद्धा विनता ने तुम्हें वन के पार किया था। वे लोकपूज्य हैं। ब्राह्मी, माहेश्वरी आदि लोकमाता पूज्य थीं, पर आज उनका गौरव नष्ट हो गया है। वे देवताओं की विनाशिनी सिद्ध हुईं। बच्चों को खा जाने वाली जातियाँ तुम्हारी अनुचर हैं। बालघातिनी पूतना, पिशाची, निशाचरी शीत-पूतना, बालक-माँस-प्रिय मुख-मन्दिका, करंजनिया, लोहितायनि सबके उपासकों ने तुम्हें सहायता दी है। उनकी कीर्ति आकाश के नक्षत्रों के समान बनी रहेगी।"

तब स्वाहा ने आगे बढ़कर कहा—"पुत्र, मैं तुम्हारी माता हूँ।...क्या तुम मुझे स्वीकार नहीं करोगे? अग्निवंश में उद्‌भूत तुम्हारे पिता ने वंशगत संकोच से मुझे आज तक स्वीकार नहीं किया। मैं अपमानित हो, भटकती रही। कोई मुझे नहीं चाहता। अग्नि के अंगिरा-वंश ने युद्ध तुम्हारी ओर से किया। परन्तु मुझे कोई सम्मान नहीं मिला। तुम्हें महादेव और उमा ने पाला है। पर मैं तुम्हारी माँ हूँ। तुमने मेरे गर्भ से जन्म लिया है। जिस गर्भ को भय से मैंने उन जातियों में छिपा दिया, भगिनी के पति के संरक्षण में रखा, जिनसे यह रूढ़िवादी देव घृणा करते थे, आज उसी गर्भ का बालक तू इस उच्च पद पर आसीन है। क्या तू भी मुझे छोड़ देगा? उसका स्वर काँप रहा था।"

स्कन्द ने बढ़कर कहा—"माँ!"

स्वाहा ने उसे गोद में भर लिया और आनन्द से रो पड़ी।

स्कन्द ने देखा, एक व्यक्ति आगे बढ़ आया। उसने काँपते स्वर में कहा—"मैं

आ गया, स्वाहा! मैं तेरा पति, आ गया।''

स्वाहा चौंककर हट गयी। उसने हर्ष से देखा, स्कन्द को अग्निवंशीय प्रौढ़ अपने चरणों से उठा रहा था। उसने धीरे से कहा—''स्कन्द मुझे क्षमा कर! कुछ भी हो, अब अग्नि और स्वाहा का नहीं, संसार तुझे शिव और उमा का पुत्र कहेगा।''

स्कन्द ने कहा—''संसार की सब स्त्रियाँ मेरी माता हैं।''

रात हो चली थी। हठात् इन्द्र ने पुकारकर कहा—''देव, राक्षस, यक्ष, किन्नर, गन्धर्व, नाग, किरात, वसु, जृम्भक, पिशाच, सिद्ध, ऋषि उपस्थित वाहिनी, सब सुनो!''

चारों ओर नीरवता छा गयी। इन्द्र ने कहा—''इस समय सब आनन्द में प्रफुल्लित हैं। किन्तु आज इन्द्र अपनी एक प्रतिज्ञा पूरी करना चाहता है। आप सब इस गृहयुद्ध की अग्नि को शान्त करने वाली एक शक्ति को भूल गये हैं। मैं चाहता हूँ, कि यह महातिथि पूर्णतः सार्थक हो।''

चारों ओर से ध्वनि उठी—''अवश्य, अवश्य!''

जब कोलाहल शान्त हुआ, तब इन्द्र ने कहा—''देवसेना! प्रजापति दक्ष की कन्या देवसेना! आगे आओ!''

देवसेना आँख फाड़, अपने-आपको भूली हुई उल्का के काँपते प्रकाश में खड़ी-खड़ी चकित-सी देख रही थी। अपना नाम सुनकर वह चौंक उठी। वह स्कन्द की महानता और वैभव से पराजित-सी अपने-आपको अत्यन्त हीन समझती, किंकर्तव्यविमूढ़-सी देख रही थी।

इन्द्र ने फिर कहा—''देवसेना से बढ़कर देवों के पास आज कोई सुन्दरी नहीं है।''

देवसेना संकुचित हो रही थी। स्वाहा ने उसे हाथ पकड़कर आगे खींच लिया और चिल्लाकर कहा—''एक दिन दक्ष की कन्या ने महादेव के उपासकों को देवों से मिला देना चाहा था। वह असफल हो गयी। दक्ष की स्वाहा के कर्म का यह फल है कि आज दक्ष की तीसरी कन्या उस कलंक को मिटा देगी!'' फिर उसने कुमार स्कन्द महासेन से मुड़कर कहा—''पुत्र, यह तेरी है।''

देवसेना लाज से गड़ी जा रही थी। मन्त्रज्ञाता, अग्निरूप बृहस्पति जप करने लगे। होम का आयोजन होने लगा। अपने ऐरावत हाथी के घंटे इन्द्र ने स्कन्द को उपहार में दिये जिसमें से एक स्कन्द ने विशाख को दे दिया।

वह सुवर्ण पर्वत पर कार्तिकेय देवताओं और पिशाचों के बीच में भव्य दीप्ति से अत्यन्त सुन्दर लग रहे थे। उन्होंने देवसेना का स्वेदयुक्त हाथ पकड़ लिया।

उस कांचन-पर्वत पहले से ही फूले हुए सत्तानक, करवीर, पारिजात, जया, अशोक, कदम्ब आदि वृक्षों के वनों से और मृग तथा पक्षियों से सुहावना लगता था, उस पर अब देवता, देवर्षि, नाचती-गाती हुई अप्सरायें तथा गन्धर्व आदि के झुंडों से और भी सुन्दर लगने लगा। गम्भीर निर्घोष से नगाड़ों का तुमुल निनाद आनन्द

कोलाहल में मिलकर गूँज उठा। इन्द्र अत्यधिक प्रमुदित थे। समस्त जातियों में अपूर्व उत्साह छा रहा था।

स्वाहा तथा अग्नि के निकट कार्तिकेय देवसेना का हाथ पकड़े खड़े थे।

आज सब विद्वेषों का अन्त हो गया था।

(7)

जब पार्वती और शंकर रथ पर जाकर बैठ गये तब कुबेर, यक्ष गुह्यकों के साथ उनके साथ-साथ चले। इन्द्र ऐरावत पर साथ-साथ चल पड़ा। अनेक यक्ष, राक्षस, जृम्भकगण के साथ अमोघ नामक महायक्ष दाहिनी ओर था। वसुगण, रुद्रगण, तथा यमराज भी साथ ही चले। रुद्र का विजय नामक त्रिशूल उठाये अनुचर पीछे जा रहे थे। गदा, मूसल, शक्ति, ट्टिश इत्यादि शस्त्रों से सज्जित, भृगु और अंगिरा के बीच में रुद्र चलने लगे। देवता, गन्धर्व, नाग, अप्सरा, गौरी, विद्या, गान्धारी, केसिनी, मित्रसा तथा सावित्री भी पीछे-पीछे चलती रहीं।

राक्षसगण पताका लिए आगे-आगे जा रहे थे। श्मशान में रहने वाला यक्षराज हिंगला भी उन्हीं के साथ था।

कार्तिकेय उन सबसे घिरकर अत्यन्त शोभित हुए।

महादेव ने कहा—"स्कन्द, तुम सदा मारुपतस्कन्द नामक देवताओं के सातवें व्यूह की रक्षा करो।"

और इसके बाद महादेव रुद्र ने भद्रभट की ओर प्रस्थान किया।

सब विश्राम करने लगे।

रात हो गयी थी। सब सोने का उपक्रम करने लगे थे। असुरों की विजयों का आतंक उनकी प्रबल वाहिनी के साथ चढ़ा चला जा रहा था। कहीं-कहीं योद्धाओं के बीच उल्कायें जल रही थीं, जिनके प्रकाश में सुन्दर यक्षिणियाँ नृत्य कर रही थीं और वे आसव पी-पीकर विह्वल हो रहे थे। बहुत दिनों से युद्ध न होने के कारण पुरुषों का पौरुष स्त्रियों के साथ विलास में ही निहित हो गया था। और फिर यक्षों की अपार धन-सम्पत्ति तथा गन्धर्वों की निरन्तर संगीत-नृत्य में लगी रहने की लालसा ने उनके युवकों का मुख जीवन के दूसरे क्षेत्रों की ओर मोड़ दिया था। देव समझते थे कि अब देवताओं ने असुरों को सदा के लिए पराजित कर दिया है।

पिशाच और अन्य जातियाँ काफी सशक्त थीं। स्कन्द के विशेष पारिषदगण उन्हीं में से चुने गये थे।

आकाश में तारे छिटक रहे थे। इधर एक ताल उनकी झिलमिल, धुँधली-धुँधली चमक में स्तब्ध पड़ा था। सुगन्धित समीर बहने लगा। निकटस्थ नगर से उत्तमोत्तम भोजन मँगाये गये थे। आज नगरों से आ-आकर युवक सैन्यशक्ति बढ़ा चुके थे।

देवसेना चुपचाप एक शिलाखंड के सहारे टिकी हुई, खड़ी-खड़ी सोच रही थी। विभिन्न दिशाओं को विभिन्न सेनापति जा चुके थे।

अचानक किसी तुरही का शब्द उठा और फिर वह लय हो गया। देवसेना मुड़ी और हठात् चौंक उठी। उसके पीछे न जाने कब से महापराक्रमी, महादेव, कार्तिकेय कुमार, स्कन्द, समस्त देवसेना के सेनापति, महादेव के समस्त गणों के नायक, अग्नि-वंश विद्वेष-विनाशक पुत्र चुपचाप खड़े, अतृप्त आँखों से उसकी ओर निहार रहे थे।

कुमार ने अपनी भुजायें फैला दीं। कुछ कहने-सुनने की आवश्यकता न रही। देवसेना उसमें समा गयी।

कुमार ने धीरे से कहा—''भय तो नहीं लगता?''

देवसेना ने कुछ नहीं कहा। केवल एक बार आँख भरकर उनकी ओर देखा। जैसे कानों ने कुछ नहीं सुनना चाहा। मन कह रहा था, 'तुम्हारे रहते?'

''तुम'', कुमार ने कहा—''अप्सराओं से भी अधिक सुन्दर हो। त्रिभुवन में तुम्हारे समान कोई नहीं है। वह देवसेना मुझे छोड़ सकती है, पर तुम मुझे कभी नहीं छोड़ोगी। तुमने देवजाति के कल्याण के लिए ही जन्म लिया है।''

देवसेना ने हँसकर कहा—''यदि इन्द्र न होते, तो मुझे केशी उठा ले गया होता।''

कार्तिकेय ने उसे अपने अंक में दबाते हुए कहा—''पर अब कोई तुम्हें नहीं ले जा सकता, देवसेना! स्वयं इन्द्र, महादेव और ब्रह्मा भी तुम्हें मुझसे नहीं छीन सकते।''

देवसेना को यह विद्रोह बुरा नहीं लगा। वह आत्म-विभोर हो सुन रही थी।

आने वाले युद्ध की आशा से भूमि काँप रही थी। देवसेना ने जलती आँखों से कार्तिकेय की ओर देखकर, कहा—''पराक्रमी!''

कुमार के हाथ ढीले हो गये। उसने सावधान होते हुए कहा—''सुन्दरी, जिस दिन मैं तुम्हारे अपमान का बदला ले लूँगा, जिस दिन मैं असुरों के रक्त से तुम्हारे पाँवों में महावर लगाऊँगा, उस दिन...''

देवसेना का ऊष्ण श्वास कुमार के कन्धे को छूने लगा। उसने धीरे से कहा—''मैं भी युद्ध में चलूँगी।''

कुमार हँसा। उसने कहा—''क्या तुम्हें मेरे पौरुष पर विश्वास नहीं है? क्या तुम मेरी रक्षा के लिए चलना चाहती हो?''

''नहीं,'' देवसेना ने कहा—''तुम्हारे पौरुष का कार्य बढ़ाने के लिए...''

दोनों हँस पड़े। रात घनी हो चली थी। देवसेना कुमार से सटी खड़ी रही।

(8)

विपत्ति के बादल सघनतम हो चले। असुरों का प्रहार अपनी संख्या में बढ़ने लगा

रहा। उसका वेग बढ़ने लगा। उन्होंने उत्तर-पश्चिम की भूमि को श्मशान बना दिया। देवों के वे उच्च सौध धूलि में मिल गये। देवगण में उस भयानकता के कारण ऐसा आतंक व्याप्त हो गया, जिसकी चर्चा सुनकर नागों तक की छाती दहल उठी। किन्तु वे अपने युवकों को निरन्तर युद्ध-भूमि की ओर भेजते रहे? पराक्रमी रक्ष-जाति ने असुरों से भीषण युद्ध किया, जिससे असुरों के दो-एक स्थान पर पाँव भी उखड़े, किन्तु उनकी अधिक क्षति नहीं हुई। स्वयं महादेव उनकी और उनके गणों में एक व्याकुलता छा गयी। असुरों की सेना मेघ और पर्वत के समान भीषण आक्रमण करने लगी। कुमार का समय दिन-रात युद्ध-भूमियों में ही बीतता, किन्तु वे जिधर से हटते उधर से ही चतुर दानव प्राप्त, गदा, खड्ग, परिघ इत्यादि लेकर टूट पड़ते। पाषाण-वर्षा का प्राचीन युद्ध भी उनकी रण-योजना में एक विशेष स्थान रखता था। देवसेना भयभीत होकर भागने लगी। असुर स्वयं भी अग्नि-पूजक थे। वे आग लगाकर समझते कि उनका देवता अट्टहास कर रहा है। देव-पत्नियाँ पकड़ ली जातीं। महाअसुर केशी के प्रचंड भुज-दंडों में विजित देव-सुन्दरियाँ फूलों की भाँति मसली जाने लगीं। दानवों ने इनके वनों में आग लगा दी, जिससे इनके ग्राम जल उठे और अनेक पशुओं का विध्वंस हो गया। देवता इतनी बुरी तरह पिटे कि वे त्राहि-त्राहि करते हुए भागने लगे।

इन्द्र ने उन्हें सान्त्वना देते हुए कहा—''वीरो, शत्रु का दृढ़ता से सामना करो। याद करो, तुम्हारे पूर्वज जब शस्त्र लेकर बढ़ते थे, तब असुरों की भीमवाहिनी पुरानी लकड़ी की भाँति अर्रा कर टूट जाती थी। एक दिन इन्हीं नदियों में, मैदानों में देव-जाति के प्रचंड हुँकारों से पृथ्वी को कँपा देने वाली शक्ति व्याप्त हो गयी थी। देवताओं, बढ़ो? तुमने मृत्यु को कुछ नहीं समझा! तुम अमरों की सन्तान! तुम अमर हो।''

तब महाबली वसु देवता और सान्ध्यगण भी देवताओं से मिलकर दानवों से युद्ध करने लगे। इस प्रचंड प्रहार से देवों में अभूत बल छा गया। असुरों का घोर संहार होने लगा। रणवाद्यों के तुमुल निनाद में देवों के शस्त्रों ने कच्च घड़ों की भाँति असुरों की सैन्य शक्ति को फोड़ दिया, और देखते-देखते असुर, दैत्य, दानव सेना युद्धभूमि से डरकर भाग खड़ी हुई।

जब यह संवाद पराक्रमी कार्तिकेय के पास पहुँचा, तो उसने कहा—''इन्द्र हमारे पूज्य हैं। उनका गौरव पृथ्वी पर अक्षुण्ण रहेगा।''

देवसेना विभोर हो उठी। उसने गद्गद स्वर में कहा—''देवेन्द्र से कहना, कि देवसेना केशी के रक्त की प्रतीक्षा कर रही है!'' और जब उसने ये कठोर शब्द कहे तो उसकी आँखों में पागलपन-सा छा गया।

उस रात को देवों ने हर जगह सम्मिलित गान किया। गन्धर्वों ने रण-राग गाये। यक्षों, सिद्धों ने युद्ध का हुकारें उठायीं। राक्षस, नाग, किन्नर, पिशाच, इत्यादि टोह लेते रहे।

देवसेना बैठकर आसव पिया करती या स्कन्द के साथ-साथ रणभूमि में घूमती।

इस प्रकार देवताओं और दानवों का युद्ध होता रहा। चारों ओर रक्त और माँस की कीच लग गयी।

दानवों में फिर एक बार भयानक उत्साह छा गया। तुरही नगाड़े आदि बजाकर, घोर सिंहनाद करते हुए, जब उन्होंने भीषण आक्रमण किया, तो देवसेना दबने लगी। और तब यह नाद गूँज उठा, 'महाबली दैत्य वीर महिष की जय!' महासामरिक असुरों ने वज्रगर्जन किया।

उस महा असुर का नाम सुनकर, वीर देवताओं के छक्के छूट गये, और वे भागने लगे। भागते हुए देवों पर असुर ऐसे झपटकर उन्हें मारने लगे, जैसे सिंह मृगों के झुंड पर आक्रमण करके, उसे नष्ट-भ्रष्ट कर डालता है। और देवों को भागते देखकर, उसने देखा कि युद्धभूमि में कोई सेनापति नहीं है। तब उसने प्रचंड अट्टहास किया। स्वयं देवराज इन्द्र युद्धभूमि से भय के कारण भाग गये थे।

दूसरे दिन ही महाअसुर महिष का कठोर स्वर गूँज उठा—"भद्रवट की ओर! सामरिकों, आज रुद्र का संहार करना है।"

उस समय मेघवर्ण महाकाय दैत्य अपनी विजय के निश्चय में घोर कोलाहल और सिंहनाद करते हुए, पाषाण-वर्षा में निरत, इधर-उधर पृथ्वी को सन्तप्त करते हुए दारुण वेग से रुद्र की ओर चल पड़े। किन्तु मार्ग में ही रुद्र की सेना ने टक्कर ली। भीषण युद्ध होने लगा। इस भयानक रूप से हत्याकांड हुआ कि महिषासुर का क्रोध उन्मत्त हो उठा। वह देव रुद्र के रथ पर क्रोध से हुँकार कर सिंहनाद करता आक्रमण करने लगा। देव रुद्र का रथ पीछे हटने लगा। क्षण-भर में लगा कि उत्तर प्रान्त असुरों के हाथ में चला जायेगा। उसी समय एक तीखी आवाज गूँज उठी—"महा पराक्रमी कुमार स्कन्द कार्तिकेय की जय!"

देवरुद्र ने चिल्लाकर कहा—"सैनिको! यक्षो! राक्षसो! कुमार कार्तिकेय की..."

और तब पहाड़ों की छाती फाड़ने वाला स्वर उठा और गूँजा—"जय!"

महाबाहु कार्तिकेय को देखते ही दैत्य सेना काँप उठी। क्षण-भर महिषासुर देखता रहा। फिर वह कार्तिकेय की ओर चला। देवसेना ने देखा उसका पति विकराल अट्टहास करके आगे बढ़ा। दोनों में भीषण, प्रचंड युद्ध होने लगा। अचानक कार्तिकेय की शक्ति प्रज्वलित-सी दिखायी दी और दूसरे क्षण वीर महिषासुर का सिर कटकर धूलि में लोटने लगा।

क्रुद्ध कुमार ने चिल्लाकर कहा—"महाबली महिषासुर का सिर ले जाकर उत्तर कुरु के प्रवेश-द्वार पर लटका दो; जिससे भय उसके पौरुष को नष्ट कर दे, और उनमें फिर इतना साहस न रहे, कि उत्तर कुरु पर वे अपने हाथ चलायें।"

देवताओं ने भीषण जयनाद किया और भागते हुए दानवों का इतना भयानक

संहार किया गया कि लगता था कि अब असुर देश में निस्सन्देह एक-एक दस-दस साल के बालक से बीस-बीस युवतियाँ विवाह करेंगी। सभी शत्रु मार डाले गये। जो बचे उन्हें स्कन्द के पारिषदगण मारकर प्रसन्नतापूर्वक माँस खाने और रक्त पीने लगे।

उस समय त्रिभुवन में कार्तिकेय की विजय-गाथा प्रतिध्वनित होने लगी। तब कविगण उनकी स्तुति करने लगे—"हे आग्नेय, स्कन्द, दीप्तिकीर्ति, अनामय, मयूरकेतु, धर्मात्मा भूतेशु, महिषार्दन, कामजित्, कामद्, कान्त, सत्यवाक्, भुवनेश्वर, शिशु, शीघ्र, शुचि, चंड, दीप्तवर्ण, शुभा न, भतकृत, कूटमोहन, षष्ठीप्रिय, विभक्त, स्वाहेय, रेवती-सुत, प्रभु नेता, नैगमेय, खेचारी, विश्वामित्रप्रिय, देवसेनाप्रिय, षडानन गृह! तुम सहस्र तुष्टि, सहस्रभुक्, सहस्रशिशु, सहस्रचरण हो! स्वाहा पृथ्वी और स्रतिकाओं ने तुम्हें उत्पन्न किया है! हे षडानन! मुर्ग तुम्हारा खिलौना है। तुम पर्वतराज हो! तुम उग्रधन्वा हो! युगों तक तुम्हारी कीर्ति गायी जायेगी। युगों तक तुम अमर हो!"

और त्रिभुवन जय-जयकार और आनन्द-कोलाहल नृत्य-वादन-गायन से गूँज उठा। युद्ध कालीन समय अब भी विलासिनियों की शय्या पर अंगराग की भाँति कुचल-कुचल कर चूर्ण हो रहा था।

स्कन्द ने देवसेना से कहा—"सुन्दरी हमारा कार्य समाप्त हो गया। ब्रह्मा की बनायी सबसे बड़ी शक्ति महिषासुर को खंड-खंड कर दिया गया है। अब चलो!"

देवसेना ने चकित होकर पूछा—"कहाँ कुमार?"

कुमार ने हँसकर कहा—"वहीं जहाँ मैं पला था, जहाँ संसार की उपेक्षित जातियाँ रहती हैं। वहीं महादेव के गणों के बीच; जहाँ मेरा पालित मयूर पुच्छ खोलकर नृत्य करता है।"

देवसेना मुग्ध-सी सुनती रही। कार्तिकेय का पौरुष सौम्य था, सुन्दर, सजीव, दीप्त। यह देख रही थी कितना महान्, कितना गरिमामय फिर भी कितना सरल...

किन्तु देवताओं को ज्ञात होते ही चारों ओर हलचल मच गयी। असुरों का भय अभी तक उनके उपचेतन में समाया हुआ था। उन्होंने सम्मिलित स्वर में निश्चित किया कि असुरों के पुरों का जब तक दहन नहीं होगा तब तक वे शान्त नहीं होंगे। प्रतिहिंसा का भीषण शब्द उनके कानों में रक्त-दान के बिना सदा ही गूँजा करेगा। अभी असुरों का क्या बिगड़ा है? वे महिषासुर की मृत्यु की बात सुनकर दुगुने वेग से प्रहार करेंगे।

कुमार स्कन्द हँसे। उन्होंने कहा—"देवगण निर्भय रहें। बाहर का युद्ध चलाने को देवों की शक्ति यक्ष, गन्धर्वों, विद्याधरों और किन्नरों का धन और जन बल है। देव-गुरु बृहस्पति की प्रज्वलित अग्नि, महा-वीर्यवान इन्द्र, विष्णु, चन्द्रमा विधाता, वायु, पूषा, भग, अर्यप्ना, अंश, विवस्वान, मित्र, वरुण सन्नद्ध रहें। पुलह, पुलत्स्य, कश्यप, अत्रि, मरीचि, भृगु, अंगिरा, ऋतु, प्रचेता, दक्ष की सन्तान, पुरों और ग्रामों

को तत्पर रखे। सिनीवाली आठों वसु, ग्यारह रुद्र वनों की रक्षा करें। एकाएक प्रचुत् काफी है। मैं महापारिषद, वनन्दिनसेन, लोहिताक्ष, घंटाकर्ण और कुमुदमाली के नेतृत्व के निमित्त सेना को देता हूँ। यम के दिये उन्माथ और प्रमाथ मेरे साथ रहें। सुभ्राज, भास्वर, मणि और सुमणि ज्वालाजिह्व, ज्योति, चक्र, विक्रम, संक्रम, उत्क्रोश, पंचक, कुन्द, कुसुम, कुमुद, डम्बर और आडम्बर अपने पहले स्वामियों को भूलकर, एक होकर, नगर दुर्ग की रक्षा करें। मेरे 152 पारिषद समस्त उत्तर कुरु और अन्य भू-प्रान्तों में फैल जायें। 192 मातृकायें अपना जातीय और देवतोपासन भेद भूलकर अपने अनुचरों के साथ युद्ध के पार्श्व को संयोजित करें। बाकी मातृकायें, भूतगण, कुक्कुट, उलूक, गरुड़ तथा महादेव के समस्त गण, बेताल, पिशाच, इत्यादि मेरे साथ रहें। मैं अभी कुछ दिन यहीं रहूँगा।''

देवसेना क्षण-भर के लिए मन-ही-मन संकुचित हो गयी। जब सब उस स्थान से हट गये तो उसने कार्तिकेय से कहा—''कुमार स्कन्द!''

कुमार ने कहा—''क्या है, देवसेना? कुछ चिन्तित हो?''

देवसेना सकपका गयी। उसने कहा—''पराक्रमी, तुम्हारी शक्ति और पारिषदों को देखकर आज सब भयभीत हैं। किन्तु मैं देवों को जानती हूँ। तुमने जो रक्षक अपने पास नियुक्त किये हैं, उससे उनमें कुछ असन्तोष अवश्य हुआ होगा। तुमने उन्हें नहीं चुना। क्या वे वीर न थे?''

स्कन्द ने किंचित मुस्कराकर उत्तर दिया—''सुन्दरी, कुमार स्कन्द ऊपर की झिलमिल से भ्रम में नहीं पड़ सकता। ये लोग मेरे विश्वासपात्र हैं।''

''किन्तु,'' देवसेना ने कहा—''इन लोगों के विचित्र मुख हैं। जैसे जंगली पशु हों ये।''

''यह तो प्रकृति के निर्णय की बात है। इसमें इनका क्या दोष? इनका विश्वास, इनका रहन-सहन, सब कुछ प्राकृतिक है। देव अपने को प्रकृति का नियन्ता समझने लगे हैं। पर ये ऐसा नहीं समझते। ये सब महादेव के उपासक हैं। भिन्न-भिन्न छोटी-छोटी जातियाँ सब तरह से स्वतन्त्र हैं। उनके यहाँ अपनी कोई सम्पत्ति नहीं। रक्ष यद्यपि यक्षों के काफी प्रभाव में आ चुके हैं, परन्तु अब भी उन पर इन सरल जातियों का बहुत प्रभाव है। इनमें एक ही दोष है, कि ये नये व्यक्ति पर सरलता से विश्वास नहीं करते। इनके यहाँ बड़े नगर नहीं हैं। मैं तुम्हें इनके बीच ले चलूँगा। तब तुम स्वयं देख लोगी।''

''किन्तु,'' देवसेना ने कहा—''ये मातृकायें कामचारिणी हैं।''

स्कन्द हँसे। उन्होंने कहा—''किस जाति की स्त्रियाँ कामचारिणी नहीं हैं। जिसे संयम कहा जाता था, कहते हैं, वह पहले इन्हीं कुछ जातियों में था। किन्तु वह भी व्यक्ति का गुण था। समाज में उसका आडम्बर नहीं था।''

देवसेना ने अन्तिम प्रहार किया—''उनके पिता के विषय में कोई नहीं जानता। लोग कहते हैं, कि देवों के द्वारा उद्भूत हैं। उनकी माताओं के विषय में भी कुछ निश्चित रूप से नहीं कहा जा सकता।''

अब की बार स्कन्द को एक अत्यन्त आनन्दपूर्ण चमक ने घेर लिया। उसने कहा—''स्कन्द किसका पुत्र है? अग्नि, रुद्र, महादेव इसके पिता हैं। कृतिका, मातृका, सपर्णी, स्वाहा, पृथ्वी इसकी माता हैं। किन्तु स्कन्द एक है। अच्छा है, यदि पुरुष सबका पुत्र है, स्त्री सबकी पुत्री है। पहले देवों में भी कोई इस कार्य के विषय को नहीं उठाता था। सुन्दरी, प्रजनन संयोग से होता है। सम्भोग किसी भी पुरुष या स्त्री में न्याय्य है। वीर्य-नाश अनुचित है। तुम जानती हो, देवसेना, मैं किसका पुत्र हूँ?''

देवसेना चुप खड़ी रही।

तारों की छाया में हठात् कुमार ने हँसकर कहा—''संसार की स्त्रियाँ आज देवसेना को कामचारिणी दिखायी देती हैं। अतः वह आज कामचारिणी नहीं बन सकती।''

देवसेना लाज से गड़ गयी।

रात गहरी हो चली थी।

कुमार की भुजायें, उसने अनुभव किया, जितनी कठोर थीं, उतनी ही कोमल भी थीं। उसके लम्बे-लम्बे सुनहले केश समीरण पर झूमने लगे।

(9)

इन्द्र युद्ध के बाद अत्यन्त खिन्न रहने लगे। उनको कोई राह नहीं दिखायी देती थी। उधर महादानव नमुचि का आक्रमण होने लगा था। इन्द्र को उससे अन्त तक युद्ध करना पड़ा। नमुचि भाग खड़ा हुआ। किन्तु इन्द्र को इसी से चैन नहीं आया। उन्होंने दूत भेजकर सन्धि-पत्र भेजा। वे अपने पराक्रम पर नितान्त विश्वास करने को तत्पर नहीं थे। फिर भी महर्षि और देवों का एक वर्ग उन्हें चुपचाप उकसाता रहता। अतः उन्होंने सामंजस्य स्थापित करने के लिए सन्धि ही श्रेष्ठ समझी। उन्होंने नमुचि को संवाद भेजा—'हे असुरश्रेष्ठ! मैं शपथ करके कहता हूँ, कि रात को या दिन को, गीले या सूखे पदार्थ से तुम्हें नहीं मारूँगा।'

चारों ओर आनन्द छा गया। सबको प्रतीत हुआ कि अब युद्ध सदा के लिए समाप्त हो गये।

देवसेना का यौवन-कमल, सौभाग्य-किरण स्पर्श से पुलकित होकर खिलने लगा। वह कभी झरनों को देखती रहती, कभी कुमार स्वामी की अभ्यर्थना में खड़ी-खड़ी प्रतीक्षा किया करती।

कार्तिकेय उसे खड़ी देखकर परम स्नेह से कहते—'अप्सरे, तुम सोयी नहीं?''

देवसेना प्रफुल्लित हो जाती। किन्तु युद्ध के कारण चिन्तित कार्तिकेय का सब

समय उसका नहीं था। यह कभी-कभी उसके यौवन के एकान्त कोने में कचोटने लगता। किन्तु उनके बाद ही एक भयानक संवाद फैल गया। इन्द्र ने कुछ महर्षियों के कहने से एक दिन जब न दिन था, न रात थी, कुहासा छा रहा था, जल के फेन से न जाने किस प्रकार अपने नमुचि-जैसे प्रिय-मित्र का सिर काट डाला। चारों ओर ऐसा भयानक विक्षोभ फैल गया कि इन्द्र को इस विश्वासघात के कारण कहीं मुँह दिखाना कठिन हो गया।

दूतों ने आकर बताया कि वे अरुण नदी की ओर जाकर कहीं छिप गये हैं। कथा फैल रही थी, कि इन्द्र के कानों में निरन्तर उसके अन्तिम शब्द गूँजा करते हैं—''पापी! तूने मित्र की हत्या की! धिक्कार है तुझे।''

सोमतीर्थ में चन्द्रदेव का यज्ञ समाप्त हो चला था। ठीक उसी समय अचानक तारकासुर की प्रबल सेना ने देवों पर भयानक आक्रमण किया। बलि का पुत्र बाणासुर पहाड़ों-ही -पहाड़ों में छिपकर क्रौंचपर्वत पर पहुँच गया, और यहाँ देवों से गुप्त दुर्ग छीनकर उसने बीच में अवरोध खड़ा कर दिया। तैजसतीर्थ में भी, जहाँ पहले देवताओं ने लोकपाल वरुण का राज्याभिषेक किया था, दैत्यों का प्रबल कोलाहल व्याप्त हो चला, सर्वभक्षी अग्नि की विकराल लपटों से वन जलने लगे। विशाल शालों में आग लग गयी। दिन-पर-दिन परिस्थिति भीषण हो चली। कुछ महर्षि इन्द्र को खोजने के लिए अरुण नदी की ओर चल पड़े। महिषासुर की आठ पद्म सेना नष्ट हो चुकी थी। अब की बार त्रिपाद दानव ह्रदोदर दैत्य की सेना ने घेरा डाल दिया।

देवसेना ने देखा, सुना और न जाने क्यों वह एक बार काँप गयी। किन्तु कुमार कार्तिकेय ने जब वीरवेश में आकर कहा—''सुन्दरी, युद्धभूमि में जाने की आज्ञा दो,'' तो देवसेना उस समय स्वयं रणवेश में आकर सामने खड़ी हो गयी थी, किन्तु अब की बार कुमार उसे छोड़ गये। उन्होंने कहा—''तुम नहीं, देवसेना! अब की बार युद्ध अत्यन्त विकराल रूप धारण कर उठेगा। शत्रु भीतर घुस आया है।''

देवसेना ने हठ नहीं किया। उसने गम्भीरता से कहा—''मैं दैत्यसेना का वैधव्य चाहती हूँ।''

कुमार ने कहा,—''और?''

''मैं असुरों के आभूषण चाहती हूँ!''

कुमार ने फिर कहा—''और?''

''मैं इन्द्र के लिए क्षमा चाहती हूँ। असुर फिर भी असुर ही था।''

''बस, सुन्दरी? और कुछ?''—कुमार ने हर्ष से पूछा।

देवसेना कुमार के वक्ष पर सिर रखकर दीर्घ श्वास लेने लगी। उसने कुछ नहीं कहा।

तभी बाहर कुछ शब्द हुआ। दूत ने आज्ञा पाकर प्रवेश किया।

उसने सिर झुकाकर कहा—"देवताओं के समझाने से महाबली इन्द्र लौट आये हैं। अब वे नमुचि के वध को हत्या और पाप नहीं समझते। सुना है असुर इससे और भी अधिक क्रुद्ध हो उठे हैं।"

दूत चला गया। बाहर योद्धाओं के शस्त्रों की झंकार उठ रही थी। कहीं कोई स्त्री भवन में कोई गीत गा रही थी, जिसमें एक स्त्री अपने पति को विदा दे रही थी। उसका करुण स्वर सन्ध्या के आहत आलोक पर धीरे-धीरे सरकता हुआ दीपधारों से टकराता हुआ बाहर निकलकर भाग रहा था।

कुमार की ऊँची, लम्बी नाक, उनका भव्य ललाट, जिस पर स्वर्ण किरीट चमक रहा था, उनके प्रचंड भुजदंड, आज देवसेना सबको आँख भर-भरकर देख रही थी। कुमार ने उसकी मूक अभिव्यक्ति को समझा।

बाहर अब शंख बजने लगे थे। भूतगण और किरातों के अद्‌भुत वाद्यों से तरह-तरह की ध्वनियाँ उठने लगी थीं।

पिंजरे में बैठा हुआ सुग्गा अचानक अपनी मोटी आवाज में कुछ कह उठा। द्वार तक आकर एक मुर्ग अपनी कलंगी हिलाता हुआ लौट गया।

कुमार ने जाग्रत होकर कहा—"देवसेना, मैं जाने की आज्ञा चाहता हूँ।"

देवसेना की आँखें भीग गयीं। उसने कहा—"तुम समस्त भूलोक के स्वामी हो, तुम इन्द्र के सेनापति हो। फिर एक स्त्री से आज्ञा लेने आये हो, वह भी ऐसी निरीह स्त्री, जिसे साथ ले जाने में तुम समझते हो कि युद्ध में हानि होगी?"

कुमार हँस पड़े। उन्होंने कहा—"नहीं सुन्दरी।"

तभी बाहर से मातृगण, नागगण, दानवगण और अग्निष्वाता पुकार उठे—"असुरों की वाहिनी बड़ी आ रही है, कुमार स्वामी! विलम्ब हो रहा है! देवसेना! तुम्हारा पति संसार का रक्षक है। तुम्हें भय नहीं होना चाहिए। निर्द्वन्द्व रहो। हमारे रहते तुम्हें कोई शंका करने की आवश्यकता नहीं है। हम स्वामी कुमार के अनुचर हैं।"

देवसेना को लगा कि जैसे वह कोई आकाशवाणी हो।

इसी समय भीतर वेदिका पर किसी ने अग्नि में घी डाला, जिससे अग्नि धधक उठा। भीतों पर वह काँपता हुआ प्रकाश हिलने लगा। बाहर काले, मोटे होंठवाले अथवा छोटे जाँघवाले, अनेक प्रकार की खाल ओढ़े हुए, परस्पर भिन्न-भिन्न देशों की भाषाओं में बातें करते हुए सैनिकों का स्वर सुनाई दिया। ये सब महागण प्रसन्नतापूर्वक उस स्थान पर आ-आकर जमा हो रहे थे।

रणप्रिय, महावेगशाली, महाबली महापारिषदों के समूह कुमार की प्रतीक्षा में बाहर से ही जय-जयकार से भूमि और आकाश को प्रतिध्वनित करने लगे।

कुमार ने पूछा—"देवसेना, तुम डरती हो?"

उसने दृढ़ स्वर में कहा—"नहीं!"

"फिर?" कुमार को विस्मय हुआ।

देवसेना भीतर चली गयी। उसने वातायन से देखा, स्तम्भ की आड़ में कोई आसव पिये हुए पिशाच किसी कृत्तिका से यौवन की भीख माँग रहा था और वह चुपचाप उसके हिस्से का माँस खाती चली जा रही थी। देवसेना को अच्छा लगा। उसने देखा धनंजय की सेना भी आ चुकी थी।

देवसेना ने जाकर कुमार के गले में विष्णु की दी हुई वैजयन्ती माला डालकर झुक कर प्रणाम किया। कुमार ने उसे विजय के गर्व से उठाकर अपने वक्ष से लगा लिया और कहा—"मैं तुम्हारे पास अप्सुजाता, उत्तेजनी शतो लूखलमेलला, शतानन्दा, समेड़ी, जलेला, धमधमा, खंड-खंडा, अगदा इनमें से किसी मातृका को भेजकर तुम्हें युद्ध का संवाद देने की आज्ञा देता रहूँगा। यदि समय व्यतीत करने में कठिनाई अनुभव हो, तो मुझे सूचना देना। मैं जलन्धम, हसन, बाण, जाठर, गध्रपत्र, जम्बुक, कंजल, इनमें से किसी पार्षद को भेज दूँगा। तुम उसी के साथ आ जाना। ब्रह्मा के आशीर्वाद से सब कुशल होगा डरने का कोई कारण नहीं है। प्रजापति दक्ष की पुत्री, स्वयं इन्द्र की बहिन, अग्निवंश के समान तेजस्वी, जिससे समस्त संसार आलोकित रहा है।"

देवसेना एकदम ही व्याकुल होकर, फफक उठी। उसने अवरुद्ध कंठ से कहा—"कितना अच्छा होता, यदि मैं भी पुरुष होती।"

कुमार उसके बालों पर स्नेह से हाथ फेरते हुए कह उठा—"तब क्या तुम मेरी प्रिया हो पातीं?"

कितना सरल उपहास था। देवसेना हँस दी।

कुमार ने पुकारकर कहा—"युद्ध के लिए प्रस्थान करो।"

और देखते-देखते अपार वाहिनी की पगध्वनि धीरे-धीरे पार्वत्य प्रदेश में लय हो गयी।

देवसेना अपना दीपक जलाकर सान्ध्यबेला में गाया करती। वह कुमार की पत्नी थी, अतः अनेक स्त्रियाँ उसकी सेवा में आया करतीं, किन्तु वह किसी बात में अधिक ध्यान न देती। उसने एक अनुचरी से कहा—"क्यों री, इस पर्वत पर मयूर होते हैं?"

"क्यों नहीं देवि? जितने कहें लाऊँ?"

और देवसेना फिर मयूरों में खेलने लगी। एक उसे अत्यन्त प्रिय था। उसने उसका नाम स्वामीवाहन रख दिया। दिन होता, रात होती। देवसेना चुपचाप सुना करती—आज कुमार ने त्रिपाद का संहार कर दिया। आज कुमार ने हृदोदर को घूरकर मार डाला। उनके प्रहारों से सहस्त्रों दैत्य असुरों का नाश हो रहा है। उनकी प्रचंड हुँकारों से दैत्य-सेना में भगदड़ मच गयी है? जब विचित्र आभूषण, कवच धारण किये, सिंह की तरह गरज कर, उनकी भयानक सेना त्रिशूल, मुद्गर, जलती लकड़ी,

गदा, मूसल, शक्ति, तोमर आदि लेकर बढ़ती है, तब स्कन्ध सबसे आगे गरजते हुए बढ़ते हैं। उनके अस्त्रों से पृथ्वीतल गूँज उठता है। वे युद्ध करते हुए ऐसे शोभित होते हैं, जैसे अग्नि में घी डाले जाने पर उठती हुई शिखायें। उन्होंने अत्यन्त पराक्रम से तारकसुर को टुकड़े-टुकड़े करके आकाश में फेंक दिया।

इसके बाद और भी लोमहर्षक संवाद आने लगे। क्रौंच पर्वत पर दानवों ने अपनी शक्ति से उत्पात मचा दिया था। उधर कुमार आक्रमण कर रहे थे। कई दिन युद्ध होता रहा। दोनों ओर के महावीर मरते रहे। परन्तु अन्त में दानवों का भोजन दुर्ग में समाप्त हो चला। कुमार के पारिषदों ने आग लगा-लगाकर खोद-खोद, पर्वत को फोड़ दिया और, दुर्ग की ओर बढ़ने लगे।

देवसेना सुनती। कभी हर्ष से पुलक उठती, कभी भयानक वृत्तान्त सुनकर काँप उठती।

संवाद फिर आया, दैत्यों ने अवरोध पर अनेक बार प्रबल भीषण अभियान किये। हजारों दैत्यों, दानवों से पर्वत छा गया। भीषणतम युद्ध हो रहा है।

देवसेना सुनकर सिहर उठी। उसने अकेले में जाकर देखा, मयूर पुच्छ खोलकर नृत्य कर रहा था। रात को देखा, चकवा-चकवी करुण क्रन्दन कर रहे थे। प्रभात की मनोरम बेला में उसने भूतगणों के प्राचीन भगवान को सिर झुकाकर प्रणाम किया।

आज सचमुच देव-जाति झुक गयी। देवसेना बैठी रही।

(10)

युद्ध समाप्त हो गया। कुमार विजयी होकर लौट आये। दिगन्त में उनकी धवल कीर्ति व्याप्त हो गयी। जब वे भवन में घुसे, तो उन्होंने देखा कि देवसेना शृंगारहीन बैठी है। उन्होंने विस्मय से कहा—"देवसेना, इन्द्र को क्षमा मिल गयी।"

देवसेना ने उठकर स्वागत किया।

कुमार ने फिर कहा—"दासियाँ राक्षसों पर असुरों तथा दानवों के आभूषण लदवा कर ला रही हैं।"

देवसेना ने जैसे नहीं सुना। उसने धीरे से कहा—"सेनापति, कुशल से तो हैं?"

कुमार ने अब की दृढ़ता से कहा—"देवसेना, दैत्यसेना को अब की मैं विधवा बना आया हूँ। लाओ मेरा पुरस्कार!"

देवसेना भीतर गयी। लौटकर बोली—"हठीला कहीं खेल रहा है।"

कुमार ने अत्यन्त आश्चर्य से पूछा—"कौन?"

उसने वैसे ही कहा—"मेरा मयूर!"

कुमार ने उसे भुजाओं में बाँध लिया, और आँखों में झाँककर देखा। वह आनन्द से पागल हो रही थी, विभोर हो रही थी।

कुमार के स्पर्श से जैसे उसकी चेतना लौट आयी। उसने चौंककर कहा—''कौन? ...स्वामी?''

कुमार ने उसके खुले बालों में अपना मुँह छिपा लिया।

कुमार स्कन्ध के जाने पर भी बहुत दिनों तक असुर स्त्रियाँ अपने बच्चों को कार्त्तिकेय के नाम से डराती रहीं।

इन्द्र फिर अपने स्थान पर आ गये। विलास फिर उसी तरह होने लगा। देवों में पहले से भी अधिक दम्भ आ गया। परन्तु महादेव के प्रति उनमें उतना विद्वेष नहीं रहा। धीरे-धीरे इन्द्र और शिव के भयानक रूप की समता एक-सी बतायी जाने लगी। वयोवृद्ध अंगिरा और भृगु के वंश मिल गये।

कभी-कभी स्वाहा अग्नि से कह उठती—''कैसा है वह मेरा पुत्र!... देवसेना का जीवन सफल हो गया।''

और यदि कोई पूछता, ''कहाँ है कर्तिकेय?'' तो वह तुरन्त सरलता से उत्तर दे बैठती, ''वहाँ पर्वत पर मयूरों से खेलता है एकान्त में।''

सुनने वाले उसकी मातृ ममता को देखकर हँस पड़ते। और फिर यज्ञशालाओं में महर्षियों की गम्भीर मन्त्रध्वनि गूँजने लगती।

('51 से पूर्व)

गदल

बाहर शोरगुल मचा। डोड़ी ने पुकारा—'कौन है ?'

कोई उत्तर नहीं मिला। आवाज़ आई—'हत्यारिन ! तुझे कतल कर दूँगा !'

स्त्री का स्वर आया—'करके तो देख ! तेरे कुनबे को डायन बनके न खा गई, निपूते !'

डोड़ी बैठा न रह सका। बाहर आया।

'क्या करता है, क्या करता है, निहाल ?' डोड़ी बढ़कर चिल्लाया—'आखिर तेरी मैया है।'

'मैया है !' कहकर निहाल हट गया।

'और तू हाथ उठाके तो देख !' स्त्री ने फुफकारा—'कढ़ीखाए ! तेरी सींक पर बिल्लियाँ चलवा दूँ ! समझ रखियो ! मत जान रखियो, हाँ ! तेरी आसरतू नहीं हूँ।'

'भाभी !' डोड़ी ने कहा—'क्या बकती है ? होश में आ !'

वह आगे बढ़ा। उसने मुड़कर कहा—'जाओ सब ? तुम सब लोग जाओ !'

निहाल हट गया। उसके साथ ही सब लोग इधर-उधर हो गए।

डोड़ी निस्तब्ध, छप्पर के नीचे लगा बरेंडा पकड़े खड़ा रहा। स्त्री वहीं बिखरी हुई-सी बैठी रही। उसकी आँखों में आग-सी जल रही थी।

उसने कहा—'मैं जानती हूँ, निहाल में इतनी हिम्मत नहीं। यह सब तैने किया है, देवर !'

'हाँ, गदल।' डोड़ी ने धीरे से कहा—'मैंने ही किया है।'

गदल सिमट गई। कहा—'क्यों, तुझे क्या ज़रूरत थी ?'

डोड़ी कह नहीं सका। वह ऊपर से नीचे तक झनझना उठा। पचास साल का वह लम्बा खारी गूजर, जिसकी मूँछें खिचड़ी हो चुकी थीं, छप्पर तक पहुँचा-सा लगता था। उसके कन्धे की चौड़ी हड्डियों पर अब दीये का हल्का प्रकाश पड़ रहा था, उसके शरीर पर मोटी फतूही थी और उसकी धोती घुटनों के नीचे उतरने के पहले ही झूल देकर चुस्त-सी ऊपर की ओर लौट जाती थी। उसका हाथ कर्रा था

और वह इस समय निस्तब्ध खड़ा रहा।

स्त्री उठी। वह लगभग 45 वर्षीया थी, और उसका रंग गोरा होने पर भी आयु के धुँधलके में अब मैला-सा दिखने लगा था। उसको देखकर लगता था कि वह फुर्तीली थी। जीवन-भर कठोर मेहनत करने से, उसकी गठन के ढीले पड़ने पर भी, उसकी फुर्ती अभी तक मौजूद थी।

'तुझे शरम नहीं आती, गदल ?' डोड़ी ने पूछा।

'क्यों, शरम क्यों आएगी ?' गदल ने पूछा।

डोड़ी क्षण-भर सकते में पड़ गया। भीतर के चौबारे से आवाज़ आई—'शरम क्यों आएगी इसे ? शरम तो उसे आए, जिसकी आँखों में हया बची हो।'

'निहाल !'—डोड़ी चिल्लाया—'तू चुप रह।'

फिर आवाज़ बन्द हो गई।

गदल ने कहा—'मुझे क्यों बुलाया है तूने ?'

डोड़ी ने इस बात का उत्तर नहीं दिया। पूछा—'रोटी खायी है ?'

'नहीं,' गदल ने कहा—'खाती भी कब ? कमबख्त रास्ते में मिले। खेत होकर लौट रही थी। रास्ते में अरने-कण्डे बीनकर संझा के लिए ले जा रही थी।'

डोड़ी ने पुकारा—'निहाल ! बहू से कह, अपनी सास को रोटी दे जाए।'

भीतर से किसी स्त्री की ढीठ आवाज़ सुनाई दी—'अरे, अब लौहरों की बैयर आई हैं; उन्हें क्यों गरीब खारियों की रोटी भाएगी !'

कुछ स्त्रियों ने ठहाका लगाया।

निहाल चिल्लाया—'सुन ले, परमेसुरी, जगहँसाई हो रही है। खारियों की तो तूने नाक कटाकर छोड़ी।'

दो

गुन्ना मरा, तो पचपन बरस का था। गदल विधवा हो गई। गदल का बड़ा बेटा निहाल तीस बरस के पास पहुँच रहा था। उसकी बहू दुल्ला का बड़ा बेटा सात का, दूसरा चार का और तीसरी छोरी थी जो उसकी गोद में थी। निहाल से छोटी तरा ऊपर की दो बहनें थीं चंपा और चमेली, जिनका क्रमशः झाज और विस्वारा गाँवों में ब्याह हुआ था। आज उनकी गोदियों से उनके लाल उतरकर धूल में घुटरुव चलने लगे थे। अन्तिम पुत्र नरायन अब बाईस का था, जिसकी बहू दूसरे बच्चे की माँ होने वाली थी। ऐसी गदल, इतना बड़ा परिवार छोड़कर चली गई थी और बत्तीस साल के एक लौहरे गूजर के यहाँ जा बैठी थी।

डोड़ी गुन्ना का सगा भाई था। बहू थी, बच्चे भी हुए। सब मर गए। अपनी जगह अकेला रह गया। गुन्ना ने बड़ी-बड़ी कही, पर वह फिर अकेला ही रहा, उसने

ब्याह नहीं किया, गदल ही के चूल्हे पर खाता रहा। कमाकर लाता, वो उसी को दे देता, उसी के बच्चों को अपना मानता, कभी उसने अलगाव नहीं किया। निहाल अपने चाचा पर जान देता था। और फिर खारी गूजर अपने को लौहरों से ऊँचा समझते थे।

गदल जिसके घर जा बैठी थी, उसका पूरा कुनबा था। उसने गदल की उम्र नहीं देखी, यह देखा कि खारी औरत है, पड़ी रहेगी। चूल्हे पर दम फूँकने वाली की ज़रूरत भी थी।

आज ही गदल सवेरे गई थी और शाम को उसके बेटे उसे फिर बाँध लाए थे। उसके नए पति मौनी को अभी पता भी नहीं हुआ होगा। मौनी रँडुवा था। उसकी भाभी जो पाँव फैलाकर मटक-मटककर छाछ बिलोती थी।

दुल्लो सुनेगी तो क्या कहेगी ?

गदल का मन विक्षोभ से भर उठा।

आधी रात हो चली थी। गदल वहीं पड़ी थी। डोड़ी वहीं बैठा चिलम फूँक रहा था।

उस सन्नाटे में डोड़ी ने धीरे से कहा—'गदल !'

'क्या है ?' गदल ने हौले से कहा।

'तू चली गई न ?'

गदल बोली नहीं। डोड़ी ने फिर कहा—'सब चले जाते हैं। एक दिन तेरी देवरानी चली गई, फिर एक-एक करके तेरे भतीजे भी चले गए। भैया भी चला गया। पर तू जैसी गई, वैसे तो कोई भी नहीं गया। जग हँसता है, जानती है ?'

गदल बुदबुदाई—'जग हँसाई से मैं नहीं डरती देवर ! जब चौदह की थी, तब तेरा भैया मुझे गाँव में देख गया था। तू उसके साथ तेल पिया लट्ठ लेकर मुझे लेने आया था न, तब ? मैं आई थी कि नहीं ? तू सोचता होगा कि गदल की उमिर गई, अब उसे खसम की क्या ज़रूरत है ? पर जानता है, मैं क्यों गई ?'

'नहीं।'

'तू तो बस यही सोचा करता होगा कि गदल गई, अब पहले-सा रोटियों का आराम नहीं रहा। बहुएँ नहीं करेंगी तेरी चाकरी देवर ! तूने भाई से और मुझसे निभाई, तो मैंने भी तुझे अपना ही समझा ! बोल, झूठ कहती हूँ ?'

'नहीं, गदल, मैंने कब कहा !'

'बस यही बात है देवर ! अब मेरा यहाँ कौन है ! मेरा मरद तो मर गया। जीते-जी मैंने उसकी चाकरी की, उसके नाते उसके सब अपनों की चाकरी बजाई। पर जब मालिक ही न रहा, तो काहे को हड़कम्प उठाऊँ ? यह लड़के, यह बहुएँ ! मैं इनकी गुलामी नहीं करूँगी !'

'पर क्या यह सब तेरी औलाद नहीं, बावरी। बिल्ली तक अपने जायों के लिए सात घर उलट-फेर करती है, फिर तू तो मानुष है। तेरी माया-ममता कहाँ चली गई ?'

'देवर, तेरी कहाँ चली गई थी, जो तूने फिर ब्याह न किया !'

'मुझे तेरा सहारा था गदल !'

'कायर ! भैया तेरा मरा, कारज किया बेटे ने और फिर जब सब हो गया, तब तू मुझे रखकर घर नहीं बसा सकता था ! तूने मुझे पेट के लिए पराई ड्योढ़ी लँघवाई। चूल्हा मैं तब फूँकूँ, जब मेरा कोई अपना हो। ऐसी बाँदी नहीं हूँ कि मेरी कुहनी बजे, औरों के बिछिया झनकें। मैं तो पेट तब भरूँगी, जब पेट का मोल कर लूँगी। समझा देवर ! तूने तो नहीं कहा तब। अब कुनबे की नाक पर चोट पड़ी, तब सोचा। तब न सोचा, जब तेरी गदल को बहुओं ने आँखें तरेरकर देखा। अरे, कौन किसकी परवाह करता है !'

'गदल !' डोड़ी ने भर्राए स्वर में कहा—'मैं डरता था।'

'भला क्यों तो ?'

'गदल, मैं बुड्ढा हूँ। डरता था, जग हँसेगा। बेटे सोचेंगे, शायद चाचा का अम्मा से पहले से नाता था, तभी चाचा ने दूसरा ब्याह नहीं किया। गदल, भैया की भी बदनामी होती न ?'

'अरे चल रहने दे !' गदल ने उत्तर दिया—'भैया का बड़ा ख्याल रहा तुझे ? तू नहीं था कारज में उनके क्या ? मेरे सुसर मरे थे, तब तेरे भैया ने बिरादरी को जिमाकर होंठों से पानी छुलाया था अपने। और तुम सबने कितने बुलाए ? तू भैया, दो बेटे। यही भैया हैं, यही बेटे हैं ? पच्चीस आदमी बुलाए कुल। क्यों आखिर ? कह दिया लड़ाई में कानून है। पुलिस पच्चीस से ज़्यादा होते ही पकड़ ले जाएगी ! डरपोक कहीं के ! मैं नहीं रहती ऐसों के।'

हठात् डोड़ी का स्वर बदला। कहा—'मेरे रहते तू पराये मरद के जा बैठेगी ?'

'हाँ।'

'अबके तो कह !' वह उठकर बढ़ा।

'सौ बार कहूँ लाला !' गदल पड़ी-पड़ी बोली।

डोड़ी बढ़ा।

'बढ़ !' गदल ने फुफकारा।

डोड़ी रुक गया। गदल देखती रही। डोड़ी जाकर बैठ गया। गदल देखती रही। फिर हँसी। कहा—'तू मुझे करेगा ! तुझमें हिम्मत कहाँ है देवर ! मेरा नया मरद है न ? मरद है। इतनी सुन तो ले भला। मुझे लगता है तेरा भइया ही फिर मिल गया है मुझे। तू ?—वह रुकी—मरद है ! अरे कोई बैयर से घिघियाता है ? बढ़कर जो तू मुझे मारता, तो मैं समझती, तू अपनापा मानता है, मैं इस घर में रहूँगी ?'

डोड़ी देखता ही रह गया। रात गहरी हो गई। गदल ने लहँगे की पर्त फैलाकर तन ढक लिया। डोड़ी ऊँघने लगा।

तीन

ओसारे में दुल्लो ने अँगड़ाई लेकर कहा—'आ गई देवरानी जी। रात कहाँ रहीं ?'

सूका डूब गया था। आकाश में पौ फट रही थी। बैल अब उठकर खड़े हो गए थे। हवा में एक ठण्डक थी।

गदल ने तड़ाक से जवाब दिया—'सो, जिठानी मेरी ! हुकुम नहीं चला मुझ पर। तेरी जैसी बेटियाँ हैं मेरी। देवर के नाते देवरानी हूँ, तेरी जूती नहीं।

दुल्लो सकपका गई। मौनी उठा ही था। भन्नाया हुआ आया। बोला—'कहाँ गई थी ?'

गदल ने घूँघट खींच लिया, पर आवाज़ नहीं बदली। कहा—'वही ले गए मुझे घरकर ! मौका पाके निकल आई।'

मौनी दब गया। मौनी का बाप बाहर से ही ढोर हाँक ले गया। मौनी बढ़ा।

'कहाँ जाता है ?' गदल ने पूछा।

'खेत-हार।'

'पहले मेरा फैसला कर जा।' गदल ने कहा।

दुल्लो उस अधेड़ स्त्री के नक्शे देखकर अचरज में खड़ी रही।

'कैसा फैसला ?' मौनी ने पूछा। वह उस बड़ी स्त्री से दब गया था।

'अब क्या तेरे घर का पीसना पीसूँगी मैं ?' गदल ने कहा 'हम तो दो जने हैं। अलग करेंगे, खाएँगे। उसके उत्तर की प्रतीक्षा किए बिना ही वह कहती रही—कमाई शामिल करो, मैं नहीं रोकती, पर भीतर तो अलग-अलग भले।'

मौनी क्षण-भर सन्नाटे में खड़ा रहा। दुल्लो तिनककर निकली। बोली—'अब चुप क्यों हो गया, देवर ? बोलता क्यों नहीं ? देवरानी लाया है कि सास ! तेरी बोलती क्यों नहीं कढ़ती ? ऐसी न समझियो तू मुझे ! रोटी तवा पर पलटते मुझे भी आँच नहीं लगती, जो मैं इसकी खरी-खोटी सुन लूँगी, समझा ? मेरी अम्मा ने भी मुझे चूल्हे की मट्टी खाके ही जना था। हाँ !'

'अरी तो सौत !' गदल ने पुकारा—'मट्टी न खा के आई, सारे कुनबे को चबा जाएगी, डायन ! ऐसी नहीं तेरी गुड़ की भेली है, जो न खाएँगे हम, तो रोटी गले में फन्दा मार जाएगी।'

मौनी उत्तर नहीं दे सका। वह बाहर चला गया। दुपहर हो गई। दुल्लो बैठी चरखा कात रही थी। नरायन ने आकर आवाज़ दी—'कोई है ?'

दुल्लो ने घूँघट काढ़ लिया। पूछा—'कौन हो ?'

नरायन ने खून का घूँट पीकर कहा–'गदल का बेटा हूँ।'

दुल्लो घूँघट में हँसी। पूछा–'छोटे हो कि बड़े ?'

'छोटा।'

'और कितने हैं ?'

'कित्ते भी हों। तुझे क्या ?' गदल ने निकलकर कहा।

'अरे आ गई !' कहकर दुल्लो भीतर भागी।

'आने दे आज उसे। तुझे बता दूँगी जिठानी !' गदल ने सिर हिलाकर कहा।

'अम्मा !' नरायन ने कहा–'यह तेरी जिठानी है ?'

'क्यों आया है तू ? यह बता !' गदल झल्लाई।

'दण्ड धरवाने आया हूँ, अम्मा,' कहकर नरायन आगे बैठने को बढ़ा।

'वहीं रह !' गदल ने कहा।

उसी समय लोटा-डोर लिये मौनी लौटा। उसने देखा कि गदल ने अपने कड़े और हँसली उतारकर फेंक दी और कहा–'भर गया दण्ड तेरा ! अब मत आइयो कोई। समझ लीजो, थाने में रपट कर दूँगी कि मेरे मरद का सब माल दबाकर बहुओं के कहने से बेटों ने मुझे निकाल दिया है।'

नरायन का मुँह स्याह पड़ गया। वह गहने उठाकर चला गया। मौनी मन-ही-मन शंकित-सा भीतर आया।

दुल्लो ने शिकायत की–'सुना तूने देवर ! देवरानी ने गहने दे दिए। घुटना आखिर पेट को ही मुड़ा। चार जगह बैठेगी, तो बेटों के खेत की डौर पर डण्डा-थूआ तक लग जाएँगे, पक्का चबूतरा घर के आगे बन जाएगा, समझा देती हूँ। तुम भोले-भाले ठहरे। तिरिया-चरित्तर तुम क्या जानो। धन्धा है यह भी। अब कहेगी, फिर बनवा मुझे।'

गदल हँसी, कहा–'वाह जिठानी ? पुराने मरद का मोल नए मरद से तेरे घर की बैयर ही चुकवाती होंगी। गदल तो मालकिन बनकर रहती है, समझी ! बाँदी बनकर नहीं। चाकरी करूँगी तो अपने मरद की, नहीं तो बिधना मेरे ठेंगे पर। समझी ! तू बीच में बोलने वाली कौन !'

दुल्लो ने रोष से देखा और पाँव पटकती चली गई।

मौनी ने देखा और कहा–'बहुत बढ़-बढ़कर बातें मत हाँक, समझ ले, घर में बहू बनकर रह !'

'अरे तू तो तब पैदा भी नहीं हुआ था, बालम !' गदल ने मुस्कराकर कहा–'तब से मैं सब जानती हूँ। मुझे क्या सिखाती है तू। ऐसा कोई मैंने काम नहीं किया है, जो बिरादरी के नेम के बाहर हो। जब तू देखे, मैंने ऐसी कोई बात की हो, तो हज़ार बार रोक, पर सौत की ठसक नहीं सहूँगी।'

'तो बताऊँ तुझे !' वह सिर हिलाकर बोला।

गदल हँसकर ओबरी में चली गई और काम में लग गई।

चार

ठण्डी हवा तेज़ हो गई थी। डोड़ी चुपचाप बाहर छप्पर में बैठा हुक्का पी रहा था। पीते-पीते ऊब गया और उसने चिलम उलट दी और फिर बैठा रहा।

खेत से लौटकर निहाल ने बैल बाँधे, न्यार डाला और कहा—'काका !'

डोड़ी कुछ सोच रहा था। उसने सुना नहीं।

'काका !' निहाल ने स्वर उठाकर कहा।

'हैं !' डोड़ी चौंक उठा—'क्या है ? मुझसे कहा कुछ ?'

'तुमसे न कहूँगा, तो कहूँगा किससे ? दिन-भर तो तुम मिले नहीं। चिम्मन कढ़ेरा कहता था, तुमने दिन-भर मननौजी बाबा की धूनी के पास बिताया। यह सच है ?'

'हाँ, बेटा, चला तो गया था।'

'क्यों गए थे भला ?'

'ऐसे ही जी किया था, बेटा।'

'और कस्बे से बनिए का आदमी आया था, घी कटऊ क्या कराया मैंने कहा नहीं है, वह बोला, लेके जाऊँगा। झगड़ा होते-होते बचा।'

'ऐसा नहीं करते, बेटा।' डोड़ी ने कहा—'बौहर से कोई झगड़ा मोल लेता है ?'

निहाल ने चिलम उठाई, कण्डों में से आँच बीनकर धरी और फूँक लगाता हुआ आया। कहा—'मैं तो गया नहीं। सिर फूट जाते। नरायन को भेजा था।'

'कहाँ !' डोड़ी चौंका।

'उसी कुलच्छनी कुलबोरनी के पास।'

'अपनी माँ के पास ?'

'न जाने तुम्हें उससे क्या है, अब भी तुम्हें उस पर गुस्सा नहीं आता। उसे माँ कहूँगा मैं ?'

'पर बेटा, तू न कह, जग तो उसे तेरी माँ ही कहेगा। जब तक मरद जीता है, लोग बैयर को मरद की बहू कहकर पुकारते हैं, जब मरद मर जाता है, तो उसे बेटे की अम्मा कहकर पुकारते हैं। कोई नया नेम थोड़ा ही है।'

निहाल भुनभुनाया। कहा—'ठीक है, काका ठीक है, पर तुमने अभी तक ये तो पूछा ही नहीं कि क्यों भेजा था उसे ?'

'हाँ बेटा।' डोड़ी ने चौंककर कहा—'यह तो तूने बताया ही नहीं ! बता न ?'

'दण्ड भरवाने भेजा था। सो पंचायत जुड़वाने के पहले ही उसने तो गहने उतार फेंके।'

डोड़ी मुस्कराया। कहा—'तो वह यह जता रही है कि घर वालों ने पंचायत भी नहीं जुड़वाई ? यानी हम उसे भगाना ही चाहते थे। नरायन ले आया ?'

'हाँ।'

डोड़ी सोचने लगा।

'मैं फेर आऊँ ?' निहाल ने पूछा।

'नहीं बेटा।' डोड़ी ने कहा—'वह सचमुच रूठकर ही गई है। और कोई बात नहीं है। तूने रोटी खा ली ?'

'नहीं।'

'तो जा पहले खा ले।'

निहाल उठ गया, पर डोड़ी बैठा रहा। रात का अँधेरा साँझ के पीछे ऐसे आ गया, जैसे कोई पर्त उलट गई हो।

दूर ढोला गाने की आवाज़ आने लगी। डोड़ी उठा और चल पड़ा।

निहाल ने बहू से पूछा—'काका ने खा ली ?'

'नहीं तो।'

निहाल बाहर आया। काका नहीं थे।

'काका !' उसने पुकारा।

राह पर चिरंजी पुजारी गढ़वाले हनुमानजी के पट बन्द करके आ रहा था। उसने पूछा—'क्या है रे ?'

'पायँ लागूँ, पण्डितजी।' निहाल ने कहा—'काका अभी तो बैठे थे।'

चिरंजी ने कहा—'अरे, वह वहाँ ढोला सुन रहा है। मैं अभी देखकर आया हूँ।'

चिरंजी चला गया, निहाल ठिठका खड़ा रहा। बहू ने झाँककर पूछा—'क्या हुआ ?'

'काका ढोला सुनने गए हैं!' निहाल ने अविश्वास से कहा—'वे तो नहीं जाते थे।'

'जाकर बुला ले आओ। रात बढ़ रही है।' बहू ने कहा और रोते बच्चे को दूध पिलाने लगी।

निहाल जब काका को लेकर लौटा, तो काका की देह तप रही थी।

'हवा लग गई है और कुछ नहीं।' डोड़ी ने छोटी खटिया पर अपनी निकली टाँगें समेटकर लेटते हुए कहा—'रोटी रहने दे, आज जी नहीं चाहता।'

निहाल खड़ा रहा। डोड़ी ने कहा—'अरे, सोच तो, बेटा। मैंने ढोला कितने दिन बाद सुना है। उस दिन भैया की सुहागरात को सुना था या फिर आज...।'

निहाल ने सुना और देखा, डोड़ी आँख मींचकर कुछ गुनगुनाने लगा था...

पाँच

शाम हो गई थी। मौनी बाहर बैठा था। गदल ने गरम-गरम रोटी और आम की चटनी ले जाकर खाने को धर दी।

'बहुत अच्छी बनी है।' मौनी ने खाते हुए कहा—'बहुत अच्छी है।'

गदल बैठ गई। कहा—'तुम एक ब्याह और क्यों नहीं कर लेते अपनी उमिर लायक?'

मौनी चौंका। कहा—'एक की रोटी भी नहीं बनती?'

'नहीं।' गदल ने कहा—'सोचते होगे सौत बुलाती हूँ, पर मरद का क्या? मेरी भी तो ढलती उमिर है। जीते जी देख जाऊँगी तो ठीक है। न हो तो हुकूमत करने को तो एक मिल ही जाएगी।'

मौनी हँसा। बोला—'यों कह। हौंस है तुझे, लड़ने को कोई चाहिए।'

खाना खाकर उठा, तो गदल हुक्का भरकर दे गई और आप दीवार की ओट में बैठकर खाने लगी।

इतने में सुनाई दिया—'अरे, इस बखत कहाँ चला!'

'ज़रूरी काम है, मौनी।' उत्तर मिला, 'पेसकार साब ने बुलवाया है।'

गदल ने पहचाना। उसी के गाँव का तो था, घोट्या मैना का चन्दा गिर्राज ग्वारिया। ज़रूर पेसकार की गाय की चराने की बात होगी।

'अरे तो रात को जा रहा है?' मौनी ने कहा—'ले चिलम तो पीता जा।'

आकर्षण ने रोका। गिर्राज बैठ गया। गदल ने दूसरी रोटी उठाई। कौर मुँह में रखा।

'तुमने सुना?' गिर्राज ने कहा और दम खींचा।

'क्या?' मौनी ने पूछा।

'गदल का देवर डोड़ी मर गया।'

गदल का मुँह रुक गया। जल्दी से लोटे के पानी के संग कौर निगला और सुनने लगी। कलेजा मुँह को आने लगा।

'कैसे मर गया!' मौनी ने कहा, 'वह तो भला-चंगा था!'

'ठंड लग गई, रात उघाड़ा रह गया।'

गदल द्वार पर दिखाई दी। कहा—'गिर्राज!'

'काकी!' गिर्राज ने कहा—'सच। मरते बखत उसके मुँह से तुम्हारा नाम कढ़ा था, काकी। बिचारा बड़ा भला मानस था।'

गदल स्तब्ध खड़ी रही।

गिर्राज चला गया।

गदल ने कहा—'सुनते हो!'

'क्या है री?'

'मैं ज़रा जाऊँगी।'

'कहाँ?' वह आतंकित हुआ।

'वहीं।'

'क्यों?'

'देवर मर गया है न?'

'देवर! अब तो वह तेरा देवर नहीं।'

गदल हँसी झनझनाती हुई हँसी—देवर तो मेरा अगले जनम में भी रहेगा। वही न मुझसे रुखाई दिखाता, तो क्या यह पाँव कटे बिना उस देहरी से बाहर निकल सकते थे? उसने मुझसे मन फेरा, मैंने उससे। मैंने ऐसा बदला लिया उससे!'

कहते-कहते वह कठोर हो गई।

'तू नहीं जा सकती।' मौनी ने कहा।

'क्यों?' गदल ने कहा—'तू रोकेगा? अरे, मेरे खास पेट के जाये मुझे रोक न पाए। अब क्या है? जिसे नीचा दिखाना चाहती थी, वही न रहा और तू मुझे रोकने वाला है कौन? अपने मन से आई थी, रहूँगी, नहीं रहूँगी, कौन तूने मेरा मोल दिया है! इतना बोल तो भी लिया। तू जो होता मेरे उस घर में, तो जीभ कढ़वा लेती तेरी।'

'अरी चल-चल!'

मौनी ने हाथ पकड़कर उसे भीतर धकेल दिया और द्वार पर खाट डालकर लेटकर हुक्का पीने लगा।

गदल भीतर रोने लगी, परन्तु इतने धीरे कि उसकी सिसकी तक मौनी नहीं सुन सका। आज गदल का मन बहा जा रहा था।

रात का तीसरा पहर बीत रहा था। मौनी की नाक बज रही थी। गदल ने पूरी शक्ति लगाकर छप्पर का कोना उठाया और साँपिन की तरह उसके नीचे से रेंगकर दूसरी ओर कूद गई।

छह

मौनी रह-रहकर तड़पता था। हिम्मत नहीं होती थी कि जाकर सीधे गाँव में हल्ला करे और लट्ठ के बल पर गदल को उठा लाए। मन करता, सुसरी की टाँगें तोड़ दे। दुल्लो ने व्यंग्य भी किया कि उसकी लुगाई भागकर नाक कटा गई है, खून का-सा घूँट पीकर रह गया। गूजरों ने जब सुना, तो कहा—'अरे बुढ़िया के लिए खून-खराबा कराएगा! और अभी तेरा उसने खरच ही क्या कराया है? दो जून रोटी खा गई है,

तुझे भी तो टिक्कड़ खिलाकर ही गई है?'

मौनी का क्रोध भड़क गया।

घोटूया का गिर्राज सुना गया था :

जिस वक्त गदल पहुँची, पटेल बैठा था। निहाल ने कहा था—'खबरदार! भीतर पाँव न धरियो! क्यों लौट आई है?'

पटेल चौंका था। बोला, 'अब क्या लेने आई है, बहू?'

गदल बैठ गई। कहा—'जब छोटी थी, तभी मेरा देवर लट्ठ बाँध मेरे खसम के साथ आया था। इसी के हाथ देखती रह गई थी मैं तो। सोचा था मरद है, इसकी छत्तरछाया में जी लूँगी। बताओ, पटेल, वह ही जब मेरे आदमी के मरने के बाद मुझे न रख सका, तो क्या करती? अरे, मैं न रही तो इनसे क्या हुआ? दो दिन में काका उठ गया न? इनके सहारे मैं रहती तो क्या होता?'

पटेल ने कहा—'पर तूने बेटा-बेटी की उमर न देखी बहू!'

'ठीक है,' गदल ने कहा—'उमर देखती कि इज़्ज़त, यह कहो मेरी देवर से रार थी, खतम हो गई। ये बेटा हैं, मैंने कोई बिरादरी के नेम के बाहर की बात की हो तो रोककर मुझ पर दावा करो। पंचायत में जवाब दूँगी। लेकिन बेटों ने बिरादरी के मुँह पर थूका, तब तुम सब कहाँ थे?'

'सो कब?' पटेल ने आश्चर्य से पूछा।

'पटेल न कहेंगे तो कौन कहेगा? पच्चीस आदमी खिलाकर लुटा दिया मेरे मरद के कारज में!'

'पर पगली यह तो सरकार का कानून था।'

'कानून था!' गदल हँसी—'सारे जग में कानून चल रहा है, पटेल? दिन-दहाड़े भैंस खोलकर लाई जाती है। मेरे ही मरद पर कानून था? यों न कहोगे, बेटों ने सोचा, दूसरा अब क्या धरा है, क्यों पैसा बिगाड़ते हो? कायर कहीं के?'

निहाल गरजा—'कायर! हम कायर? तू सिंघनी?'

'हाँ, मैं सिंघनी!' गदल तड़पी—'बोल तुझमें है हिम्मत?'

'बोल!' वह भी चिल्लाया।

'जा, बिरादरी कारज में न्यौता दे काका के!' गदल ने कहा।

निहाल सकपका गया। बोला—'पुलस...'

गदल ने सीना ठोंककर कहा—'बस?'

'लुगाई बकती है।' पटेल ने कहा—'गोली चलेगी, तो?'

गदल ने कहा—'धरम-धुरन्धरों ने तो डुबो ही दी। सारी गुजरात ही डूब गई, माधो। अब किसी का आसरा नहीं। कायर ही कायर बसे हैं।'

फिर अचानक कहा—'मैं करूँ परबन्ध?'

'तू?' निहाल ने कहा।

'हाँ, मैं!' और उसकी आँखों में पानी भर आया। कहा—'वह मरते बखत मेरा नाम लेता गया है न, तो उसका परबन्ध मैं ही करूँगी।'

मौनी आश्चर्य में था। गिर्राज ने बताया था कि कारज का ज़ोरदार इन्तज़ाम है। गदल ने दरोगा को रिश्वत दी है। वह इधर आएगा ही नहीं। गदल बड़ा इन्तज़ाम कर रही है। लोग कहते हैं, उसे अपने मरद का इतना गम नहीं हुआ था, जितना अब लगता है।

गिर्राज तो चला गया था, पर मौनी में विष भर गया था। उसने उठते हुए कहा—'तो गदल! तेरी भी मन की होने दूँ, सो गोला का मौनी नहीं। दरोगा का मुँह बन्द कर दे, पर उससे भी ऊपर एक दरबार है। मैं कस्बे में बड़े दरोगा से शिकायत करूँगा।'

सात

कारज हो रहा था। पाँतें बैठतीं, जीमतीं, उठ जातीं और कढ़ाव में पुए उतरते।

बाहर मरद इन्तज़ाम कर रहे थे, खिला रहे थे। निहाल और नरायन ने लड़ाई में महँगा नाज बेचकर जो घड़ों में नोटों की चाँदी बनाकर डाली थी, वह निकली और वौहरे का कर्ज़ चढ़ा। पर डाँग में लोगों ने कहा—'गदल का ही बूता था। बेटे तो हार बैठे थे। कानून क्या बिरादरी से ऊपर है?'

गदल थक गई थी। औरतों में बैठी थी। अचानक द्वार में से सिपाही-सा दिखा। बाहर आ गई। निहाल सिर झुकाए खड़ा था।

'क्या बात है, दीवानजी?' गदल ने बढ़कर पूछा।

स्त्री का बढ़कर पूछना देख दीवान सकपका गया।

निहाल ने कहा—'कहते हैं कारज रोक दो।'

'सो, कैसे?' गदल चौंकी।

'दरोगाजी ने कहा है।' दीवानजी ने नम्र उत्तर दिया।

'क्यों? उनसे पूछकर ही तो किया जा रहा है।' उसका स्पष्ट संकेत था कि रिश्वत दी जा चुकी है।

दीवान ने कहा—'जानता हूँ, दरोगाजी तो मेल-मुलाकात मानते हैं, पर किसी ने बड़े दरोगाजी के पास शिकायत पहुँचाई है, दरोगाजी को आना ही पड़ेगा। इसी से उन्होंने कहला भेजा है कि भीड़ छाँट दो। वरना कानूनी कार्रवाई करनी ही पड़ेगी।

क्षण-भर गदल ने सोचा। कौन होगा वह? समझ नहीं सकी। बोली—'दरोगाजी ने पहले नहीं सोचा था यह सब? अब बिरादरी को उठा दें? दीवानजी, तुम भी बैठकर

पत्तल परोसवा लो। होगी सो देखी जाएगी। हम खबर भेज देंगे, दरोगा आते ही क्यों हैं? वे तो राजा हैं।

दीवानजी ने कहा—'सरकारी नौकरी है। चली जाएगी? आना ही होगा उन्हें।'

'तो आने दो!' गदल ने चुभते स्वर से कहा—'आदमी का वचन एक बार का होता है। हम बिरादरी को नहीं उठा सकते।'

नरायन घबराया। दीवानजी ने कहा—'सब गिरफ्तार कर लिए जाएँगे। समझी! राज से टक्कर लेने की कोशिश न करो।

'अरे तो क्या राज बिरादरी से ऊपर है?' गदल ने तमककर कहा—'राज के पीसे तो आज तक पिसे हैं, पर राज के लिए धरम नहीं छोड़ देंगे, तुम सुन लो! तुम धरम छीन लो, तो हमें जीना हराम है।'

गदल के पाँव के धमाके से धरती चल गई।

तीन पाँतें और उठ गईं, अन्तिम पाँत थी। निहाल ने अँधेरे में देखकर कहा—'नरायन, जल्दी कर। एक पाँत बची है न?'

गदल ने छप्पर की छाया में से कहा—'निहाल!'

निहाल गया।

'डरता है?' गदल ने पूछा।

सूखे होंठों पर जीभ फेरकर उसने कहा—'नहीं।'

'मेरी कोख की लाज करनी होगी तुझे।' गदल ने कहा—'तेरे काका ने तुझको बेटा समझकर अपना दूसरा ब्याह नामंजूर कर दिया था। याद रखना, उसके और कोई नहीं।'

निहाल ने सिर झुका लिया।

भागा हुआ एक लड़का आया।

'दादी!' वह चिल्लाया।

'क्या है रे?' गदल ने सशंक होकर देखा।

'पुलिस हथियारबन्द होकर आ रही है।'

निहाल ने गदल की ओर रहस्यभरी दृष्टि से देखा।

गदल ने कहा—'पाँत उठने में ज़्यादा देर नहीं है।'

'लेकिन वे कब मानेंगे?

'उन्हें रोकना होगा।'

'उनके पास बन्दूकें हैं।'

'बन्दूकें हमारे पास भी हैं, निहाल।' गदल ने कहा—'डाँग में बन्दूकों की क्या कमी ?'

'पर हम फिर खाएँगे क्या!'

'जो भगवान् देगा।'

बाहर पुलिस की गाड़ी का भोंपू बजा। निहाल आगे बढ़ा। दरोगा ने उतरकर कहा—'यहाँ दावत हो रही है?'

निहाल भौंचक रह गया! जिस आदमी ने रिश्वत ली थी, अब वह पहचान भी नहीं रहा था!

'हाँ, हो रही है।' उसने क्रुद्ध स्वर में कहा।

'पच्चीस आदमी से ऊपर हैं?'

'गिनकर हम नहीं खिलाते, दरोगाजी।'

'मगर तुम कानून तो नहीं तोड़ सकते?'

राज का 'कानून कल का है, मगर बिरादरी का कानून सदा का है, हमें राज नहीं लेना है, बिरादरी से काम है।'

'तो मैं गिरफ्तार करूँगा।'

गदल ने पुकारा—'निहाल !'

निहाल भीतर गया !

गदल ने कहा—'पंगत होने तक इन्हें रोकना ही होगा!'

'फिर ?'

'फिर सबको पीछे से निकाल देंगे। अगर कोई पकड़ा गया, तो बिरादरी क्या कहेगी?'

'पर ये वैसे न रुकेंगे। गोली चलाएँगे।'

'तू न डर। छत पर नरायन चार आदमियों के साथ बन्दूकें लिये बैठा है।'

निहाल काँप उठा। उसने घबराए हुए स्वर में समझाने की कोशिश की—'हमारी टोपीदार हैं, उनकी रफल हैं।'

'कुछ भी हो, पंगत उतर जाएगी।'

'और फिर!'

'तुम सब भागना।'

हठात् लालटेन बुझ गई। धायँ-धायँ की आवाज़ आई।

गोलियाँ अन्धकार में चलने लगीं।

गदल ने चिल्लाकर कहा—'सौगन्ध है, खाकर उठना।'

पर सबको जल्दी की फिकर थी।

बाहर धायँ-धायँ हो रही थी। कोई चिल्लाकर गिरा।

पाँत पीछे से निकलने लगी।

जब सब चले गए, गदल ऊपर चढ़ी। निहाल से कहा—'बेटा।'

उसके स्वर की अखण्ड ममता सुनकर निहाल के रोंगटे उस हलचल में भी

खड़े हो गए। इससे पहले कि वह उत्तर दे, गदल ने कहा—'तुझे मेरी कोख की सौगन्ध है। नरायन को और बहू-बच्चों को लेकर निकल जा पीछे से।'

'और तू?'

'मेरी फिकर छोड़! मैं देख रही हूँ, तेरा काका मुझे बुला रहा है।'

निहाल ने बहस नहीं की। गदल ने एक बन्दूक वाले से भरी बन्दूक लेकर कहा—'चले जाओ सब, निकल जाओ।'

सन्तान के मोह से जकड़े हुए युवकों को आपत्ति ने अन्धकार में विलीन कर दिया।

गदल ने घोड़ा दबाया। कोई चिल्लाकर गिरा। वह हँसी। विकराल हास्य उस अन्धकार में गूँज उठा।

दरोगा ने सुना, तो चौंका। औरत! मरद कहाँ गए! उसके कुछ सिपाहियों ने पीछे से घेराव डाला और ऊपर चढ़ गए। गोली चलाई। गदल के पेट में लगी।

आठ

युद्ध समाप्त हो गया था। गदल रक्त से भीगी हुई पड़ी थी। पुलिस के जवान इकट्ठे हो गए।

दरोगा ने पूछा—'यहाँ तो कोई नहीं?'

'हुजूर!'—एक सिपाही ने कहा—'यह औरत है?'

दरोगा आगे बढ़ आया। उसने देखा और पूछा—'तू कौन है?'

गदल मुस्कराई और धीरे से कहा—'कारज हो गया, दरोगाजी। आतमा को शान्ति मिल गई।'

दरोगा ने झल्लाकर कहा—'पर तू है कौन?'

गदल ने और भी क्षीण स्वर से कहा—'जो एक दिन अकेला न रह सका, उसी की...'

और सिर लुढ़क गया। उसके होंठों पर मुस्कराहट ऐसी ही दिखाई दे रही थी, जैसे अब पुराने अन्धकार में जलाकर लाई हुई... पहले की बुझी लालटेन...

पत्तों की पीड़ा

उपक्रम

कल रात जब घटाएँ घुमड़ रही थीं, मैं सो गया। मैंने एक सपना देखा। मैं एक विजन प्रदेश में खड़ा था। वहाँ साँय-साँय की आवाज उठ रही थी। अभी मैं पहचान भी नहीं पाया था कि एक हास्य सुनाई दिया। मैं पुकार उठा, ''कौन? कौन हँस रहा है?''

एक भग्नावशेष से आवाज आयी, ''मुझे नहीं जानते? आज से 2300 वर्ष पहले का बना मैं एक अशोक स्तूप हूँ। मुझे क्या पता था कि जहाँ मैं बन रहा था, वहाँ धरती की पर्तों में दबा मोहनजोदड़ो का महानगर बसा हुआ था। कैसे बसा था यह नगर?''

तब खुले पड़े खुदे हुए खंडहरों से एक गूँजती हुई हँसी हवा पर तैर गयी और मुझे सुन पड़ा, वे कितने विचित्र दिन थे, जब मैं बच्चा था। तब की मुझे कुछ धुँधली-धुँधली-सी ही स्मृति है। पर अपने यौवन की मुझे याद है। मेरे तट पर मिस्र और जाने कहाँ-कहाँ की नावें आती थीं, जहाजों के पाल फरफराते थे और एक दिन मुझे भीषण बाढ़ सदा के लिए निगल गयी।''

चारों ओर नीरवता छा गयी।

मैं बढ़ चला। अचानक मेरे पाँव में कुछ गड़ा। मैंने झुककर उसे उठा लिया।

देखा, एक बाण था।

बाण! वह हँसा और बोला, ''कौन? कहाँ से आये हो? मुझे मत छुओ। मैंने किन्हीं भोले-भाले आदमियों का लहू पिया था। मेरे ही कारण वे लोग यहाँ से भाग गये थे जिन्हें एक नयी जाति ने आकर भयभीत कर दिया था! कहाँ हैं मेरे निर्माता, जिन्होंने एक दिन इस धरती को पदाक्रान्त कर दिया था? आज तुम उनके खंडहरों को खोद-खोदकर निकालते हो और उस सारे हाहाकार को विस्मय से देखते हुए कहते हो, 'मुर्दों का टीला! मोहनजोदड़ो'।''

मैंने कहा, ''बाण! तो क्या तुम इस महानगर के बसने के समय के साक्षी

हो?''

बाण ने धीरे से कराहकर कहा, ''मैंने एक भोले-भाले आदमी का लहू पिया था। सुनोगे?''

मैंने कहा, ''सुनूँगा बाण! मनुष्य की यह अनथक यात्रा मुझे सदैव विमोहित कर लेती है।'' तब बाण कहने लगा :

बूढ़ा इतना चल आया था लेकिन उसके मुख पर तनिक भी थकान नहीं थी। उसको देखकर आश्चर्य करते हुए म्लन्दु ने कहा, ''पिता!''

ब्लुकन्दु ने उसकी ओर देखा।

वह थक रहा था। वृद्ध हँसा। उसका हास्य जंगल में व्याप्त हो गया। उसके हाथ में ऊँची और मजबूत लाठी थी। उसने कहा, ''बेटा! थक गया?''

अभी यह बात समाप्त भी नहीं कर पाया था कि एक भयानक डंकार सुनाई दी।

लम्बी घासों में जैसे कोई चंचल पाँव धस-धसकर भागा। फिर एक भयानक चिंघाड़ सुनाई दी।

ब्लुकन्दु ने म्लन्दु को पीछे सरका लिया और फुसफुसाया, ''आगे मत बढ़ो!'' अभी वे हटे ही थे कि घासों के बाहर दो जानवर दिखायी दिये। हाथी और चीता लड़ रहे थे। घासों के पीछे नदी का नाद डूब गया। चीता झपटता, गुर्राता, हाथी सूँड हिलाता, धरती को अपने भारी-भारी पाँवों से हिला देता।

म्लुन्दु के रोंगटे खड़े हो गये।

ब्लुकन्दु ने फुसफुसाया, ''पुत्र! चल, भाग चलें। आज तक यह हाथी हमें सताता था, अब जंगल के भीतर से चीता भी आ गया है। जो भी जीतेगा, हमें सतायेगा।''

म्लुकन्दु फिर भी नहीं हटा। उसे देखने में एक आनन्द मिल रहा था। देखते-ही-देखते चीता भागा और हाथी मुड़ भी नहीं पाया था कि उसने पीछे से उछाल मारी और हाथी की पीठ पर चीता दिखायी देने लगा। भयानक स्वर से हाथी चिल्लाया। चीते के पंजे ने उसका माथा फाड़ दिया। रक्त की घनी धाराएँ बह निकलीं। हाथी आर्तनाद करके घड़ाम से गिरा और चीता उसका लहू चाटने लगा।

ब्लुकन्दु और म्लन्दु भाग चले।

अब गाँव दिखायी देने लगा था। नदी की धारा पर डूबते सूरज की लाल किरणें तैर रही थीं। फूस के छप्परों पर हवा फरफराती, झुकते बादलों की गीली गीली फहरन को ढोये भारी-भारी-सी हो गयी थी। कहीं कोई बाँसुरी बजा रहा था। बीच-बीच में विशाल नगाड़े के बजने का स्वर सुनाई देता।

ब्लुकन्दु ने कहा, ''पुत्र देखा तूने?''

''क्या?' म्लुन्दु ने पूछा।

''जो बड़ा दिखायी देता है, उसमें भले ही बल अधिक हो किन्तु यह आवश्यक

नहीं है कि वही जीते। लड़ाई की चाल सबसे बड़ी बात होती है। छोटे की भी ताकत बड़े को हरा सकती है।''

म्लुन्दु प्रभावित हुआ। ब्लुकन्दु की बुद्धि विख्यात थी। वह कभी-कभी गीत बनाकर गाता था। कभी वह तरह-तरह की मिट्टियाँ लाता, पत्थरों से पत्थर पीसता और उसमें पानी मिलाता और फिर भीतों पर चित्र बनाता। कच्ची भीतों पर वे चित्र कितने सुन्दर लगते! यह जब किसी जानवर का बहुत उत्पात देखता तो उसका चित्र बना देता और फिर सचमुच वह जानवर नहीं दिखता था, शायद चला जाता था। जब बच्चों का शरीर बहुत गर्म हो जाता और वे बहुत रोते, तब वह जंगल की जड़ी-बूटियाँ लाकर, कूटकर, रस निकालकर पिलाता। वह पुरोहित था। सारे नाग उसको प्रणाम करते। बूढ़ा बड़े-बड़े नागों को भी पकड़ लेता था। दूध पिलाता और जब कुमारियाँ उस देवता को प्रसन्न करने के लिए नृत्य करतीं, तब बूढ़ा बैठकर मदिरा दिया करता। इधर-उधर के गाँवों से भी लोग उसे बुलाते और कभी-कभी तो बैलों पर बिठाकर भी ले जाते। जहाँ कहीं किसी पर आत्मा आ जाती वहाँ वह उसको उतारता।

म्लुन्दु ने आदर से ब्लुकन्दु की ओर देखा और हठात् दृष्टि हटते ही वह चौंक गया। वृद्ध की भुजा सामने की ओर उठकर उसे कुछ दिखा रही थी।

उत्तर की ओर से नदी की धारा पर बहती लगभग पचास-साठ नावें चली जा रही थीं, जो उस उज्ज्वल चमकते जल पर गहरी काली-सी दिखायी देती थीं।

म्लुन्दु का मुख आश्चर्य से खुल गया। ब्लुकन्दु के माथे पर बल पड़ गये थे और आँखें कुछ मिंच-सी गयी थीं।

''कौन है?'' वृद्ध बड़बड़ाया।

''पता नहीं, पिता!'' युवक ने कहा।

''नाग देवता रक्षा करे! ऐसी नावें यहाँ कहीं नहीं होतीं।''

युवक उसके स्वर को सुनकर थर्रा गया।

''तू जा!'' वृद्ध ने कहा, ''सबको सचेत कर दे। मैं टोह लेने जाता हूँ।''

''तुम अकेले जाओगे?'' युवक ने भीत स्वर से कहा।

''नाग देवता मेरे साथ हैं। मैं उधर के रास्ते से जाता हूँ। वहाँ मेरी बेटी रहती है।''

युवक ने देखा, वृद्ध की आँखों में गम्भीर चिन्ता थी। वह धीरे से पीछे हट गया।

अन्धकार उतर आया था। आकाश में मेघ इकट्ठे हो गये थे। ठंडी हवा चलने लगी, मूसलाधार वर्षा होने लगी। अचानक ही ब्लुकन्दु काँप उठा। उसे लगा चारों ओर से कुछ बरस रहा था। यह क्या था? एक सनसनाहट-सी हुई और उसके कन्धे को कुछ बेध गया। वह लुढ़ककर गिर गया। पीड़ा से उसके मुख से भयानक आर्तनाद

गूँज उठा। अन्धकार में भीषण कोलाहल उठने लगा। चारों ओर स्त्री-पुरुष भागने लगे। छपछप और धम-धम मिल गये और आकाश में उधर वज्र ठनका। इधर तुमुल रोर उठने लगी। रक्त बहने के कारण म्लुन्दु मूर्च्छित हो गया।

जब उसे होश आया, वर्षा थम चुकी थी। उसने देखा, वह कीचड़ में पड़ा था। अभी भी उसके कन्धे में वह कठोर वस्तु गड़ी हुई थी। क्या था वह? नागों के पास भी बाण थे, किन्तु काठ के। पत्थर के औजारों से छील-छीलकर वे उन्हें पैना बनाते थे। हड्डियों को घिस-घिसकर वे आयुध बनाते थे।

उसने देखा, कई नाग और नाग-स्त्रियों को पकड़े अनेक अनजान लोग बीच के मैदान में ले आये थे। एक ने कुछ कहा, जो म्लुन्दु समझ नहीं पाया। उसके लिए वह एक नयी भाषा थी। एक आदमी बढ़ा। उसने हँसते हुए एक नाग का सिर धड़ पर से काट दिया। लहू का फव्वारा बह चला।

म्लुन्दु के होंठों से आर्त कराह फूट निकली।

म्लुन्दु के मन में असह्य पीड़ा थरथराने लगी।

ये कौन थे? कहाँ से आये थे? इनके पास क्या था, जो मनुष्य की ग्रीवा ऐसी आसानी से इन्होंने काट दी? वह एक विचित्र आतंक से भर गया।

इसी समय उसे लगा जैसे चारों ओर बीन बजने लगी। मीठा स्वर हवा पर तैर आया। अन्धकार में कुछ भी नहीं दिखा।

नवागन्तुकों के हाथों की मशालें फरफरा रही थीं।

एक व्यक्ति अचानक ही चिल्लाया।

एकदम सब भागने लगे। मशालें फेंक-फेंककर भागने लगे।

अन्धकार में किसी का भयानक हास्य गूँज उठा, "जय नाग देवता! आज तूने ही अपनी सेना से इस विदेशियों को पराजित कर दिया।"

"ब्लुकन्दु!" म्लुन्दु के होंठों से फूट निकला।

"कौन? म्लुन्दु?" वृद्ध ने पुकारा।

"हाँ, मैं ही हूँ।" म्लुन्दु ने चिल्लाकर कहा।

जब उसे फिर चेतना लौटी, उजाला हो चुका था। कम्बना खड़ी उसे हवा कर रही थी। उसके केशों के छोर हवा में फहर रहे थे। युवक बम्लुक उसके घाव में कोई जड़ी-बूटी निचोड़ रहा था, और वृद्ध ब्लुकन्दु अपने हाथ में एक वस्तु लिये खड़ा था।

म्लुन्दु को होश में आया देख कम्बना मुस्करायी, पर उसके गालों पर आँसू की धारा जम चुकी थी। सारा गाँव विध्वस्त पड़ा था। इधर-उधर लाशें पड़ी थीं। कुत्ते उन्हें फाड़ रहे थे। कहीं ढोर नहीं दिख रहे थे। ऐसा लगता था जैसे सब भाग गये थे, केवल कुछ बकरियाँ एक बाड़े में थीं।

युवक बम्लुक ने कहा, ''कम्बना! जा, दूध ले आ।''

वह चली गयी।

म्लुन्दु ने कहा, ''बम्लुक हो गया यह सब?''

वृद्ध म्लुन्दु के पास आ गया और उसने उसी चीज को उलट-पुलटकर कहा, ''म्लुन्दु! है यह बाण ही, परन्तु किसी और वस्तु का बना है। यह वस्तु बहुत मजबूत और पैनी है, ऐसी मैंने आज तक नहीं देखी। न यह पत्थर है, न हड्डी, न काठ। यह क्या हो सकती है?''

म्लुन्दु ने कहा, ''बाकी सब कहाँ है? सारी बस्ती सूनी कैसे पड़ी है?''

कम्बना ने कहा, ''रात परदेसियों ने हमला किया और नावों में बैठकर भाग गये।

पिता ब्लुकन्दु ने कल जंगल से नागदेवता को बुलाया, उन्होंने सेना भेजी, जिसके कारण विदेशियों को भागना पड़ा। किन्तु उन्होंने बहुत विनाश किया। वे बीस स्त्रियों और चालीस आदमियों की हत्या कर गये। उनमें से एक आदमी मरा है बस। तुम कीचड़ में पड़े थे। पिता ब्लुकन्दु ने विदेशियों के डर से सारा गाँव खाली करा दिया है। सब भीतर के घने जंगल में जा घुसे हैं।''

ब्लुकन्दु ने कहा, ''यह एक नयी चीज है। ऐसे आयुध हमारे पास नहीं हैं। जिनके पास यह हैं, हम उनसे जीत नहीं सकते। इसीलिए हमें यहाँ से भाग जाना ही अधिक उचित है।''

म्लुन्दु कराह उठा। उसने कहा, ''पिता! यहाँ नदी हमें अपने-आप अन्न उगाकर देती है। अब हमें कौन देगा?''

वृद्ध हँसा। उसने कहा, ''पुत्र! बहुत पहले जब नागदेवता हमारे पूर्वजों को घुमाता-घुमाता यहाँ लाया था, तब हम क्या खाते थे? कहते हैं यहाँ आने पर नागदेवता बैठ गया था, तभी सब यहीं बैठ गये और नदी के किनारे-किनारे फैल गये। कल रात नागदेवता अपनी सेना सहित जंगल में चले गये। अब हमें भी वहीं जाना होगा।''

वृद्ध ने खाँसा और कहा, ''कहते हैं पहले यहाँ काले और नाटे आदमी रहते थे। उनके पास अनगढ़ पत्थरों के आयुध थे हड्डियों के आयुधों को घुमाते, फेंकते जब हमारे पूर्वज आये, वे ठहर नहीं सके।''

वृद्ध रुका और उसने कहा, ''बम्लुम्क! कम्बना! म्लुन्दु को सहारा देकर उठा लो। अब हमें चलना चाहिए।''

और वह उस बाण को मुट्ठियों में दबाकर आगे बढ़ चला।

पचास वर्ष बीत चुके थे। म्लुन्दु अब लगभग पचहत्तर वर्ष का हो चुका था। आज यह जंगल से निकलकर फिर अपनी उसी भूमि पर लौटा था। उसे देखकर आश्चर्य हो रहा था। पक्की लाल ईंटों के मकानों की पाँतें खड़ी थीं। पक्के राजपथ

बने थे। ताम्रवर्ण के पुरुष और स्त्री भाँति-भाँति की सज्जा किये अपने बैलों को रथों में जोते आ-जा रहे थे। हलचल थी। नदी का यह भाग एक नगर बन चुका था। दुकानों में धातु की चीजें रखी थीं।

एक दुकान के आगे वह ठिठक गया। उसने बादर उतारी और भीतर से ब्लुकन्दु द्वारा सुरक्षित रखा हुआ आयुध निकाला और दुकान में से चमकते आयुध से यह उसकी तुलना करने लगा।

एक व्यक्ति ने दुकान में से पुकारा, "ऐ नाग! इधर आ।"

अपनी भाषा में बोलते व्यक्ति को देख वह उसके पास चला गया। उस व्यक्ति ने अपने साथवाले से अपनी भाषा में कुछ कहा और वह मुड़कर म्लुन्दु से बोला, "यह तो बड़ा पुराना बाण है। यह तुझे कहाँ मिला? अब तो ताँबे में हम और भी चीजें मिलाने लगे हैं।"

म्लुन्दु समझा नहीं। उसने कहा, "यह क्या है?"

"यह धातु है।"

"धातु क्या?"

वह हँस पड़ा। उसने कहा, "कहाँ रहता है?"

"हम लोग जंगलों में रहते हैं।"

तभी! तुम लोग जंगली हो। क्या जानो! लेकिन जो नाग हमारे पास आते-जाते हैं, वे अब सभ्य हो गये हैं। मैं भी नागों में घूमा हूँ। तुम लोगों में भी कमाल है। साँप का जहर खूब इकट्ठा करते हो। और इतना मँहगा बेचते हो! इधर कैसे आया?"

"मैं अपना घर देखने आया था।"

"तेरा घर यहाँ कहाँ?"

इस नदी के किनारे, पहले इस जगह हमीं लोग रहते थे।"

"मुझे पता नहीं," उसने कहा, "फिजूल मेरा वक्त मत बिगाड़। आगे रास्ता देख!"

म्लुन्दु चल पड़ा। उसे लगा यह धरती एक धोखा थी, इस पर किसी का निशान बाकी नहीं बचता था। यहाँ कितनी-कितनी चीजें थीं। यह सब कहाँ से आया? ये कौन लोग थे, जो यहाँ के निवासी नहीं थे, फिर भी इन्होंने धरती में ऐसी-ऐसी गहरी नावें उतार दी थीं।

और तब उसे याद आया कि चीता छोटा था, लेकिन उसने देखते-ही-देखते हाथी का मस्तक फाड़ डाला था।

म्लुन्दु ने अपने हाथ का बाण दूर फेंक दिया, जैसे वह उस चीते का पंजा पकड़े-पकड़े घूम रहा था।

उपसंहार

बाण चुप हो गया। मोहनजोदड़ो के खंडहर ने हँसकर कहा, ''सुना तुमने? अपराधी कौन था? क्या काली जातियों, निषादों इत्यादि को खदेड़ देने वाले वे नाग भोले-भाले थे?''

मैं अवाक् रह गया।

हवा साँय-साँय कर उठी।

अशोक स्तूप कराह उठा, 'मानो वह फिर प्रतिध्वनित कर रहा था, 'बुद्धं शरणं गच्छामि, धम्मं शरणं गच्छामि...'

पूरी आवाज नहीं आयी। अँधेरा सब-कुछ को निगल गया।

मैंने बाण वहीं फेंक दिया मानो मैं मनुष्य की सत्ता के उथलेपन को समझ गया था। तब मुझे लगा कि धरती की उन पर्तों में असंख्य मीठी यादें सो रही थीं। मैंने मुट्ठी-भर धूल उठायी और मुझे लगा कि मेरी धरती में सोयी सैकड़ों शताब्दियाँ फिर जाग उठी हों।

अब मैं जाग उठा हूँ, किन्तु मेरा वह सपना अभी तक मुझसे खो नहीं सका है। मुझे लगता है कि टीले मुर्दों के भले ही हों, लेकिन मानव की अपराजित सौन्दर्य की प्यास मेरी धरती के रोम-रोम में विंध गयी है।

('ज्ञानोदय' अक्टूबर '60)

बिल और दाना

एक बार एक खेत में दो चीटियाँ घूम रही थीं। एक ने कहा, "बहन, सत्य क्या है?" दूसरी ने कहा, "सत्य? बिल और दाना!"

उसी समय एक मधुमक्खी ने सरसों के विशाल, दूर-दूर तक फैले खेत को देखा। क्षितिज तक फूल खिले हुए थे। दो आदमी उस खेत में घूम रहे थे। एक ने कहा, "इन फूलों के बीच में चलते हुए ऐसा लगता है, जैसे हम किसी उपवन में घूम रहे हों।"

दूसरे ने कहा, "कैसी मादक गन्ध हवा पर बह रही है।"

मधुमक्खी ने सुना और मुस्कराकर फूल में अपना मुँह लगाया और मन-ही-मन कहा, "बेचारे! कितने लाचार हैं ये लोग। सरसों के बीज से तेल निकालना जानते हैं, लेकिन उसके फूलों का रस लेना नहीं जानते।"

यह सुनकर चीटियाँ बिल में आ गयीं।

यह बात आयी-गयी हो गयी। फागुन ने हवा में मस्ती भरी, चैत ने कोयल के स्वर गुंजाये और कुछ दिन बाद सैकड़ों मक्खियों ने असंख्य फूलों का शहद ला-लाकर पीपल के तने पर एक बड़ा-सा छत्ता लगा दिया। दोनों चीटियों का भी आना-जाना वहीं से था। वे भी सब देखती रहीं।

फसल काटकर वे ही दोनों आदमी उसी पीपल के नीचे बैठे और ऊपर जो नजर पड़ी तो एक ने कहा, "अरे! क्या जोर का छत्ता लगाया है मक्खियों ने! खूब मिलकर काम करती हैं ये। अपने खाने का इन्तजाम भी खूब करती हैं।"

दूसरे ने कहा, "आज रात को कम्बल देना मुझे थोड़ी देर को। मैं इसको तोड़ूँगा।"

मक्खियों ने सुना नहीं; क्योंकि वे अपने निर्माण में व्यस्त थीं। अँधेरा हो गया और मक्खियाँ छत्ते पर जा बैठीं। दूसरा आदमी कम्बल ओढ़े चढ़ गया। और उसने मक्खियों को झाड़ू से हटाकर अँधेरे में छत्ता तोड़ लिया और उतर आया।

मक्खियों पर वज्र टूट पड़ा, लेकिन बेचारी क्या करतीं। वे यह भी नहीं पहचान

पायीं कि उनकी उगलन को कौन ले गया। उन्होंने कम्बल जैसी किसी चीज को काटा, वह दर्द को महसूस ही नहीं करती थी। आखिर करती भी क्यों?

यों एक सपना उजड़ गया।

दोनों आदमियों ने शहद बोतलों में भरकर रख लिया। उधर मनुष्य का कल्याण करने को एक सन्त निकले हुए थे। वे दही और शहद ही खाते थे। वे उपदेश यही देते थे कि सब कुछ दान कर दो; अपने पास कुछ मत रखो। संस्कृति का नया युग प्रारम्भ करो।

जब यह उपदेश देते हुए वे गाँव आये, तो इन दोनों पर उनकी अहिंसक वाणी का बड़ा गहरा प्रभाव पड़ा और उन्होंने उन्हें भेंट कर दिया, जिसे देखकर सन्त की आँखें चमकने लगीं।

दुपहर हो गयी तो उसी पीपल की छाया में सन्त बैठ गये और अपनी रोटी में उसी शहद को लगाकर खाने लगे।

दो मक्खियाँ डाल पर बैठी थीं। अब काम कुछ था नहीं। बहुत दिनों की मेहनत बेकार जा चुकी थी। जहाँ कभी छत्ता था, वहाँ अब आग से जले काठ की कलौंच-सी बाकी थी।

अचानक एक की निगाह रोटी पर पड़ी, तो उसने कहा, ''बहन मक्खी गुनगुन! देख तो जरा। लोग तो कहते हैं यह सन्त हैं, सबसे कहता है, सब कुछ दान करो, तप करो, पर यह तो शायद शहद खा रहा है, जो हमने इतनी मेहनत से इकट्ठा किया था। चल इसे काटकर इसके ढोंग की सजा तो दे आयें।''

दूसरी ने कहा, ''नहीं बहन तुनतुन, अब पापी और झूठे के हाथ में जाकर वह शहद नहीं रहा। उसमें फूलों की मिठास नहीं रही। मनुष्य के स्वार्थ ने उसे हमारे लिए विष बना दिया है, हम शहद फूलों की प्यालियों से समेटती हैं, ऐसी-वैसी जगह से नहीं।''

एक कुत्ता वहाँ बैठा-बैठा सन्त की रोटी को देख रहा था। सन्त तो पेटपूजा के नये प्रयोग में व्यस्त थे; वे तो नहीं सुन पाये, मगर कुत्ते ने सुन लिया। सोचने लगा कि आखिर यह क्या चीज है जिसके पीछे सन्त पागल हो गये। लालच आया तो कुत्ता खड़ा होकर पूँछ हिलाने लगा। सन्त ठहरे दयालु! एक टुकड़ा उसकी ओर भी फेंका, शहद लगी रोटी देख कुत्ता झपटा, किन्तु शीघ्र ही उसने उगल दिया उसे। शहद उसे बहुत बुरा लगा। और उसने सोचा—आखिर आदमी ने इतनी बुरी चीज की चोरी क्यों की? इसे खाने से तो उबकाई आती है।

जब कुत्ते को चैन न पड़ा तो उसने धीरे से कुनमुनाकर कहा, ''बहन तुनतुन! क्या फूलों में इतनी उबकाई लाने वाली चीज होती है, जो तुम बेवकूफों की तरह इकट्ठा किया करती हो, और क्या इसी की रक्षा करने के लिए तुम अपना विषैला

डंक सबको चुभाती फिरती हो?''

गुनगुन मक्खी हँसी और बोली, ''अरे भैया कुत्ते! तू इसकी असलियत क्या जाने! यह शहद कैसी चीज है, इसे तू क्या समझे! तू जिस आदमी की जूठन खाता है, वही आदमी हमारी इन उगलन को खाने के लिए चोरी करता है और सन्त-महात्मा इस थूक को खाकर दानी और त्यागी होने का ढोंग रचते हैं। तू तो सिर्फ रोटी चबा! तू शहद को क्या समझ सकता है।''

कुत्ता मन-ही-मन आदमी के बारे में चक्कर में पड़ गया और सोचने लगा—लोग कहते हैं कि मैं जूठा खाता हूँ, तो क्या यह आदमी भी जूठन खाता है?

थोड़ी देर बाद में सन्त खा-पी चुके और उपदेश सुनने वाले इकट्ठे हो गये। तब सन्त ने कहा, ''अपना सब कुछ दान कर दो। मक्खियों की तरह सुन्दरता से सत्य निकालना सीखो, जैसे वे फूलों से शहद निकालती हैं। और मनुष्य के समाज को मिठास दो! और कुत्ते की तरह निर्लोभी रहो, जो मिठास होने पर भी शहद नहीं चाटता!''

इस प्रवचन को सुनकर मक्खियां मनुष्य का गुणगान करती हुई उड़ गईं और कुत्ता पहले से भी अधिक मनुष्य का भक्त हो गया। तब दूसरी चींटी ने पहली चींटी से कहा, ''बचकर चल! संत को इतना समय नहीं कि हमें देखकर बचकर निकले। सारा सत्य यहीं धरा रह जायगा।''

उस दिन से लोक में यह प्रचलित हो गया कि मक्खियाँ इसीलिए बनी हैं कि आदमी के लिए शहद इकट्ठा किया करें और कुत्ता इसलिये पैदा हुआ है कि आदमी की सेवा किया करे। चोरी और दासता से मनुष्य का अहं सन्तुष्ट होकर नये-नये सन्तों और पैगम्बरों को धरती पर भेजने लगा और मनुष्य, जिसने कि आदर्शों के मूल में केवल अपना स्वार्थ सिद्ध किया था, किसी भी प्रकार सन्तुष्ट नहीं हो सका। उसे दुःखी देखकर एक बार मक्खियों ने निर्णय किया कि अब की बार जब वह चोरी करने आये तो उसे रोक दिया जाये, क्योंकि चोरी को ही न्यायसंगत समझने के कारण वह घबरा रहा है, और कुत्ते ने सोचा कि मेरी दासता ने इस आदमी को अहंकार में डाल दिया है, अतः मुझे इसका यह दम्भ भी मिटाना चाहिए। चुनांचे जब आदमी छत्ता तोड़ने गया तो मक्खियों ने काट लिया और कुत्ते ने बगावत कर दी। दोनों का ध्येय था कि अब कोई इनमें दार्शनिक सन्त बनकर नयी मूर्खता प्रकट न करे। किन्तु हुआ यह कि एक नया व्यक्ति खड़ा हुआ और उसने मक्खियों को उड़वा दिया और कुत्ते की पिटाई करायी और कहा, ''जिसमें डंक हो, उसे निकाल दो क्योंकि वह मिठास के पास आने से रोकता है, और जो बगावत करे उसे दंड दो, क्योंकि बगावत से नियम बिगड़ता है। जो कुछ है, हमारे लिए ही तो है।''

मक्खी और कुत्ता बड़े उदास हो गये। उन्होंने आसमान के सितारे से शिकायत

की। सितारा बहुत बुड्ढा था। उसने हँसकर कहा, ''बच्चो! यह आदमी बड़ा मूर्ख है। जब यह इस धरती पर नहीं था, मैं तो तब से ही इस धरती को जानता हूँ। पर यह अब समझता है कि सब कुछ इसी के लिए है।''

''कब से देख रहे हो तुम? क्या हम इसी के लिए बने हैं?'' कुत्ते और मक्खी ने पूछा।

''बहुत दिनों से।'' सितारे ने हँसकर कहा, ''तुम इसके लिए नहीं बने, तुम बने हो मेरे सामने। और मैं तुम्हें हमेशा देखा करूँगा।''

इसी समय बुड्ढा सितारा हिल उठा और आकाश में फिसलकर गिर पड़ा। आकाश में आग-सी लगी और फिर सब शान्त हो गया। मक्खी और कुत्ते ने एक-दूसरे की ओर देखा और कहा, ''सितारा झूठ कहता था। आदमी ठीक कहता है।'' और दोनों फिर उसी की सेवा में लग गये। तब दूसरी चींटी ने पहली चींटी से कहा, ''सत्य समझो।''

पहली चींटी ने मुस्कराकर कहा, ''समझ गयी। जो तूने उस दिन कहा था—वही अन्तिम सत्य है—बिल और दाना।''

उसके बाद कोई कुछ नहीं बोला।

('60 से पूर्व)

कुत्ते की दुम और शैतान : नए टेकनीक्स

फरवरी

इलाहाबाद के एक पत्र में छपा—

उपसंहार

'कहने के लिए जो कुछ कहा जाए, उस पर विश्वास कर लेना ही तो काफी नहीं।' दोनों आँखें उठाते हुए उसने कहा।

चंचल समझा नहीं, उसने फिर कहा—'पर तुम मेरी बात मानती क्यों नहीं ?'

'मैं यही जानती हूँ कि लेखक अपने बारे में जो कुछ कहता है, वही सब उसके बारे में काफी नहीं होता। लोग उसके बारे में क्या कहते हैं, मैं इसी पर अधिक ध्यान देती हूँ।' सुषमा ने चाय में चीनी मिलाते हुए कहा।

चंचल ने सुनकर भी नहीं सुना।

बाहर धूप सुनहरी पड़ गई थी। चंचल ने सामने की ओर इशारा करके कहा—'झील पर अब कुहरा नहीं है, घूमने चलती हो ?'

'ज़रूर।'

चंचल ने जर्किन ठीक की, बालों पर कंघा फेरा और जूते साफ किए। सुषमा ने ओवरकोट पहनकर एक बार आदमकद शीशे में झाँककर देखा और दोनों पहाड़ से उतरने लगे।

ऊबड़-खाबड़ ढोंकों पर सँभलते हुए वे नीचे उतरकर सड़क पर आ गए। सड़क अभी तक बस-स्टैंड के पास गीली थी, झील के फर्न मटमैले-से दिखाई दे रहे थे। मैले और फटे कपड़े पहने पहाड़ी कुली ज़िन्दगी की भयानक कशमकश में दुहरे होकर पीठ पर बोझ ढोते पहाड़ पर बँगलों की ओर चढ़ रहे थे।

सुषमा ने पल को भी उधर दृष्टि नहीं टिकाई। कहा—वह देखो बादल उधर मुड़ गया, चलो राइडिंग करेंगे।

चंचल ने सिगरेट सुलगा ली और झील के किनारे की रेलिंग थामकर कहा—आज

फिर ?

सुषमा झुंझला उठी। बोली—क्यों ? आज क्या कोई मुसीबत है, या आपके दिमाग में कोई प्लॉट आ रहा है !

चंचल ने सिगरेट का धुआँ एक बार आकाश की ओर छोड़ा और कहा तुम जा सकती हो। जब तक मैं तुम्हारे साथ रहूँगा, तब तक मेरी कला मेरा साथ न देगी। मैं आज तक विश्वास के बल पर जीता रहा हूँ सुषमा ! मुझे अपनी रिक्ति से बढ़कर प्यारा कुछ नहीं है।

सुषमा ने देखा। आँखों में एक तिक्त व्यंग्य-सा छलका और चला गया। क्षण-भर वह उसे घूरती रही।

फिर चंचल ने देखा। सुषमा घोड़े पर दौड़ी जा रही थी, साईस पीछे-पीछे दौड़ रहा था। फ्लैट के मोड़ तक चंचल की आँखें उधर ही लगी रहीं, फिर वह पेड़ों की ओट में ओझल हो गई।

चंचल ने पानी में कंकड़ फेंका। लहरियाँ दूर-दूर तक फैल गईं।

अन्धकार घिरता आ रहा था। झील के किनारे की बत्तियाँ जगमगा रही थीं। पहाड़ों पर बसे नैनीताल के घरों की खिड़कियाँ बिजली की रोशनी से चमकने लगी थीं। झीनी ठंड अब तीखी हो चली थी। चंचल ने देखा वह अकेला रह गया था।

—सरदार जसवन्तसिंह, मुंबई

दो

मार्च

पटना के एक पत्र में छपा—

यों तो आजकल कई कहानियाँ लिखी जाती हैं, किन्तु सरदार जसवन्तसिंह की 'कुत्ते की दुम और शैतान' पढ़कर बड़ी राहत मिली। कहानी का अन्त बहुत जानदार हुआ है। मेरी आँखों में अभी तक चंचल खड़ा है। झील को वह देख रहा है—यहाँ तक कि लगता है जैसे झील एक बड़ी आँख है, जो चंचल को देख रही है। दोनों में हमें बड़ा अजीब-सा अपनापन दिखाई देता है।

सुषमा का चरित्र पारे की तरह का ढुलमुल नहीं है। उसमें स्त्री जाति के उस वर्ग का वर्णन है जो पुरुष की विशेष प्रसिद्धि के पीछे दौड़ती है और अपने यश की प्यास में यह नहीं देखती कि यश कमाना सहज नहीं होता। उसके लिए त्याग और साधना की आवश्यकता पड़ती है।

हिन्दी में देखा जाए तो प्रेमचन्द के बाद कोई कहानीकार नहीं हुआ। प्रेमचन्द में एक चीज़ थी जो अब नहीं मिलती। वह है एक सुव्यवस्थित कथानक का कहानी में आवश्यक रूप से बना रहना। मैं बड़े सन्तोष के साथ स्वीकार करूँगा कि सरदार

के कथानक में एक व्यवस्था है। और आश्चर्य यह कि नितान्त साधारण होते हुए भी घटना अपनी छाप छोड़ जाती है।

यथार्थ के दृष्टिकोण से हम यही कह सकते हैं कि आज जिस सीमित दायरे में मनुष्य को बाँधा जा रहा है, वह युग-युग का साहित्य नहीं बनने देगा। राजनीति ही सब कुछ नहीं हो सकती। मैं मानता हूँ सरदार की कहानी की तुलना मैं समरसेट मॉम की किसी कहानी से नहीं कर सकता। परन्तु जहाँ तक वातावरणपरक (ऐटमॉस्फेरिक) कौशल है, उसमें लॉर्ड डन्सनी से कम ताकत नहीं है।

कला प्रचार ही तो नहीं है। वह तो मनुष्य की इकाइयों को जुटाती है, पाठक अपने बल से ही रचना से साधारणीकरण करे तो ही हम विकास के पथ पर हैं। हमारा युग लघुता का युग है और विराट् सृष्टि के क्षेत्र में इस लघुता का जो नया सामंजस्य है वह एक ओर सुषमा की उपेक्षा में है, तो दूसरी ओर चंचल की अतृप्ति में, जिसमें उपेक्षा निरासक्ति की सीमा तक पहुँच गई है।

सरदार जसवन्तसिंह ने इधर कई कहानियाँ लिखी हैं और यदि वे शिल्प की ओर और थोड़ा ध्यान देते तो अवश्य वे उपन्यासकार लायन फ्यूकवेंगर का-सा सजीव चित्रण करते। अमेरिका में जो सार्त्र का अस्तित्ववाद अपना प्रभाव डालते-डालते रह गया, उसका कारण यह था कि यौन विकृतियाँ वहाँ अभी उतनी नहीं फैल सकी हैं—मेरा तात्पर्य सांस्कृतिक उपचेतन के स्तर से है—जितनी फ्रांस में, जिसका बाह्य आपको पियरे लुई की 'किंग पॉसौल्स एडवेंचर्स' में मिल जाएगा। हिन्दी में भी कृतित्व होगा और वह दिन दूर नहीं है जब अच्छी कहानियाँ लिखी जाएँगी। उस समय लोग यह देखेंगे कि सरदार की कहानी उन कहानियों में से थी जिसने नए रास्ते की तरफ मोड़ लिया।

—वामन पाण्डुरंग चरमरकर, पूना

तीन

कलकत्ता के एक पत्र में छपा—

कल ही एक महिला ने मेरे पास एक पत्र भेजा था। महत्त्वपूर्ण समझकर इसे आपके पास भेज रहा हूँ, क्योंकि इसमें एक साधारण पाठिका का स्वर है। हमारे दिग्गज लेखक अपने गुरुत्व में बैठे हैं, साधारण पाठक-पाठिकाओं का कोई ध्यान नहीं रखा जाता। सरदार की कहानी पर ध्यान देना आवश्यक है। पत्र यों है, संदर्भ-वाक्यों को उद्धृत करता हूँ—

'अभी सरदार जसवन्तसिंह की 'कुत्ते की दुम और शैतान' कहानी पढ़ी।

' कहानी क्या है, जी हुआ पत्रिका को जला दूँ। बारह आने और आठ घण्टे का खून था। अच्छा होता मैं इसे खरीदकर पढ़ने की बजाय सिनेमा देख आती।

' यह आधुनिक युग ! और उसमें एक स्त्री को सारी स्त्रियों का प्रतिनिधि बनाकर इस तरह 'पेंट' करना ! पता नहीं किस तरह इस 'पैट्रिआर्किकल सोसायटी'

के ‘ट्रेडीशन्स’ को ‘रिप्रेज़ेण्ट’ करती है यह ! जैसे स्त्री का कोई चिन्तन ही नहीं, कोई अस्तित्व ही नहीं ! लेखक इस पर ज़रा भी ज़ोर नहीं देता कि चंचल में पौरुष नहीं ! घोड़े पर चढ़ते डरता है, बस सिगरेटें फूँकता है ! और काम क्या करता है कि झील को देखता रहता है !

‘ मैं तो कहूँगी कि शायद वह सरदार जसवन्तसिंह जैसे तृतीय श्रेणी के लेखक का प्रतिबिम्ब है, जो शायद ही अभी कुछ पढ़ने योग्य लिखते हों। वैसे मैं तो नाम देखकर ही उनकी कोई चीज़ नहीं पढ़ती, क्योंकि वह पढ़ने योग्य होगी भी क्या।

‘ पर तुर्रा देखिए कि लेखक किस तरह चंचल से सहानुभूति और पक्षपात दिखाता है ! वह चाहता है कि सुषमा सिर्फ यही ज्यों का त्यों मान ले कि जो चंचल अपने बारे में कहता है वही ठीक है। क्यों माने वह ? आजकल भी क्या मान जाने की विवशता कायम रह सकती है ? गस्ताव फ्लॉबेअर, डिकेन्स और दोस्तोएवस्की को पढ़ने वाले बिना तर्क के कभी भी कैसे स्वीकार कर लेंगे कि आज की कहानी का आयाम पहले से भी छोटा हो गया है। सरदार की कहानी की इनसे तुलना करने पर ही कला का दायित्व प्रकट होता है।’

यों तो पत्र और भी हैं, पर इत्यलम्।

—जगभूषण मतवाला, नागपुर

चार

बम्बई के एक पत्र में छपा—

सरदार जसवन्तसिंह प्रगतिशील लेखक कहलाते हैं। लेकिन प्रगति यदि ‘भाभीवाद’ और ‘प्रियावाद’ है तो वह कैसी प्रगति है, यह हमारी समझ में नहीं आता।

दोब्रोल्युवस्की और बेलिन्स्की के युग में जो कला का रूप था, प्लेखेनॉफ के युग में बदल चुका था। यहाँ मैं साफ कर दूँ कि लेनिन ने जो प्लेखेनॉफ के विषय में लिखा है, मैं उससे पूरी तरह सहमत हूँ, भले ही मुझे मार्क्स का ऐंगिल्स को लिखा हुआ वह पत्र याद है जिसमें उसने कहा है कि कला का स्थायी मूल्य भी होता है।

हाल में जो माओत्सेतुंग ने कला और रूप के बारे में लेख लिखा है, उससे वह भ्रम भी दूर हो जाता है जो ल्यूकस को हुआ था। ल्यूकस की वर्ग-चेतना ने वही किया जो बुर्जुआ देशों में लाइसैन्को के विरुद्ध हुआ है। कॉडवेल ने इस सुपरमैन थिअरी की जैसी काट की है वह ‘सन्तवादियों’ की हल्की चप्पलों को युग के सर्वहारा के भारी बूटों के सामने नहीं ठहरने देगी।

तो सरदार की कहानी इस दृष्टि से देखने पर भले ही बाह्य रूप से इब्सेनियन प्रतीत हो, किन्तु मैं उसे हास्य की एक विकृति मात्र कहूँगा। क्योंकि यदि आप कहानी के अन्तिम अक्षर से प्रारम्भ तक पलटकर लिखते जाएँ; तो आपको ‘प्रयोगवाद’ का नया स्थिर रूप मिल जाएगा।

मैंने, कुछ दिन हुए, राष्ट्रीय जागरण का जो रूप देवकीनन्दन खत्री की 'चन्द्रकान्ता सन्तति' के इन्द्रदेव और भूतनाथ के संघर्ष में दिखाया था उसी से स्पष्ट हो जाना चाहिए था कि नई कहानी का रूप क्या होना है। मैं बहुत दिन से कहता रहा हूँ कि हमें प्रेमचन्द की विरासत चाहिए, वही हमारे आन्दोलन का रूप आगे बढ़ाएगी। यहाँ मैं आपको बता दूँ कि कला में वस्तु-विषय की समानता से प्रायः सार्वकालिक और सार्वजनीन रूप से हमारी करोड़-करोड़ मज़दूर-किसान जनता को एक जैसा रूप मिलता है।

मुझे जो चीज़ बहुत पसन्द है वह यह कि प्रेमचन्द और गोर्की की मूँछें बिलकुल एक-सी ही लगती हैं। महामानव निराला यदि मूँछें रखते और ज़रा सौम्य आकृति से फोटो खिंचाते, तो शायद वे भी उतने ही प्रभावशाली लगते। वैसे उनका व्यक्तित्व वे ही लोग जानते हैं जिन्होंने उनके पास रहकर देखा है कि वे कितने ज़ोर की चपत लगाते हैं। पंजा लड़ाने में तो साहित्य-क्षेत्र में उनका कोई मुकाबला ही क्या करेगा। वे ढुलमुल, स्त्रियों की तरह बनने वाले, सरकारी नौकर जो कि उर्ध्वचेतना की आड़ में एक हाथ में कामशास्त्र और दूसरे में दर्शनशास्त्र लिये फिरते हैं, वे यह सब क्या कर सकते हैं ?

मुझे इस पर याद आया कि मेरे एक मित्र हैं जो देखते भी हैं और नहीं भी देखते, और जब नहीं देखते तब देखते हैं और देखते समय नहीं देखते। किन्तु समय आ गया है कि अब यदि उद्‌जन बमों का साम्राज्यवादियों को इतना घमण्ड है तो वे समझ लें कि जनशक्तियों के पास भी काफी बम हैं, जो इन शोषकों को दूर से ही खत्म कर सकते हैं।

और हमारी भारतीय जनता, विशेषकर हमारे हिन्दी क्षेत्र की, यह पुकार-पुकारकर कहना चाहती है कि कांग्रेस को वह वोट देती है तो इसका यह मतलब नहीं कि वह प्रगतिशील ताकतों की तरफ नहीं है। वह है इधर ही, भले ही आज वह कुछ हद तक प्रतिक्रियावादियों की असलियत खोल देने को उन्हें समय दे रही है। केरल का सबक काफी है कि वह भारतीय च्यांग काई शेकों का तख्ता हिला डाले। वही बताता है कि रूसी साहित्य इसलिए नहीं कि उसकी आलोचना की जाए। हमें तो उससे कुछ सीखना है।

सरदार की कहानी में मुझे यह तार मिला। किन्तु फिर भी उनका मित्र होने के नाते मैं कहूँगा कि यशपाल की यौन प्रवृत्ति (मेरा मतलब उनके साहित्य की प्रवृति से है) अभी उनमें बाकी है। उसे दूर होना है। कला जनता में पलती है, जिसे स्तालिन ने प्रकट किया था। यह और बात है कि ख्रुश्चेव और अन्य सोवियत नेताओं ने इसके बारे में बुर्जुआ संस्कारों के कारण गड़बड़ पैदा की है। उसका इलिया एहरेनबुर्ग ने स्पष्ट उत्तर दिया भी है कि संस्कार नाम की मनुष्य में कोई चीज़ नहीं होती, केवल समाज-संसर्ग होता है। और क्रान्ति के लिए आवश्यक है कि हम अपने दिलों को टटोलें, प्रतिक्रियावादियों के भेजों को टटोलें। सरदार की कहानी उसी ओर इंगित

करती है।

—रणछोड़दास, तुलसीदास के आँगन की कुटी, लखनऊ

पाँच

अप्रैल

पूना के एक पत्र में छपा—

यूरोप का सांस्कृतिक ह्रास हमारे सामने यह प्रश्न लाकर खड़ा करता है कि व्यक्ति का विकास किस प्रकार हो। यह सर्वनाशी दानव जो यांत्रिकता में व्यक्तित्व को घोंटकर एकदम सारे विकास को वनौकस यूथों की आदिम बर्बरता की ओर लौटाकर ले जाना चाहता है, जो दमन, आतंक और विद्रूप की सहायता से व्यक्ति की लघुता को ही उसकी स्थायी चेतना बनाकर खरल में डालकर घोंटते रहना चाहता है, वह केवल सरकारी मोल बिके चेतनाहीन लेखकों या उन केन्द्रच्युत रेखाओं जैसे मानसों को सन्तोष दे सकता है, जो हर प्रकार से इस बर्बरता को सहायता देकर मूल प्रश्न को दूर रखना चाहता है। हम लोग जो कि गुट नहीं बनाते, यह कह सकते हैं कि सारी साहित्य चेतना हमारे पास है, और वह आगे ले जाने वाली है। जो इसे नहीं मानता वह गलत है और उसी दृष्टिकोण को मानने वाला है जो संघ का रूप धारण करके नए आयामों को रोकता है।

सरदार जसवन्तसिंह की 'कुत्ते की दुम और शैतान' को लेकर जो गलत प्रचार किए जा रहे हैं वे सत्य से कितनी दूर हैं इसे पढ़कर आश्चर्य होता है। इलियट जैसे भोज और हिन्दी में उसके गंगू की बात मैं क्या कहूँ, परन्तु अखाड़िए लोग उस कहानी को जो रूप दे रहे हैं वह वास्तव में विचित्र है। कहानी अपने-आप में पूर्ण है, उसका अपना त्रिकोणात्मक आयतन है, जो भले ही कोर्स की ही किताबें पढ़ाने वाले या सरकारी इनामों पर पलने वाले या गुटबन्दी करके सरकारी पदों पर किसी तरह घुस बैठने वाले लोगों को पसन्द न आए, लेकिन उसमें तीखा व्यंग्य है।

कला नया जीवन चाहती है। सरदार की पुरानी बोतल में नई शराब है। साधारणीकरण का अब पुराना राग अलापना व्यर्थ है। लेखक ही ऐसी मुश्किल क्यों उठाए ? नए युग में पाठक को ही अब लेखक की कृति से साधारणीकरण करना होगा, अन्यथा वही भाव, वही चित्रण लेकर लेखक क्या बँधा बैठा रहेगा ? पाठक को भी अपना विकास करना पड़ेगा। सरदार की कहानी में यद्यपि इसका पूर्ण निर्वाह नहीं है, फिर भी अपनी सारी कमज़ोरियों के बावजूद वह ध्यान देने लायक है। उसे लोग चाहे गिराना चाहें, परन्तु हम जो गुटबन्दी को स्वीकार नहीं करते, इस झगड़े से दूर रहकर ही साहित्य की सत् परम्परा का निर्वाह करना चाहते हैं।

—राजेश्वर गुरुनाथ तवक्कले, इलाहाबाद

छह

जबलपुर के एक पत्र में छपा–

अभी आपका पत्र मिला। सरदार की कहानी पढ़ी। उस समय मेरे साथ वहाँ अन्य कई प्रतिष्ठित साहित्यिक भी थे। कहानी की चर्चा चल पड़ी।

श्री क्षेमराज हिन्दी के गण्यमान्य ऋषि हैं। उनके विषय में गाँधीजी के एक परम सुहृद् ने कहा भी है कि जब-जब क्षेमराज जी की कहानी पढ़ी तब-तब उन्हें यही लगा कि तॉल्स्तॉय की आत्मा बोल रही है। तो क्षेमराज जी से इस कहानी पर बातचीत हुई। उन्होंने पढ़ी तो नहीं थी, पर उनकी राय का साहित्य में मान होना चाहिए। मैंने उसी समय उसे लिख लिया। क्योंकि यह राय क्या, दर्शनशास्त्र का एक टुकड़ा है; आपको भेजता हूँ–

'कहानी क्यों लिखी गई ? क्योंकि शायद कहने को कुछ था नहीं। होता तो वह न लिखी गई होती। कलाकार अभिव्यक्ति कब करता है ? जब उसका व्यक्तित्व युद्ध चाहता है। युद्ध ? किससे ? औरों से ? नहीं। और यानी आप ! आपका यहाँ तात्पर्य किससे होगा ? उस शान्ति से जो मनुष्य में होते हुए भी नहीं है। सरदार जसवन्तसिंह ने कहानी लिखी है और जो मैं कहूँ नहीं लिखी है, तो ? लिखते सब हैं, मगर लिखता कौन है ? सरदार नहीं लिखते। मैं नहीं लिखता। कला अभिव्यक्ति नहीं दुराव है। किससे दुराव ? गति से। तो गति ही जब फल है तो कोई करे भी क्या !'

मेरी अपनी राय यह है कि कहानी ठीक ही है। और अच्छी होती तो मैं उसे और श्रेष्ठ कहता। वैसे ठीक है। प्रेमचन्द के बाद के अकाल के नए पौधों में उसका विशेष स्थान है।

–परशुराम त्रिपाठी, बनारस

सात

बनारस के एक पत्र में छपा–

आपके पत्र में सरदार जसवन्तसिंह की 'कुत्ते की दुम और शैतान' छपी। मैंने यही प्रयत्न किया कि उसे भी उस सारे साहित्य जैसा समझूँ जो नित्य कूड़े-कर्कट के रूप में हिन्दी की पत्र-पत्रिकाओं में छप रहा है, परन्तु उसकी इतनी चर्चा हुई कि मुझे बाध्य होकर पढ़ना पड़ा। किन्तु पढ़कर इतनी अधिक निराशा हुई जितनी शायद बिना पढ़े हुए साहित्य के प्रति भी नहीं है।

क्यों लिखते हैं लोग? कोई उद्देश्य है सामने ? जनता को मिलता है कुछ? लेखक का व्यक्तित्व किन साधनों में से निकला है जो वह कुन्दन दे सकेगा? आरामकुर्सियों पर बैठकर कहानियाँ लिखना फैशन है तो जनता से सम्पर्क ही कहाँ है?

मैं कुत्सित समाजशास्त्रियों की बात नहीं करूँगा, क्योंकि वे हर चीज़ को रूस का चश्मा लगाकर देखते हैं। इतना ही कहूँगा कि उस कहानी में नयापन है, मगर उसमें गहराई की कमी है, और इसीलिए उसमें वह चेष्टा नहीं है जो हमें आगे ले जाए, उदास बना सके। और मैं क्या कहूँ ?

—श्रीधरसिंह पाण्डेय, आगरा

आठ

दिल्ली के एक पत्र में छपा—

किसी कहानी की कितनी प्रशंसा की जाए यह एक विचारणीय प्रश्न है।

हिन्दी में यह रोग हो गया है कि लोग या तो साहित्य पढ़ते नहीं, या पढ़ते हैं तो फिर अपनी-अपनी डफली अपना-अपना राग छेड़ देते हैं। मैं उनमें नहीं, क्योंकि मुझे राग से ज़्यादा डफली प्यारी है।

अभी आचार्य भगवतप्रसाद जी शर्मा से वर्तमान साहित्य पर बातें हुई थीं। वे उसी समय राष्ट्रपति से मिलकर आए थे। उन्होंने हँसकर कहा कि 'गुरुदेव कहा करते थे कि नए लेखकों को उनकी राह पर स्वतंत्र छोड़ना चाहिए, क्योंकि बुद्धि किसी एक पीढ़ी की नहीं होती। गुरुदेव महामानव थे और उनकी बात आज क्या सदैव लागू होगी। सरदार जसवन्तसिंह में प्रतिभा है, तो वे अवश्य बढ़ेंगे, उन्हें कौन रोक सकता है !'

परन्तु मैं यही कहूँगा कि कहानी कठिन कला की वस्तु है। किसी भी रचना को इतना तूल देना ठीक नहीं। आजकल हिन्दी में डॉक्टरों की भरमार है, और जो कुछ भी लिखने लगता है हमें मर्यादा से काम लेना चाहिए। अभी एक सज्जन का लेख पढ़ा कि कहानी बहुत रद्दी है, मगर मैं ऐसा नहीं कहूँगा। विद्वेष की दृष्टि से नीचे गिराना ही ध्येय हो तो सरदार ही क्या कालिदास को भी नीचे गिराया जा सकता है।

कहानी मैंने सरसरी निगाह से पढ़ ली है, शास्त्रीय दृष्टि से नहीं। उस दृष्टि से पढ़कर उसके बारे में फिर लिखूँगा। आपका पत्र जिस लगन से साहित्य की सेवा कर रहा है, उसका अभिनन्दन करता हूँ, मेरी ओर से सरदार जसवन्तसिंह बधाई स्वीकार करें।

—डॉ. रघुनन्दनसिंह, पटना

पुनश्च : इस कहानी में सर्वोदय विचारधारा का जो प्रभाव मिल रहा है वह मुझे हिन्दी में एक नए मोड़ की तरफ ले जा रहा है। मेरा विचार हो रहा है कि नई कहानी पर मैं एक निबन्धमाला लिखूँ और उसमें विभिन्न विचारधाराओं का सांगोपांग विवेचन करूँ। हम सब शायद एक ही लक्ष्य की ओर खिंच रहे हों। हमें भरतमुनि से लेकर पण्डितराज जगन्नाथ तक के काव्यरूपों का अध्ययन करके उनका पाश्चात्य चिन्तन

से तुलनात्मक अध्ययन करना है। आप लिखें।

—डॉ. र. सिंह

नौ

जून

इलाहाबाद के उसी पत्र में छपा—

सम्पादकीय

हमारे पत्र में इधर जसवन्तसिंह जी की 'कुत्ते की दुम और शैतान' कहानी छपी थी। उसके सम्बन्ध में हमें काफी गण्यमान्य लेखकों की सम्मतियाँ प्राप्त हुईं। वे सब हमने ज्यों की त्यों छाप दी थीं।

हमारा सिद्धान्त यह है कि हम हर लेखक की विचार-स्वतन्त्रता का सम्मान करते हैं और यही हमारे जीवनदर्शन का मूलभूत आधार है। किसी कहानी की इतनी चर्चा हो, और वह भी जो हमारे पत्र में छपी हो, यह स्पष्ट प्रकट करता है कि हमारा पत्र कहानी को निरन्तर आगे ले जा रहा है। शीघ्र ही हिन्दी में भी तॉल्स्तॉय, गोर्की, मोपासाँ और बाल्ज़ाक जैसे लेखकों का उदय होगा। हमारे एक मित्र का तो यहाँ तक कहना है कि सरदार में हरिश्चन्द्र की चुटीली चोट है, तो मायकोव्स्की की कसक। सरदार सिनेमा क्षेत्र में भी खूब लिखते हैं। अभी हाल में उनका एक कहानी-संग्रह उज्बेक भाषा में छपना शुरू हुआ है, इससे हिन्दी का नाम बढ़ेगा।

सरदार साहब बहुत लिखते हैं और इसीलिए मेरी अपनी राय है कि वे कुछ ढीले पड़ जाते हैं। उनकी यह कहानी अच्छी बन पड़ी है। वैसे कमियाँ इसमें भी हैं, पर, मैं कहूँगा, अब वे शायद ही ऐसी कहानी लिख पाएँगे। शायद ही क्यों, बल्कि यही कहना ठीक होगा कि नहीं ही लिख पाएँगे। वे वैयक्तिक समस्याओं में समाज के संघर्ष को भूलते जा रहे हैं और इससे उनको 'मुक्ति' या 'मोक्ष' भले ही मिल जाए, किन्तु कला का निश्चय ही ह्रास हो जाएगा।

दस

जुलाई

इलाहाबाद के उसी पत्र में छपा—

सम्पादकीय

गत अंक छप चुका तब सरदार जसवन्तसिंह का पत्र आया। उसे नीचे दे रहे हैं। आशा है इससे पाठकों को नई रोशनी मिलेगी और आलोचकों को भी।

प्रिय भाई,

जनवरी में आपका एक पत्र कहानी के लिए आया था। मैं उस समय अपनी फिल्म के एक ज़रूरी काम से लोणावाला जा रहा था। मेरे क्लर्क उस दिन आए नहीं थे, इसलिए मैं अपनी श्रीमतीजी से कह गया था कि क्लर्क से कहकर मेज़ पर रखी कहानी आपको भिजवा दें।

दोपहर के करीब बारह बजे मेरे क्लर्क जब मेरे घर पहुँचे तो श्रीमतीजी ने उन्हें कहानी भेजने की बात बताई। दुर्भाग्य से उन्होंने मेरी एक अधूरी कहानी आपको भेज दी। परन्तु वह कहानी भी काफी प्रभावोत्पादक रही !

मेरे पास कई पत्र आए हैं जिनमें कई युवकों ने प्रतिज्ञा की है कि जब तक वे प्रसिद्ध नहीं हो जाएँगे तब वह विवाह या कोर्टशिप भी नहीं करेंगे। मश्कजी की राय से मैंने इस कहानी का ध्वनिनाटक रेडियो में भेजा, वह स्वीकृत हो गया, और अब इसी को बढ़कर उपन्यास लिखा, वह भी स्वीकृत हो गया। प्रकाशक महोदय ने कोर्स में लगवाने के लिए इसका एक संक्षिप्त संस्करण भी मुझसे तैयार करवाया है।

मैं कह सकता हूँ, यह कहानी विश्व साहित्य में रखी जा सकती है। हिन्दी में आलोचक अच्छे पढ़े-लिखे लोग नहीं, वरना गुलेरीजी की तरह मुझे यही कहानी अमर करने को काफी थी। हाँ, मैं बड़ा आभारी होऊँगा यदि मेरी उस अधूरी कहानी का शेषांश भी छाप दें। शेषांश साथ में ही नत्थी है।

भवदीय,

—सरदार जसवन्तसिंह

शेषांश

उसका जी किया कि वह फूट-फूटकर रो उठे। अब उसका सहारा ही कौन था ? क्या यही था स्त्री का प्रेम ? उसके मन में आ रहा था कि वह कमरे में जाकर अपनी लिखी हुई कापियों को फाड़-फूड़कर फेंक दे।

धीरे-धीरे चारों तरफ सन्नाटा छा गया था। रात का एकाकी विरही पक्षी पुकार उठा। आवाज़ चंचल के रोम-रोम में बिंध गई। उसे लगा, आसमान नीले पहलवान की तरह पेड़ों का काला जाँघिया पहने झील में उतर आया था। हवा लँगड़ाती हुई सन्नाटे की बैसाखियों पर चल रही थी। आलीशान इमारत में रहनेवाले रईस की तरह मुफलिस-दिल चाँद निकल आया था।

दूर कहीं घण्टे बजे...एक...दो...तीन...! पाँवों की चाप सुन उसने मुड़कर देखा। कौन ? सुषमा ! घण्टे बज रहे थे...दस...ग्यारह...बारह ! कलाकार स्नेह और सौन्दर्य की भुजाओं में सिसक उठा।

ग्यारह

अगस्त

किताब मन्दिर प्रकाशन के अपने पत्र में छपा–

हिन्दी की सर्वश्रेष्ठ पुस्तकों के सर्वश्रेष्ठ प्रकाशक

किताब मन्दिर प्रकाशन

शाखा : मुंबई, मद्रास, कलकत्ता, पटना, जबलपुर, इन्दौर, मैसूर, अजमेर, दिल्ली, इलाहाबाद, जयपुर

की नई भेंट

हिन्दी के चोटी के कलाकार सरदार जसवन्तसिंह का नया

कहानी-संग्रह 'कुत्ते की दुम और शैतान' तथा अन्य कहानियाँ

यह प्रचार का युग है, अतः हम कुछ न कहकर हिन्दी के गण्यमान्य लेखकों की रायें उद्धृत करते हैं, जिनसे पाठकों को ज्ञात होगा कि शायद ही एक कहानी लिखकर किसी लेखक को इतना यश मिला हो–

'कुत्ते की दुम और शैतान' पढ़कर बड़ी राहत मिली। कहानी का अन्त बहुत ही जानदार हुआ है।...मैं बड़े सन्तोष के साथ स्वीकार करूँगा कि सरदार के कथानक में एक व्यवस्था है।...जहाँ तक वातावरणपरक कौशल है, उसमें लॉर्ड डन्सनी से कम ताकत नहीं है। वह दिन दूर नहीं है जब...लोग यह देखेंगे कि सरदार की कहानी उन कहानियों में से थी जिसने नए रास्ते की तरफ मोड़ लिया।

–वामन पाण्डुरंग चरमरकर, पूना। यशस्वी आलोचक, दिग्गज विद्वान मराठी और हिन्दी पर समान अधिकार से राय देने की शक्ति रखनेवाले हिन्दी के शीर्षस्थ विचारकों में से एक।

'सरदार की कहानी पर ध्यान देना आवश्यक है।'

–जगभूषण मतवाला, नागपुर। प्रसिद्ध उदीयमान कहानीकार जिनमें प्रेमचन्द और चॉसर की सम्मिलित प्रतिभा है। इन्हें पुरानी पीढ़ी का नए कलेवर में विशेषांक भी कहा जा सकता है।

एक अप्रसिद्ध साधारण पाठिका लिखती हैं–और हमारे प्रकाशन ने सदैव लोकमत को बड़ा महत्त्व दिया है, इंग्लैंड-अमेरिका में तो सुव्यवस्थित प्रकाशन संस्थाएँ ऐसा करती ही हैं–

'गस्ताव फ्लॉबेअर, डिकेन्स और दोस्तोएव्स्की को पढ़ने वाले लोग कभी भी बिना तर्क के कैसे स्वीकार कर लेंगे कि आज की कहानी का आयाम पहले से भी छोटा हो गया है। सरदार की कहानी की इनसे तुलना करने पर ही कला का दायित्व प्रकट होता है।'

मार्क्सवादी आलोचना के कर्णधार, हिन्दी की प्रखर खड्ग-प्रतिभा, श्री रणछोड़दास, लखनऊ, कहते हैं–

'क्रान्ति के लिए आवश्यक है कि हम अपने दिलों को न टटोलें, प्रतिक्रियावादियों के भेजे टटोलें। सरदार की कहानी उसी ओर इंगित करती है।'

और–

'कुत्ते की दुम और शैतान' को लेकर जो गलत प्रचार किए जा रहे हैं, वे सत्य से कितने दूर हैं इसे पढ़कर आश्चर्य होता है।...कहानी अपने-आप में पूर्ण है, उसका अपना त्रिकोणात्मक आयतन है।...उसमें तीखा व्यंग्य है...सरदार की पुरानी बोतल में नई शराब है। उसे लोग गिराना चाहें...परन्तु हम...साहित्य की सत्परम्परा का निर्वाह करना चाहते हैं।'

–राजेश्वर गुरुनाथ तवक्कले, इलाहाबाद। नई समीक्षा की नींव रखने वाले मनस्वी गद्य-लेखक, जिनकी कलम में जादू है या गजब की छड़ी। **'सरदार नहीं लिखते। मैं नहीं लिखता।'**

–श्री क्षेमराज, हिन्दी के गण्यमान्य ऋषि। टॉल्स्टॉय की आत्मा के बिम्ब। परिचय की आपको आवश्यकता नहीं।

'प्रेमचन्द के बाद के अकाल के नए पौधों में उनका विशेष स्थान है।

–परशुराम त्रिपाठी, बनारस। नई कलम के सिद्धहस्त लेखक।

'मुझे बाध्य होकर पढ़ना पड़ा...इस कहानी में नयापन है...और मैं क्या कहूँ !'

–श्रीधरसिंह पाण्डेय, आगरा। नए ढंग से सोचते हैं, लिखते हैं। बात में तथ्य हो इसी पर जान देते हैं।

'सरदार जसवन्तसिंह में प्रतिभा है, तो वे अवश्य बढ़ेंगे, उन्हें कौन रोक सकता है ?'

–आचार्य भगवतप्रसाद शर्मा। हिन्दी के भीष्म। इनको कौन नहीं जानता ! गुरुदेव ने इनकी प्रतिभा को स्वीकार किया था।

'विद्वेष की दृष्टि से नीचे गिराना ही ध्येय हो तो सरदार ही क्या, कालिदास को भी नीचे गिराया जा सकता है। मेरी ओर से सरदार जसवन्तसिंह बधाई स्वीकार करें।'

–डॉ. रघुनन्दनसिंह, पटना। शोध-क्षेत्र में कोलम्बस।

जो इस संग्रह को नहीं पढ़ता–खरीदकर–(क्योंकि हमें हिन्दी में यह राष्ट्रीय पैमाने पर आन्दोलन करना है कि निजी पुस्तकालय बनाना भी–सत्साहित्य के सिरजन के बराबर है) वह विश्व साहित्य की प्रगति के साथ नहीं बढ़ सकता। आज ही ऑर्डर बुक कराइए...

पृष्ठ संख्या 192, मूल्य छह रुपये और पचास नए पैसे।

बारह

अक्टूबर

दिल्ली की एक अंग्रेज़ी पत्रिका में छपा–

If I were to name something mentionable in modern Hindi literature, I, without the least delay, will put before the western readers, the remarkable and unique short story of Sardar Jaswant Singh—'Kutte ki dum aur Shaitan.' Here you find one whole tradition that...

—Sr. J. Siene

अनुवाद–यदि मुझसे पूछा जाए कि वर्तमान हिन्दी साहित्य में उल्लेखनीय कौन-सी रचना है, तो मैं अविलम्ब पश्चिम देशीय पाठक के सामने सरदार जसवन्तसिंह की 'कुत्ते की दुम और शैतान' नामक ज़बर्दस्त और अपने ढंग की एक ही कहानी रखूँगा। यहाँ आप एक पूरी परम्परा पाएँगे जो...

–एस-आर. जे. सीने

तेरह

(नवम्बर, दिसम्बर, जनवरी, फरवरी, मार्च, अप्रैल, मई, जून तक कहीं कुछ नहीं छपा)

जुलाई

काशी के एक पत्र में तीन पुस्तकों की आलोचना प्रकाशित हुई। उनमें महत्त्वपूर्ण बातें ये थीं जिन्हें यहाँ उद्धृत किया जाता है–

'नए लेखकों में सरदार जसवन्तसिंह का भी कहानी के क्षेत्र में उल्लेख किया जा सकता है।' 'हिन्दी साहित्य का विकास', लेखक : आचार्य भगवत-प्रसाद शर्मा और डॉ. रघुनन्दनसिंह। पृष्ठ 398, फुटनोट नम्बर 3।

'कहानियों में सरदार जसवन्तसिंह की 'कुत्ते की दुम और शैतान' उल्लेखनीय है, जिसकी एस-आर. जे. सीने जैसे हिन्दी के प्रेमी किसी फ्रेंच साहित्यकार तक ने प्रशंसा की है।' हिन्दी कहानी : नए आयाम और प्रमाण, लेखक : राजेश्वर गुरुनाथ तवक्कले, पृ. 481।

'नए साहित्य में सरदार जसवन्तसिंह की कविता 'कुत्ते की दुम और शैतान' काव्य में नई ओर पग बढ़ाती है।'–'नया साहित्य–नई समीक्षा', लेखक : रामदुलारे विजयवर्गीय। प्राध्यापक...। पृ. सं. 872।

मृगतृष्णा : दीर्घकथा

वाणी! तुम्हारी जय! मेरे युग का नमस्कार स्वीकार करो।

मानस का अन्धकार अब हटता जा रहा है।

राजहंस-सा निनाद करके कल्पना उड़ चली है और मेरे जीवन-सुख का तार-तार बज रहा है।

अपना स्वर्णिम आँचल फहराती छायाओं से कल्लोल करती चंचला सन्ध्या आ गयी है।

गन्धायमान समीर वृक्षों को सहलाता हुआ वन, उपवन पथ, जीवन और मन में डोलने लगा है।

चंचल शिशुओं की भाँति मनोहर कुसुम झोलियों से अपने हृदय की वीथि खोल कर लुटाते हुए-से मकरन्द फेंक रहे हैं। प्रान्तर की धूमिलता में विहरण करती रजनी का नूपुर धीरे-धीरे बोल रहा है।

इन दो बेलाओं के संगम की मधुर कल्पना में रूपकी आत्मा की सन्धियों को मिलाती हुई यह कौन खड़ी है? यह देहली पर धरा दीपक है, या सन्ध्यातारा? अरे नहीं! यह तो मेरी चिन्मय ध्यानमौन अमर साधना है।

युग-युग तक अन्धकार में भटकते हुए नयनों को वह ज्योति-किरण-सी, प्राणों का मोचन-सी लगती है। यह तो शाश्वत इन्द्रजाल की मादकता है, ठीक ऐसी, जैसे निर्जन में वंशी-रव सम्मोहन की तरह छा जाता है। वह युगों के निर्माण की सुन्दर आत्मा, प्रलयों में निर्भीक प्राण ऐसे खड़ी है, जैसे इतिहास की भूमि में एक कल्पद्रुम उग आया हो जिसमें कोमल छवियों के समस्त जीवन-गान पत्ते-पत्ते की मर्मर बनकर समा गये हों!

आधारभूत चेतन को महिमा, उपत्यका को सरसी में खिले शतदल-सी होती है। वह दुलार की पुत्री है, यौवन का प्रेमोपहार वह तो धरती की लाड़ली है। ममता की सात्त्विकता उसे देखकर जाग्रत होती है, वह ही स्थिर मानस में विवेक बनकर दीपशिखा-सी प्रज्वलित हो उठती है। यह साधना एक कालिका-सी सुख-दुःख समान

लेकर तोलती है। वह स्वयं सुख-दुःख समान लेकर अपने में आत्मसात कर लेती है।

यह ही मेरे जीवन का समुल्लास है। यौवन जब सृजन करना चाहता है, तब इसी को मैं समुच्छ्वास के रूप में जलाकर उठते हुए देखता हूँ। इसी की प्रेरणा मुझसे पूछती है कि इस जगती के कार्यभार व्यापार कैसे चलते हैं, इनका पार कहाँ है? है भी या नहीं?

रंगीन चपल स्रोत कलकल-छलछल करके उमड़ता है। मोती की-सी तिरती बूँदे गिरती हैं। फेनिल स्वप्न जाग उठते हैं और तरल-सा विरल-विरल मोह फिर माटी पर भीगा-भीगा-सा उतर जाता है। अम्बर का प्रसार और धरती की व्यापकता निचोड़कर यह साधना ही मेरे मानस-क्षितिजों पर नये-नये मोड़ ला रही है। यही जीवन का शाश्वत और नवीनतम फलक है, वह शुद्ध आत्मा है। अमर है।

(2)

प्राण! यह जो आक्षितिज अक्लान्त सुन्दर सघन वन है, यहाँ मोर की ग्रीवा की-सी चिलकती और श्यामला हरियालियाँ हैं। नीले आकाश की छाया में यह श्यामवन ऐसा लगता है, जैसे माँ के पास बच्चा हो, शून्य का एक छौना-सा। दूर से देखने पर ऐसा लगता है जैसे ऊभ-चूभ होते अतलान्त समुद्र के हृदय से पीनतम होते हुए लरजते मेघ घने हो-होकर घुमड़-घुमड़कर एकत्र हो रहे हों। जब पवन हिलता है तब भ्रम हो उठता है इन वृक्षों को देखकर कि कहीं सूँड़ों को हिलाते हाथियों के झुंड चिंघाड़ तो नहीं रहे। मरकत-सी हरियाली के जगर-मगर वस्त्र पहने हुए पर्वत निरन्तर ऐसे उठते हुए-से लगते हैं, जैसे व्योम में उड़ जाने को आतुर हों। इस विपिन पर जब भोर में अकथनीय सुषमा फैलाकर सूर्य उगता है, तब क्षण-भर ऐसा लगता है जैसे कोई विशाल सुनहला गरुड़ अपने क्षितिज रूपी अरुणिम पंखों को हिलाता हुआ अपने इन्द्रनील मणियों के रंग के नीड़ में आ रहा हो। और सन्ध्या-बेला में लगता है कि सूर्य एक गिद्ध था जो उड़ गया, आकाशचुम्बी द्रुम दलों में अवरुद्ध-सा कहीं पत्तों की तहों के अन्धकार में विलीन हो गया। जब रजनी चन्द्रमा का स्वर्ण-कलश लेकर, छींटों में तारे उड़ाने आती है। तब वह सघन पत्तों पर दूधिया चाँदनी ढालती है, और तारे विपिन की समस्त श्री मर्मर-सा करती सकल श्रृंगार करके, वासना-चपल हाथों से तिमिर का काजल लगाकर भारी पलकों को आँजकर, उसकी ओर देखकर मुस्कराती है। उस समय कदम्ब वृक्षों के रोम-रोम को कम्पित करती हुई वायु लताओं को गन्ध से रिझाकर अपनी रोम-विदीर्ण देह को उनके स्निग्ध स्पर्श से फिर उत्फुल्ल करती है।

ये पसरते बरगद ऐसे बड़े हैं, जैसे नील नभ को व्यंजन कर रहे हैं। अपने सौ- सौ भुज धरती में गड़ाकर वे ऐसे खड़े हुए हैं, जैसे कृतवीर्य के अनेक पुत्र प्रलय पीकर निर्भीक दृढ़तर होकर दर्प से हुँकारते खड़े हों।

और वे भीमाकार पीपल के पेड़। अजगरों के-से मोटे-लम्बे तने उन्होंने फैला दिये हैं, मानो व्योम में सरका दिये हों। उनकी सलोनी चिलकती कोंपलें जब थहरती हुई सरसराती है, तब प्रवालों और विद्रुमों की ढेरियों को भी हरा देती हैं।

जब भिनसार में भ्रमर जागते हैं, तब पक्षियों के झुंड कल-निनाद करते हैं। उस समय गन्ध से भरकर ब्रह्मचारी समीर नेम धारण से नदी में उतरकर स्नान करता है। कमल रूपी अँजलियाँ खोलकर वह उगते हुए त्रिविक्रम सूर्य को भक्ति से स्फीत-सा नतशीश होकर परागों का अर्ध्य देता है।

तब अपने मखमली पंख फरफराते हुए चपल तोते झुंड बाँधकर कन्धे मिलाये ऐसे निकलते हैं जैसे वृक्षों की आत्मायें उड़ रही हों।

प्रतिध्वनित निनाद करता हुआ अहर्निश यहाँ यह भीम तुंग शुभ्र प्रपात गिरता है। यह दुर्वह है और इसका अनवरत निनाद चारों ओर व्याप्त है। ऊपर जलधारा रजत-सीपी-सी चमकती है, किन्तु स्फीत-सी फेनों से ढकी हुई-सी धुएँ-सी दिखायी देती है। वसुन्धरा से व्योम तक एक ही निर्घोष-सा उठता हुआ व्याप्त हुआ करता है, तब लगता है जैसे एकस्वरता ने ही सकल के शून्य को भरकर बींध दिया हो।

जब कभी हिंस्र पशुओं के भयानक गूँजन गूँजते हैं तब मानो गुहाओं में घुसकर पर्वतों को पकड़कर झकझोरने लगते हैं और उनका विकराल अट्टहास सुरपुर के महाशून्य तक हुमकता रहता है।

गन्ध से भारिल हुई-सी स्निग्ध छाया दिन-भर दीर्घाकार वृक्षों के चरणतल पर लेटी हुई ऊँघती है, सलोने स्वप्नों की मर्मर-सी अनजान में ही बुनती हुई अन्तराल की निर्जन नीरवता में पूर्ण निस्तब्धता बनकर गूँजा करती है।

और कदली तरुओं के सुचिक्कण दीर्घ पातों की मनोहर छाया में क्रेंकार करते हुए हंस जब अति मुग्ध होकर मन को रिझाते हुए मीठा रव करते हैं, तब कोकिलों के कंठ में प्रतिस्पर्धा का उन्माद भर जाता है।

स्निग्ध माँसल-सी सुकोमल रूप की सतरंगिणी छाया जब गिरि पर मृदुल चंचल रेशमी वस्त्र-सी फिसलती है, तब यह सघन कान्तार उसकी शोभनीया मोहनी-सी किनारी-सा दिखता हुआ अपरिमित छवि से हौले-हौले हिल उठता है।

(3)

जहाँ कलकल नाद करती हुई नदी का प्यारा कूल सजल शाद्वल से ढँका है, और यूथिकाओं का सहारा बना हुआ है; जहाँ जामुन-कुंज के पार्श्व में वे सघन गूलर हैं, जिन पर बैठकर मोर अपने पंख ऊलर करते हैं; जहाँ पास में पुंडरीकों से ढँका मनोहर शान्त सरोवर है! जहाँ से पश्चिम की तरफ तो केलों की भीड़ उगी है जो स्निग्ध पातों से अपनी मनोरम दीप्ति को आकाश तक पगाती है और प्राची की ओर तितलियों

के प्राणों का स्वप्न, साकार मन गन्धवाह-फूला मधुर कदम्बवन है; जहाँ आँवले और इंगुदी के मनोहर वृक्ष खिरनियों को और भी सघन बना देते हैं और दीर्घ पत्तों का बहेड़ा महुआ के चल व्यंजन से झूमकर फूलता-डहकता है; और अमलतासों के मुस्कराते सुन्दर सलोने फूल हृदयहारी संजीवनी की भाँति दीपों की जगमगी-सी जगाते हैं! जहाँ इमली से कुछ दूर पर ही आम डहडहाते हैं और असंख्यों हरे-भरे वे वृक्ष बौर से लद-लदकर उस प्रिय वनभूमि का शृंगार करते हैं, वहीं जो तनिक ऊँची-सी सुन्दर भूमि है, उसे मौलसिरियों ने घेर रखा है, जिनके सतत झरते सुगन्धित फूल, उसकी शीतल स्वर्ण-सी धूल को चन्दन बनकर ढँक लिया करते हैं।

उस स्वर्णधूलि पर एक सुन्दर मृग-मिथुन रहा करता था। उनका एक सलोना-सा चपल शावक था। पीछे की ओर अलौओं का नीला वन था जिससे गन्धित पुष्प निरन्तर टपका करते थे और वहाँ बैठकर जो मृगयूथ मस्ती से रोमन्थन करता था, यह जोड़ा उनकी सहायता से आश्वस्त होकर अपनी मोतियों को खो देता था।

सुकुमार हिरनी जब अपनी भारी पलकें खोलती थी तो हिरण अपलक रह जाता था। हिरनी तो स्वप्नों के अनेक इन्द्रधनुष झुलाती थी और हिरन की वासना का वेग उन्हें घेर लेता था। प्यार की जीवन्त छाया में उलझकर तृप्तियाँ अपनी ही सुलझन में मुखर हो उठती थीं। अपने छौने पर प्राण न्यौछावर करते हुए दोनों वहाँ बातें करते घूमा करते थे।

जब कमलवन को प्यारा शब्द भरकर भ्रमर अपना संगीत छेड़कर गुंजित करते थे, और नीलकमलों का सजल पांडुर मकरन्द झरकर पुरइनों पर गिरी हीरकों-सी चमकती बूँदों को पुखराज-सा बना देता था और जब तरलमाला पारे-सी हिलती उन बूँदों को देखकर जल में खड़े नील मनाल सिहर उठते थे, तब वह मुग्ध दम्पति तितलियों के परों के हल्के स्पन्दन-शब्द में सृष्टि के आदिम स्वरों को सुना करता था, और कुसुम-अवदात के झीने स्तरों में जागरण के मनोज्ञ छन्दों का निर्माण करने की इच्छा से कल-कंठ विहगों को मैत्री भाव से देखता था।

जब भूख लगती तब खाते थे; परन्तु प्यार से मिल-बाँटकर ही। कभी सारे यूथ के साथ ये चौकड़ी भरते हुए सुदूर तक की हरियालियों को लाँघते थे। इस तरह भोर हो या साँझ, दिन या रात, चाँदनी या धूप, उन्होंने मानो सकल बेला में हर्ष बाँध लिया था। जीवन हँसता था, सृष्टि का वरदान उसी ठौर पर पलता था। वे नहीं जानते थे कि दुःख क्या था।

(4)

सघन मेघों के बीच निर्घोष विद्युज्जिह्वा की सर्पिणी-सी ललकती कौंध, भीषण कड़क, प्रखर वर्षा की धारा, उच्छ्वसित प्रचंड तूफान, धूमिल निविड़ता और झकझोरते गर्जन

से जब व्योम मुक्त हो गया, मानो किसी कारण से बन्दी छूट आया हो, तब शरद् का उजियाला शशि जगमगाने लगा।

उखड़ते वृक्षों के नाद, टूटते कगारों के चीत्कार, प्रवाह से मदमत्त जल के अट्टहास से भारिल प्रतिध्वनि, गहरी पंक के फूत्कार और भीगी विजनता से जब भूमि तम के वेग को हराकर निर्मल हुई, तब स्निग्ध पवन के स्पर्श से रोमांचित शतदल पुलकित होकर मुस्कराने लगा।

दूर तक कान्तार में तृण-तृण पुलकते मुस्कराये और नीले पर्वत शुभ्र नभ की छाँह में कुलबुला उठे। धीरनिनाद प्रतिध्वनित करता जल-प्रपात गम्भीर और सुन्दरतर हो गया। आकाश तक उसने अपना रोर भर दिया।

जब जल पीकर हिरनी ने ऊपर निहारा तो वह क्लान्त-सी देखती-की-देखती रह गयी।

यह सघन निर्घोष उसके प्राणों में भरकर घुमड़ता हुआ उसके अहम् की अग्नि को दीप्त करने लगा। दीन मृगी ने उस विराट् महान छवि को देखकर अपने मन में अपनी लघुता को अनुभव किया और समता की तृष्णा ने वेग से उसे घुलकर ऐसा व्याकुल कर दिया कि उसकी क्षुद्रता की बुद्धि अपनी सम्पूर्ण शक्ति से उठकर पुकार उठी।

उसने आकाश की ओर देखा, जहाँ चपल गृध्र उड़ रहे थे। उनके दीर्घ पंखों का प्रसार जब हिलता था तब वायु विक्षुब्ध हो उठती थी। कहीं सिंह की भीम-गर्जना पर्वत-कान्तार को हिलाती शशक को दूब के भीतर भगाती थी। हिरनी का हृदय विक्षुब्ध-सा डूब चला।

उसने नीचे देखा।

घास की पत्ती उसे देख हँसने लगी।

फिर मनमौज से गाने लगी : 'हिरनी' मत इधर आ। मैं नवेली, मेरी मीत तो आकाश का मेघ है। कब से उसकी राह देखती मैं भूमि में दबी थी। मृत्तिका के स्तरों में बन्दिनी थी। पर उसको पगचाप सुनकर मैं झूमकर ऊपर आ गयी।

'मुझे सब रौंदते थे, मेरी सत्ता से मानो अनजान, जैसे मैं इतनी नगण्य थी, किन्तु हिरनी! मैं अन्धकार में जड़ी हुई प्राणचेतना ही थी। मुझे मेरे मीत के स्पर्श ने चेतस कर दिया क्योंकि वह रस है। उसने मेरी लालसा को जगा दिया। तब मैं विराट् व्योम की छाया में एक बार सिहर उठने को आतुर हो उठी।

मैंने मेघ से कहा—प्रियतम! तू रस ढाल, मैं पीऊँ, पाँवों तक रससिक्त हो जाऊँ और फिर मरकत बरनी होकर सिंगार कर लूँ। मैं जानती हूँ कि जब तू चला जायेगा तब फिर मुझ पर घनी धूल जम जायेगी। किन्तु मेरे मीत! जब कभी तू यदि फिर इसी पन्थ पर लौटकर आयेगा तब फिर मैं सिर हिलाकर तेरे गौरव की वन्दना करने

को यहीं मिलूँगी। ओ पान्थ! सिन्धु में तपकर, व्योम में प्यार से चलकर, तू बहुत दूर से यहाँ आता है, इसलिये मैं तेरे चरण चूमती हूँ, और मेरे प्राण तेरे पुण्य को पीकर ऐसे अमर हो जाते हैं कि मुझे नष्ट करने वाले कभी भी नष्ट नहीं कर पाते।

'ओ हिरनी मत इधर आ! तू जल रही है अभागिन! जा चली जा।'

हिरनी ने क्रोध से उसे दबा डाला, रौंद डाला और प्रपात की धीर अजस्र ध्वनि में वह फिर सब भूल-सी गयी। गति! महागति!! और व्यापक दीर्घ हुँकार!!! यह सब कुछ देखकर मन संकुचित होता चला गया और अति रुष्ट-सा वह क्षुब्ध होकर छटपटा उठा। तब हृदय में एक निर्धूम ज्वाला-सी जल उठी। एक-एक पल भारी-भारी लोहे-सा बन गया। उसे लगा, मानो शरद के मेघ रूपी हाथ हिलाकर आकाश और अवनी उसे बुला रहे थे।

हिरनी उद्भ्रान्ता-सी भाग चली।

आतुर हृदय हिरनी जब घर पहुँची और उसने चाहा कि अपनी स्फूर्ति उसे तुरन्त सुना दे, धमनियों में बहती हुई अग्नि को उगले महत् के आह्वान का आभास उसे दिखा दे, उसने देखा, हिरन श्रान्त लेटा था, भारी थे पलक, स्वास कुछ गहरे, अभी व्याघ्र के अवरोध से भागकर आया था। अभी भी नयनों में उसके भय था, शंका मानो पास ही घूम रही थी, आज उसे भाग्य ने ही बचाया था।

उसे देखकर हिरनी को लगा, वह एक बन्दिनी थी। सृजन की छलना मात्र, क्या यह सचमुच उसकी संगिनी थी! उसमें वह जीवन का धधकता नया उन्माद कहाँ था, जो प्रलय के विनाश में भी सिर उठाकर गरज सकता? क्या वह इसके साथ ही रहकर सारा जीवन धूलि में मिला देगी? यह तो केवल सींग दिखाता है। दाह से तो इसकी छाती कभी नहीं भरती?

और हिरन आँखों में उमड़ती दीनता-सी गेह की ममता लिये, मृत्यु के मुख से बचा बैठा था। और हिरनी सोचती थी कि क्या यहीं है सत्ता एक निर्बल और पराजित हृदय की?

इसमें निर्बाध गति की प्यास कहाँ है?

हम इसी वन में सिंह के दास बनकर क्यों रहें?

क्या हमारे दास भी कभी तूफान बनकर हँसेंगे?

और नयनों में आशा भरकर वह गर्व से बोली, "तुम्हारे नयनों में पर्वतों को रौंदने की चाहना क्यों नहीं है? प्रपात का दीर्घ घोष निमन्त्रण दे रहा है, वह तुममें हौंकने की साध क्यों नहीं भरता? क्या तुम्हारे मन में नहीं आता कि हम भूमि के अनजान पन्थों को उलाँघें? और अपने चरण में गतिमयता लेकर भी बन्धनों को आप ही बाँध डालें?"

वह आवेश देखकर मृग मुस्करा दिया और उसने कहा, "प्रिय! मैं बहुत अनुभव

कर चुका हूँ, अहम् के सारे खेल मैं देख चुका हूँ। सभी की सीमा बँधी हुई है और कर्म उसमें अपना जाला बुन रहा है। क्रान्ति का विद्रोह कुछ और है, किन्तु आकांक्षा एक अन्य ही वस्तु है! देख! यह अवकाश, यह सारा विस्तार किनारा ढूँढ़ता फिर रहा है, इसीलिए सृष्टि की आदिम तृष्णाएँ केवल स्नेह का सहारा माँगती घूम रही हैं। आ इधर बैठ। देख, मौलसिरियाँ भर चुकी हैं। अब तो धूप का भी रंग पके धानों का-सा सुनहला हो चला है। अभी कुछ ही देर में सन्ध्या यहाँ व्योम में आयेगी और अपना मूँगिया आँचल हिलाकर दीप जलायेगी।''

परन्तु मृगी के लोचनों को चाहना उत्तप्त सूनी आह बन गयी। उसने ऊपर निहारा और तब पृथ्वी पर बैठकर बोली, ''इस मेदिनी पर जिसने जन्म लिया है वह ऐसे रहे ही क्योंकि उसे चारों ओर बाधा घेरे रहे? उसे विवशता अवरुद्ध करती हुई क्यों कसती रहे? विधाता उसे दास बनाकर क्यों रखे? अरे, भला वह जीवन भी किस काम का जो कि दुर्वहमुक्त से स्पर्धा न करता हो! बताओ कि मैं अनसुना बनाकर महामति का यह निमन्त्रण नहीं सुनूँ? बधिरता छोड़ो और जागो! खोयी आकांक्षा को जागृत करो। क्या जीवन थका हुआ-सा डगमगाता रहे? तप्त आहों से अपना हृदय जलाता रहे?

''यह सारी भूमा अति विस्तृता पड़ी है, इस पर हम कहीं भी विवरण क्यों नहीं करें?

'अपनी नींद क्यों न सोयें-जागें? क्षुद्र बन्धनों को क्यों न लाँघ जायें?

'जब सबों के साथ दीन बनकर हम यूथ में रहते है तब स्वातन्त्र्य कहाँ है, मुझे बताओ?

'क्या हमने देह का ही जन्म लिया है? और हम क्षीण बनकर इसका दंड ही भरते रहेंगे?'

'क्या हम भाग्य के नखदन्तों के आमिष भोजन मात्र हैं?

'मैं चाहती हूँ मुक्ति का स्पन्दन कि सब अपना दीखने लगे, ऐसी शक्ति का गौरव कि सबके सिर झुक जायें।

'चाहना तो यह है कि अपना शीश व्योम तक निर्भय होकर उठा दूँ! तृप्ति की इस प्राप्ति के लिए मैं अपना सब कुछ लुटाने को तैयार हूँ।

'दाह-सा जलता हुआ, हृदय में पलता, एक अनजान अरमान धधक रहा है।

'तुम स्वामी बनो! मैं स्वामिनी बनूँगी।

'यदि तुम्हारे पास शक्ति है, तो ही मैं अनुगामिनी बनूँगी।'

'हम दीन और विपन्न बनकर क्यों रहें?'

'स्नेह की छलना में, जैसे सब हैं, हम वैसे ही क्यों बने रहें? यह जीवन क्लीवता बनकर नहीं रहा। विवशता के समस्त बन्धन खंड-खंड हो जायें।

'अरे मैं हूँ तभी यह सारी सृष्टि है—बस यही स्वर अडिग मन से आकाश तक फैलता चला जाये।

'जीवन निरन्तर वेग भरता हुआ ललकारता है कि मैं वृक्षों की-सी सत्ता नहीं चाहता, मैं नहीं जानता, मैं क्या चाहता हूँ, परन्तु बाण-सा निरन्तर उड़ना अवश्य चाहता हूँ। व्योम में प्रतिध्वनि बनकर मैं पर्वतों पर गूँजकर बजना चाहता हूँ। मैं चाहता हूँ कि धूलि के प्रत्येक कण में अपनी ही वीर पगध्वनि का हुमकन सुनूँ।'

मृग ने सुना और चिन्ता ने उसे घेर लिया।

(5)

मृगी सोचने लगी।

चाँदी की रस्सियाँ बाँधकर मेघों की डाल पर पावस की ज्योत्स्ना पुरवैया की तालों पर भूलकर चली गयी। सावन की जीतों की हरियाली के बैठने पर ताल-तलैयों में सवनों की पुलकित टोलियाँ कूकने लगीं। तब चन्दा टिकुला बना रात के भाल पर चमकता था, और फिर चपल कटाक्ष करके मेघों के घूँघट में छिप जाता था। बिजली तलवारों-सी घनी मरोर पर नर्तन करती थी और घनाडम्बर तुमुल रोर करके गर्जन भरता था। अब क्या वह उन्मत्त वासना प्रकृति से चली गयी?

और मृग सोच रहा था।

रात यों ही अँगड़ाइयाँ लेती रहेगी। धौस की चादर फिर अपनी सुकुमारता दिखायेगी। कल्पनाएँ कभी काम न आयेंगी, न प्राणों को सुख देंगी। अन्तराल की विवशता भी भूत पदार्थ के कारागृह में बद्ध है और यह सारा प्रसार अब तक अपनी सारता मुखर होकर नहीं समझा सका है। क्या रूप भी आत्मचेतन यातना है? कितना सौन्दर्य है किन्तु इसका अर्थ क्या है। सुघर जीवन की विभोरता क्या केवल उसकी वासना है!

उनींदे नेत्रों से मृग ने शावक को सोते देखा, मानो अपने से पहले और बाद की सृष्टि को जागृत देखा। वह सो गया। किन्तु मृगी नहीं सो सकी।

वह सोचती रही। उसने स्वप्न देखा :

महागिरियों के निर्झर झरने लगे, धरती के सोते फूट निकले। क्योंकि उसका स्वर उठने लगा था। वह पुकार रही थी। तब कोकिल बोलने लगे और उनकी लोरों से चिनगारियाँ निकलने लगी। तब जीवित श्रम के स्वेदबिन्दु गिरने लगे और...

मृगी जाग गयी।

प्रभात हो गया था।

मृगी ने कहा :

''रात बीत गयी। जो नींद में खोये हैं, वे इस सुहावनी बेला का आनन्द क्या

जानें? वे कभी भी अन्धकार को भागते हुए नहीं देख सकते। वे कभी नहीं देख सकते कि ज्योंति के असंख्य बाण किस प्रकार महान अन्धकार के दुर्ग को विदीर्ण करके ढहाते हैं। असत्य की काल-कोठरी से मुक्त होता हुआ सत्य वे क्या देखेंगे? रूप की अयालों को फरफराते प्रकाश के तुरंग किस प्रकार पथ की बाधाओं को लाँघते चले जाते हैं, उनको यह कभी भी ज्ञान नहीं होगा। उमंग से दुरन्त हो प्रचंड जब लिये हुए बढ़ने का यही समय है। यही समय है जब उषा-स्तवन में आदिकाव्य मुखरित होता है शताब्दियों के रन्ध्रों में काल-वंशी में अमर्त्य स्वर फूँकर अनन्त रागिनी गुंजाने का यही समय है।

'प्रकाश के मार्ग पर चलो। कभी मृत्यु भी न झुका सकेगी।' यही तो वायु भी विभोर होकर पुकार रही है। विराट रव से दिगन्तों को भरकर प्रचंड पराक्रमी विष्णु ने इसी समय समुद्र भेदकर इस पृथ्वी का उद्धार किया था। सदेह स्वर्ग जाने वाले साहसी को ही विजय के घंटे बजते हुए सुनाई देते हैं। अन्यथा सब कुछ हिमगलित-सा लगता है। जागरण के लिए यही बोधिसत्त्व बेला है और मुक्ति का सन्देश कहता है कि निर्बलता का शीश इसी समय धूलि में गिरता है।

हे सूर्य! तुझे नमस्कार। तेरी किरणों से भय भागता है। जब तेरे सहस्र अश्व दौड़ते हैं तब अन्धकार खंड-खंड होकर भागने लगता है। यही समय है जब तू प्रेरणा देता है और तेरा भाल वैसा ही शोभित लगता है जैसे शहीद फूल बनकर धूल में खिल उठता है। तपस्विनी वेदना इसी बेला दीपशिखा-सी अनन्त आलोक में लीन होकर जीवन का सम्बल बन जाती है।

उठो! उठो! नवीन तीर दिखायी दे रहे हैं। प्रवीर जय-निनाद से नौकाएँ मचल रही हैं। उठो कि वृक्ष फूलों की ढेरियाँ चला रहे हैं। संवेदना विहंगम अब प्रभातफेरी लगा रहे हैं।

सुवर्ण नभ है या कोई उज्ज्वल भविष्य का देवता जो अतीत के गुहान्धकार से निकल ज्योति की भुजाएँ उठाकर काल को ललकार रहा है, ऐसी कठोर है उसकी ध्वनि कि पर्वत विक्षुब्ध हो गये हैं और समुद्र महानाग की भाँति सहस्र फणों को बालू में पटककर फेन उगलता लपेटे खाकर छोटा हुआ जा रहा है।

ज्ञान के बन्धन खुल गये हैं, मन को धीरता जाग रही है। दुःख के निकष के वक्ष पर सुवर्ण रेखा की भाँति जगमगाने के लिए उद्यत हो जाओ। दरिद्र दीनता कभी न घेर सके। वायु भेदकर अमोघ श्वास खींचो। दुःख-तिमिर का पठार तोड़कर आलोक का पौधा हिल रहा है।

विराट् काल-तूर्ण्य में प्रचंड श्वास भर दो और प्रकाश का सतत उत्तराधिकार प्राप्त करो। दीप्तमाल अतन्द्र गान की तरह मुक्त होकर अजेय चेतन विराट होकर जाग उठने का यही समय है!

तभी गायक जाग उठा और उसने पुकारा, माँ!

तब मृगी ने कहा, ''पुत्र! उठ और देख यह प्रभात कह रहा है कि तू अपना विकास कर।''

हिरन ने सुना तो कहा, ''सबका विकास कर।''

हिरनी ने कहा, ''झूठ मत सिखाओ मेरे बालक को। विकास व्यक्ति की साधना है।''

हिरन ने कहा, ''वह समूह में से जन्म लेती है। जो औरों के काम नहीं आता, वह अपने लिए व्यर्थ ही जीवित रहता है। चक्र में लगे अरों की सार्थकता उसकी धुरी के घूमने में होती है प्रिये।''

हिरनी ने चिढ़कर कहा, ''वृक्ष भी धूप और हवा लेने को अपना शीश अधिक-से -अधिक उठाने की चेष्टा करते हैं।''

हिरन ने कहा, ''जो ऐसे होते हैं उन्हें आँधी का निरन्तर भय रहता है, वे किसी को छाया नहीं देते, न उनके फल ही किसी के काम आते हैं। काल जब उन्हें मिटाता है तब उनके बीज भी अनजान भूमियों पर गिरकर नष्ट हो जाते हैं और उनका अहंकार किसी काम नहीं जाता।''

हिरनी ने कहा, ''मत कहो ऐसा कि सिर झुकाना ही गरिमा की चरम सीमा है। जो सिर उठाना नहीं जानते, वे कभी अपने चारों ओर की परिधि के बाहर नहीं निकल पाते। वे जहाँ जन्म लेते हैं, वहीं मर जाते हैं और उनके शव में से ही उनके बच्चे पैदा होते हैं, जो उन्हीं की भाँति निर्वीर्य होते हैं। जिन्हें राज्य और भूमि की प्यास नहीं, उनके लिए वह भूमि भी व्यर्थ है जिस पर उन्हें अन्त में सदा के लिए सो जाना है। पुत्र! उठ और विजयी बन!''

हिरन ने कहा, ''पुत्र! विजय है अपनी सुन्दरता में, दूसरों का दमन करने में नहीं। शक्ति का तो अन्त ही नहीं है और यदि स्पर्धा ही संस्कृति है तो तृष्णा के हाहाकार का भी कोई अन्त नहीं। समानता में द्वेष का बीज कभी मत बोना और कभी यह दम्भ मत करना कि सृष्टि का केन्द्र तुम्हारे गौरव में निहित है। हमारी सारी प्राप्तियाँ महत के कार्य-व्यापार की तुलना में बहुत छोटी हैं। अतः गौरव हमारी आत्मछलना की तुष्टि मात्र है, और कुछ नहीं। हमारा वास्तविक गौरव हमारा वह स्नेह है, जिससे जीवन में आनन्द उत्पन्न होता है और हमारे स्वरों में मिठास आती है। आदि और अन्त अज्ञात है पुत्र! हमारा सत्य इतना सीमित है कि हम बहुत थोड़ा जानते हैं। जानना ही जीवन का सत्य नहीं, सत्य है रहना। जानना यदि रहने को सुघर बनाने का साधन है, तभी वह ग्राह्य है। अतः मेरे पुत्र! जीवन को समझने के लिए इतने आतुर मत बनो, जितना उसे सुन्दर बनाने के लिये।''

हिरनी ने सुना तो मन-ही-मन अवरुद्ध हो गयी। उसे लगा, वह एक निरीह

मृग के सामने थी।

उसने कहा, "पत्थर को हिम जैसा स्निग्ध समझकर यह कभी विश्वास मत करो कि वह पिघलना भी जान सकता है।"

हिरन ने कहा, "ऐसा मत कहो प्रिये। बहुत यात्रा करके घिस चुकने वाला पत्थर ही स्निग्ध बनता है। उसे पिघलाने के लिए पृथ्वी के गर्भ की अग्नि चाहिए। वह जब पिघलता है तब पानी की तरह कलकल करके वह नहीं जाता, अपने चारों ओर विध्वंस और भयानक उत्ताप फैलाता हुआ शोषण करके धरती को व्याकुल कर देता है।"

(6)

शावक यूथ के साथ चला गया।

माँ का मन उमगा और फिर थहर गया। पिता ने कहा, "प्रिये! आज कैसी उदासी तेरे मन को खाये जा रही है। लौट-लौटकर गूँजने वाली टेक की तरह मेरा मन मनुहार करता है कि आ मुझसे बोल। तेरी उदासी मुझसे देखी नहीं जाती।"

रूठी हिरनी पारिजात की छाया में जा बैठी तो हिरन ने कहा, "प्रिये! सप्तपर्णों की सुषमा फिर अठखेलियाँ कर रही है। देख! तेरे नयनों से खंजन फिर फर-फराकर उड़ने लगे हैं। तेरे नयनों के कोए जैसे श्वेत हंस-से मस्त होकर घूम रहे हैं। गन्धित पवन को सूँघकर मुझे विगत की स्मृति आ रही है।

"प्रिये! यही वह वनभूमि है जहाँ हमने जन्म लिया है। इसके कण-कण को प्रणाम! यह हमारे सुख-दुःख की कथा को छिपाये कैसी पुस्तक-सी खुली पड़ी है।"

हिरनी ने हँसकर कहा, "प्राण! इसे वीर रौंदते हैं, यह न किसी की है, न किसी की होकर रहेगी। हमारे पूर्वज सदा से तो यहाँ नहीं रहे।"

हिरन ने कहा, "अरी बावली! हमारे श्रम और प्यार ने इसकी बालू को सुनहला बना दिया है। कहते हैं, पहले यहाँ दलदल थी। हमारे पूर्वजों के श्रम ने ही इसे सुन्दर बनाया है। यह नदी, यह वन, यह पर्वत, यह वृक्ष, यह सब अपने हैं।"

"हिरनी ने उत्तर दिया, "प्राण! जीवित का अर्थ खड़ा रहना नहीं, चलते रहना है। जो जंगम है उसे स्थावर से कैसी प्रीति! जो है नहीं, उसे है क्यों कहा जाये?"

ये बातें सुनकर एक तोता वृक्ष की डाल से उड़कर आ गया और एक शिला पर बैठकर बोला, "अरी पगली! अपना घर अपना ही है। तू नहीं जानती कि अपने की याद कैसे रुलाती है। सोते में, निंदिया में सपनों से छलकर, तो जागे पर आँसू से हिला-हिला देती है।"

हिरन ने कहा, "ओ रक्तचंचु कीर! घर स्त्री की स्वतन्त्रता और पुरुष के पराक्रम का अन्त है। अस्तित्व मात्र के लिए अनथक परिश्रम में खटना और महत्त्वाकांक्षा

का पददलित हो जाना ही घर है। सारी पृथ्वी हमारी है। जो बंकिम दृष्टि से निहारकर बोलने वाले! तू तो पंखवाला है, आकाश को नाप सकता है, फिर भी कैसे इस बूढ़े बरगद के कोटर में तूने अपने को बन्दी बना लिया है। आज तू उड़ा भी नहीं?''

तोते ने हँसकर कहा, ''ओ अनबूझ! जिसके पंख नहीं हैं, उसे ही पंखों को देखकर ईर्ष्या होती है। पंखों की मजबूरी पंखवाला ही जानता है, दीर्घ-लोचनी! शून्य की उड़ान में पास भी दूर है, और दूर का तो कोई अन्त नहीं। ऊपर-ऊपर से देखने से धरती की गन्ध भी तो नहीं मिलती। जहाँ अपने नहीं; वहाँ धरती भी स्वर्ग नहीं। देखने के चमत्कार से बढ़कर, मन से मन का मिलकर तृप्त होना है। आज मैं घायल हूँ तभी नहीं गया। आज मेरे बन्धु मुझे भोजन देंगे। तू नहीं जानती, आज इस वृक्ष की छाया में मुझे मेरा सारा बचपन याद आ गया है। यहीं मेरे दुलार ने सपनों के धागों में स्मृतियों के मोती पिरोये थे।''

तोते की बात सुनकर बरगद झूम उठा और मैना गाने लगी।

आयी थी, जब हेमन्त ऋतु सलोनी, तब हीरी-सी बयार ने फूलों के गालों को मसलकर कहा था, ''शीघ्र सो जाओ, फिर मैं चली जाऊँगी। विदा में रोते-रोते प्रभात के तुहिनकण तुमने मेरे लिए सजा तो दिये, पर कोई सदा तो नहीं रहता।' तब बरगद ने कहा था, 'मेरे निवासी मेरे आँचल में रहें। मैं इनके कम्बल से रसभीना हूँ।' तब धरती ने कहा था, 'मैं भी गन्धभीनी हूँ।''

ऐ हो! शिशिर आई। धौत हिमवसन छा गया। मृगयूथ भी छिप चले। सुनहली धूल में धुलकर ठंडी हो जैसे पूनम के चन्दा की उजियाली हो। तब बरगद ने कहा, ''मेरे पत्तों में आ छिपो।'' और तब धरती ने भी कहा, ''मेरी माटी में दीपों के विसर्जन का ताप है, बलिदानियों के गौरव का सत्य है, वह तुम्हें मरने नहीं देगा।''

शिशिर गयी। वृक्षों ने कोंपल अपनी झोलियों से निकलकर बाहर वसन्त के आगमन के स्वागत में हिलाये और पुंस्कोकिल ने राग-भरी तान सुनायी। सारा वन झूमने लगा। स्नेह में ज्वार, गेहूँ में उषा भर लायी। बोल सखी, बोल सखी! अरी क्या बात हो गयी? कोयलिया वन-वन डोलती बोलने लगी। कुहुक-कुहुककर क्यों रस घोल रही है? नवेली भी लाजो बनी। हाय मधुऋतु आ गयी। चाँदी का चन्दा पत्तों को पलट-पलट देखने लगा। मलय शिशिर से मुक्त होकर चल पड़ा और मकरन्दों ने रोली मल दी। मधुरिमा की लक्ष्मी नूपुर बजाने लगी। अलिकुल गुंजारने लगा। पीली-पीली सरसों तक झंकार गूँजती रही और पलासों में रक्त का संचार होने लगा। कनेरों में दीप जलाकर, बौरों में स्नेह के प्रतीक शोभित करके वसन्त ने शिरा-शिरा को यौवन से स्फीत कर दिया। कमल-दलों को चपल हंस अपने मुख में लेकर खेलने लगे। शुभ्र ज्योति की झरन लग गयी। सुहागिनी बिहगियाँ मंगल गीत गाने लगीं। घर-घर सुख-समृद्धि छा गयी और जीवन की जीत अवनि की ललक में व्योम तक

गमकने लगी। तब बरगद ने कहा, "आओ! एक स्वर से नाचो-गाओ।" धरती ने कहा, "बलिहारी! सिरजन के आनन्द की अनुभूति मुझे मेरी रचना ने ही दी।"

हाय-हाय! ग्रीष्म ऋतु आ गयी। वृक्षों की छाया में हाँफते बैठे पक्षी पेट से धरती की ठंडक को सींचने लगे। सूर्य की किरणें अगन-बान क्या, बल्कि नागिनें बनकर उड़ने लगीं। जिस पौधे को डसा वह मुरझा गया। यह देखकर सन्ध्या ने कहा, "हाय पवन! तुझे क्या हो गया जो ऐसा हरहराता धधकता डोलता है?" वह बोला, "दे ले! तू भी दोष दे ले मुझे। सारी रात नदी की कछार पर डोला कि थोड़ा पानी पी आऊँ, मगर बूँद न पायी और मेरा अन्तर्दाह मुझे लपेटा दे-देकर मारे डालता है। मैं करूँ तो क्या?" तब मेरे बरगद ने कहा, "मेरी छाया में बैठकर दुःख झेलो। तुमने ऊपर का जल पिया, मैंने जड़ें फैलाकर भीतर का। तुम जल्दी ही सूख गये, मैं देर से सूखूँगा। जब तक मैं हूँ तब तक मेरे जीवन को सफल करो। देने वाले ने मुझे मीठे फल नहीं दिये, नहीं तो मैं तुम्हें माटी की मिठास भी देता।" तब धरती ने कहा, "दाह मेरी सत्ता का प्रतिरूप है। इसे मैं भी तो झेलती हूँ। सब कुछ लौट आयेगा। घबराओ नहीं।"

तब एक दिन मोर पुकारा। धरती के अँधेरे से निकलकर दादुर बोला। छोटे में भी बड़ा स्वर व्याप गया। ओ हो! वर्षा ऋतु आ गयी। बादल झकझोर लेने लगे। राग की मनुहार लेकर फिर सजीले घन आ गये। धमनियाँ गमकने लगीं, निश्वास फिर उग उठे। स्मृतियों के सघन अम्बार ललकारकर ही प्यास को जगाने लगे। बिजलियों ने विरहियों के गीले नयन सुखा दिये। विवशताओं को प्यास ने पसर दिया। आश के हरीले पलक झपककर फिर खुल गये। वेदना की दूरियों ने सपने नहीं तपाये; लघु तरी ने तट देखा, मँझधार को नहीं झेला। ढीठ समीरण फिर रस भर लाया। कुररी के पाँख फिर खुल गये। अपने ही विरह के बोल कोयलें सृष्टि में झनझनाने लगीं। गीतों ने पत्थर भी पनीले कर दिये। मेघ ने फटी को कन-कन सींचकर मिला दिया। तब मेरे बरगद ने मेघों के नीचे सिर झुकाकर कहा, "जीवनदाता! आ मेरे रोम-रोम में बिंध जा कि मैं अगली ग्रीष्मऋतु तक इसलिये खड़ा रह सकूँ कि यह मेरे पाँखी मेरे अंक में कल्लोल कर सकें।" तब धरती ने कहा, "पुत्र! मैं तेर माँ हूँ। मैंने तेरे लिए इतना रस भीन लिया है कि तू जहाँ चाहे जड़ अमृत पी ले।"

यह आ गयी अब शरद् ऋतु! इसकी महिमा सरोवर में उतरकर आकाश देखता है। ओ सजनी! अब आँखें खोल दे। व्योम में मोर की बाँसुरी बज रही है। यामिनी भर दूध-सी चाँदनी झरती रही, वही क्षितिज पर जम-जमकर स्निग्ध चन्दन जैसी हो गयी। पवन मन्द साँस लेकर उसे पी रहा है! ओ सजनी! अब आँखें खोल दे! नींद और जागरण रूप की साधना है। चिरन्तन और सजग वासना तो यह रूप ही है, जैसे बन्धन की सतत कामना ही वास्तविक मुक्ति है। "देख! अब कली पाँखुरी

खोलकर फूल बनी है। ओ सजनी! अब आँखें खोल दे।'' तब बरगद ने कहा, ''प्राण का संवेग मेरे हर क्षितिज तक समर्पित है। मैं तुम्हारा हूँ, मुझे स्वीकार करो।'' तब धरती ने कहा, ''ओ बरगद के देवता! तू ही मेरा भी मूल है। मुझे देख। मैं भी समर्पित हूँ।''

मैना गा चुकी तो तोता हर्ष से रोने लगा। मृग धरती पर लोटने लगा और कहने लगा, "मेरी मातृभूमि! तुझे मेरे जीवन की मनुहार! मैं तेरा हूँ।''

पता नहीं, तब सारा सघन वन ही दुहरा उठा—''मैं तेरा हूँ।''

तोता कहने लगा, ''कौन किसका है?''

तब हिरनी ने हँसकर कहा, ''समर्पण रहस्य के सामने प्रदर्शित एक भय मात्र है। यह सब कुछ हमारे लिए है। कोमल दूर्वा पर बैठकर छायाओं में अधमुँदे नयनों से देखते हुए धीरे-धीरे रोमन्थन करने वालो, यह न भूलो कि तुम्हारे पूर्वजों ने सींगों का भी प्रयोग किया था। यदि वे व्यर्थ होते तो तुम्हारे सिर पर होते ही क्यों हैं? जिसको जिसकी जरूरत है उसे प्रकृति ने वही दिया है।''

मैना उड़कर दूर जा बैठी। मृग उदास-सा उठ खड़ा हुआ। तब तोते ने उड़कर ऊँची डाल पर बैठते हुए कहा, ''पगली! प्रकृति ने जिसे जो दिया है, उसी से उसकी जरूरत बनी है। यह तो हमारी बुद्धि का निर्णय है कि जो हमारे पास है, जी उसका यही प्रयोग है। तुझे जहाँ धरती और आकाश मिलते दिखते हैं, वही क्षितिज नहीं है। यह तू तब जान पाती जब तेरे पंख होते।''

हिरन ने धरती पर सिर रखकर कहा, ''जन्मभूमि! इसे हृदय दे कि यह प्यार कर सके। जो माटी को प्यार नहीं करता, उसे केवल रौंदना चाहता है; वह क्या जाने कि तू किस ममता से फूल उगाती है।''

परन्तु हिरनी फिर भी नहीं मानी।

(7)

सन्ध्या आयी। चली गयी। शावक लौट आया। उसने कहा, ''पिता! आज इतने उदास क्यों हो? माँ कहाँ है?''

माँ का नाम सुनकर हिरन ने कहा, ''आती होगी बेटा। मेरे पास बैठ। मेरा मन शंका से विह्वल हो रहा है। देख, वह सामने एक चाँदी का ढेर-सा झर रहा है, उसे देखता है न?''

शावक ने कहा, ''हाँ पिता। वही तो है प्रपात!''

हिरन ने कहा, ''हाँ पुत्र! ऊपर से वह भयानक है, नीचे वह वही जल है, जिसे पीकर हम प्यास बुझाते हैं। हमें वही लेना है जो हमारे लिए लाभदायक है।''

शावक समझा नहीं। चन्दा धीरे-धीरे उठने लगा। ऐसा उग आया जैसे सोने

का खिला हुआ फूल। तब यूथ इकट्ठा हो गया और नृत्य में सब झूमने लगे। शक्ति की उदारता की भाँति क्षुद्रता का अहम्मन्य अन्धकार चाँदनी में विलीन होने लगा। समूह के जीवन से आनन्द का सुख जन्म लेता है।

हिरन ने कहा, ''पुत्र! तू जा! उनमें जाकर क्रीड़ा कर।''

पुत्र चला गया।

तब हिरन उठकर हिरनी को ढूँढ़ने लगा। उसने देखा कि वह प्रपात के सामने अपलक निहारती खड़ी थी।

उसने पूछा, ''प्रिये! क्या देख रही हो?''

हिरनी ने कहा, ''प्राण! देखती हूँ कि यह वेग किस तरह जन्मा? इसका अन्त कहाँ है? यह कहाँ से आता है?''

हिरन ने कहा, ''यह पर्वत के पीछे से आता है, ऐसा मैंने सुना है।''

हिरनी ने पूछा, ''क्या इसका स्रोत किसी ने नहीं देखा? वहाँ न जाने क्या होगा।''

हिरन ने उत्तर दिया, ''यहाँ केवल जल है जो पत्थरों के पीछे वर्षा से एकत्र होता है। मैंने गर्मी में उसे यूथ के साथ जाकर देखा था। आजकल वहाँ जाने का मार्ग नहीं है। पर्वत की इस दिशा में एक मरुभूमि है पीछे, वहाँ से जाने वाला कोई पार नहीं जा सकता।''

हिरनी से कहा, ''चलो! प्राण! हम-तुम चलें।''

हिरन ने कहा, ''प्रिये बिना यूथ के जाना क्या उचित होगा? हमें यूथपति से भी तो पूछना चाहिए?''

हिरनी ने कहा, ''जब शक्ति में तुम उससे कहीं अधिक हो, तब तुम स्वयं ही यूथपति क्यों नहीं बन जाते? वह कितना लोलुप और स्वार्थी है उसकी हिरनी सदैव सबसे अच्छी घास चरती है।''

हिरन ने कहा, ''जिसके हाथ में शक्ति रहती है, वह कैसा भी भला क्यों न हो, उसमें अहंकार रहना आवश्यक है। उसके घर के लोग सदैव दूसरों से सम्मान प्राप्त करने का एकाधिकार प्राप्त कर लेते हैं। मैं गृहयुद्ध कर सकता है; किन्तु उससे जाति का क्षय होगा। बहुमत उसी की ओर है। अतः यह कल्पना करना कि किसी मत-विशेष या चिन्तन-विशेष में प्रत्येक व्यक्ति केवल गुणधाम बन जायेगा, व्यर्थ है। व्यवस्था को ठीक करने के लिए पद की तृष्णा से ऊपर है जागरण फैलाना।''

हिरनी ने कहा, ''प्राण! तुम कायरों की-सी बात करते हो। पराजय को स्वीकार करते हुए तुम्हें लाज नहीं आती?''

''यूथपति के बलिदानों को कौन नहीं जानता!''

हिरनी ने व्यंग्य करते हुए कहा, ''बलिदान का फल क्या अहंकार और फलयोग

है?''

हिरन ने कहा, ''नहीं है, किन्तु परिवर्तन लाने के लिए महत उद्देश्य चाहिए। व्यक्ति की तृष्णा ही लोक-व्यवस्था के परिवर्तन का आधार नहीं बन सकती।''

प्रपात के निर्घोष के ऊपर हिरन के वे शब्द उठे।

उसने फिर कहा, ''हमारे समस्त मूल्य हमारे जीवन के आधार बनकर जन्मे हैं। उन्हें हमारी प्रकृति ने अपने चारों की वास्तविकता के आधार पर समय-समय पर बदला और व्यवस्थापित किया है।''

हिरनी चुप रही।

तब हिरन ने कहा, ''प्रिये लो! घर चलें।''

हिरनी धीरे-धीरे हिरन के साथ लौट आयी किन्तु उसने तीन बार मुड़कर प्रपात की ओर देखा और फिर सामने के पर्वत की ऊँचाई को आँखों से नापा और चरण उठाते ही उसे लगा कि वह ऊँचाई डग-भर से अधिक नहीं थी, क्योंकि डग-डग करके ही सारा पथ छोटा हो जाता है। फिर भी मन की बात उसने अपने पति पर प्रकट नहीं होने दी।

गीत हो चुके थे।

शावक लौट आया। तब मौलसिरी की छाया में तीनों लौट गये।

(8)

रात गहरा गयी।

तब बीन बजने लगी। उसकी मीठी रागिणी सुनकर तरुण हिरण चंचल हो उठे।

शावक ने जागकर कहा, ''पिता, यह कैसी मीठी आवाज है!''

पिता का घबराहट भरा जागरण देखकर वह कुछ भी नहीं समझा।

तब यूथपति का गम्भीर शब्द सुनाई दिया, ''मेरे मित्रो! जानते हो यह क्या है?''

बहुत-से बोले, ''हम नहीं जानते।''

यूथपति ने पुकारा, ''चेतन!''

यह सुनकर मृग आगे बढ़ा और उसने कहा, ''मैं प्रस्तुत हूँ यूथपति।''

यूथपति ने कहा, ''तुम जानते हो चेतन?''

मृग ने कहा, ''मैं जानता हूँ यूथपति।''

तब यूथपति ने कहा, ''तो कोई तरकीब करो कि सब हिरन उसे देख लें, मगर कोई जाकर फँसे नहीं।''

मृग ने कहा, ''मैं यही करूँगा।''

फिर उसने कहा, ''मृगो! मृगियो! मेरी बात को ध्यान से सुनो। वह व्याध है जो हमारी इस निर्बलता को जानता है कि हम संगीत के प्रेमी हैं, हमे सुन्दर से

प्यार है; और जब हम उसे देखते-सुनते हैं, तब उसके जाल में जा फँसते हैं। मृगो और मृगियों अनुभव ही बताता है कि प्रत्येक सुन्दरता और मनोहरता, वास्तव में सुन्दर और मनोहर नहीं होती। भोली भक्ति और तन्मयता सदैव ही लाभ नहीं पहुँचाती। सुनो और जानो कि यह व्याध हमारा काल है। वह दो चरणों पर चलता है, परन्तु दो में असंख्य है, जैसे दिन और रात करके समय फिसलता जाता है। यह काल जन्म भी देता है कि अपने जैसे भक्षक पैदा कर सके और प्रत्येक जन्म में वह अपने-आपको अवतरित करता है। जीवन को उसी ने मृत्यु का दूसरा पक्ष बनाया है। प्रत्येक सृजन हर क्षण उसी के रूप में है और प्रत्येक विनाश भी उसके रूप में वास्तव में एक नया निर्माण ही है। वह इतना आवश्यक और अवश्यम्भावी है कि एक-न-एक दिन वही विजयी होता है, क्योंकि वह बहुरूप भी है और उससे बच निकलना असम्भव है। वह सूर्य और चन्द जैसे नयनों से देखता है और उसके स्वर का दास मात्र है; उसके गले में एक शृंगी है जिसे वह कभी-कभी बजाता है उसके पास छः कुत्ते हैं, जो विभिन्न ऋतुओं जैसे सुन्दर है, किन्तु प्रत्येक का काम दौड़ना ही है और हम नहीं जानते कि उनकी गति कब बन्द होगी। उसकी छलना से बचना हमारे लिए आवश्यक है, क्योंकि हम उसके संगीत में फँसकर अपने को उसका अहेर बनाना अपने अज्ञान का प्रदर्शन समझते हैं। जैसा नक्षत्रों का जाल तुम काले आकाश में देखते हो, वैसा ही जाल वह फैलाता है और हमें पकड़ लेता है, क्योंकि हम उस पर चलना तो जानते हैं किन्तु उससे बचना नहीं जानते। कहते हैं, एक मृग बड़ा विचारक था। उसने कहा था कि यदि हम मृत्यु को जीत लें तो यह जाल हमारा कुछ नहीं कर सकता। उसने अपनी विचारधारा फैलायी। उसके अनुयायी इतने कट्टर बन गये कि उन्होंने अपनी बात को ही अन्तिम सत्य माना। परन्तु कुछ दिन बाद जब सत्ता उनके दल के हाथ में आ गयी तब मद उनमें भी छा गया। मद ही मृत्यु है और वे मृत्यु को ही जीतने का ही दिखावा कर रहे थे। मृत्यु अवश्यम्भावी है मृगों और मुनियो! कुछ जड़ी-बूटी ऐसी हैं जिन्हें खाने से हमारी ही एक जाति की नाभि में से सुगन्धि आने लगती। कुछ ऐसी भी हैं जिन्हें खाकर बहुत दिन जिया जा सकता है। परन्तु मृत्यु को शरीरपात में नहीं रोका जा सकता। और मृत्यु शरीर का नाश ही नहीं है। हमने जीवन के कुछ मूल्य बनाये हैं। यद्यपि वे हमारे ही हैं, और हमारी ही जाति तक सीमित हैं, परन्तु हमारे सर्वश्रेष्ठ भावों का प्रतिनिधित्व करते हैं। उनका क्षय हमारे लिए वास्तविक मृत्यु है, क्योंकि उसमें कायरता है, स्वार्थ है, परस्पर एक-दूसरे के प्रति घृणा और भय तथा अविश्वास है। शारीरिक मृत्यु में कुछ ही मरते हैं, किन्तु मानसिक मृत्यु में सारी जाति की ही मृत्यु हो जाती है। अतः सावधान रहो। काल आ रहा है। यह अनेक रूपों में आता है। यही काल था जिसे देखकर पूर्वजों ने कहा था कि अहंकार को उदात्त बनाओ ताकि वह लोक के कल्याण

में प्रवृत्त हो सके। लोक की ओर उन्मुख करने के लिए ही उन्होंने व्यक्ति-पक्ष का खंडन किया था और यूथ जीवन की ओर प्रेरित किया था।''

मृग की बात समाप्त हो गयी। तब बीन की मीठी आवाज और भी पास सुनाई देने लगी। तरुण और तरुणियाँ व्याकुल होकर बाहर आने लगे। उनका हृदय उसे सुनकर बेचैन हो उठता था। वे अपने को अपने बस में नहीं पा रहे थे।

यह देखकर मृग ने कहा, ''जिस तरह सर्प ऊपर से चिकना होता है, उसी प्रकार यह रागिणी भी मोठी है। परन्तु जैसे उसमें विष होता है, यह रागिणी भी विनाशकारी है। सुनो, मैं तुम्हें इस विषय की एक पुरानी कथा सुनाता हूँ।''

तब वे सब रुक गये और मृग ने कहा, ''यूथपति! आप वृद्धों और स्त्रियों को तथा बालकों को लेकर झाड़ियों की ओट में चले जायें। मैं इन तरुणों और तरुणियों को कथा सुनाकर आता हूँ।''

हिरन के ऐसा कहने पर यूथपति ने आज्ञा दी और एक ओर भय, दूसरी ओर तृष्णा के बीच झूलते तरुणों और तरुणियों से मृग ने कहा :

''प्राचीन काल में एक बार हिरनों की सभा हुई और उन्होंने यह तय किया कि एक बार किसी तरह व्याध की जाँच करनी ही चाहिए। अतएव वे सन्नद्ध हो गये। एक ने छिपकर पीछा किया। दुर्भाग्य से हिरनों का एक तरुण जाल में फँस गया और तब बीन बजाने वाला, जो कोमल ललितकला को जन्म दे रहा था, तुरन्त ही भयानक हो उठा और वह हिरन को बाँधकर उसकी एक भी विनती बिना सुने उसे नगर में ले गया। जैसे दीमक अपने मिट्टी के घर बनाकर रहती है, उसी तरह आदमी भी घर बनाकर रहता है। बन्दी हिरन ने कहा—ओ व्याध! तू मुझे क्यों ले चल रहा है?

'व्याध ने कहा—तुझे खाऊँगा।

'बन्दी हिरन ने पूछा—लेकिन मैंने तेरा क्या अपराध किया है?

'व्याध ने सोचकर कहा—मेरा तो नहीं, पर तूने मेरी जाति का अपराध किया है।

'बन्दी हिरन ने पूछा—सो कैसे?

'व्याध ने उत्तर दिया—मेरे भाई लोग बड़े ही परिश्रम से खेतों में अन्न उगाते हैं, तब तुम हिरन लोग चर जाते हो। इसीलिए तुम्हें मारना हमारा धर्म है। तुम इसीलिए बनाये गये हो कि हम तुम्हें खा डालें।

'बन्दी हिरन ने कहा—ओ व्याधे! तुम अपना परिश्रम तो देखते हो मगर हमारा नहीं देखते। तुम कल के लिए संग्रह करने वाले धूर्त हो, हम केवल उदरपूर्ति करते हैं। तुम्हारा धर्म एक है, तो अपना भी एक धर्म है! तुम्हारे लिए जो धर्म है, हमारे लिए वही महापातक है।

'इसके बाद व्याध ने उसे अपने राजा को बेच दिया।

'बन्दी हिरन ने कहा–तू मनुष्यों का यूथपति है। तेरा धर्म क्या है?

'राजा ने कहा–धर्म बड़ी विचित्र वस्तु है हिरन! प्राणिमात्र का धर्म है स्वरक्षा करना। परन्तु विचित्रता यह भी है कि एक प्राणी की रक्षा तभी है, जब किसी दूसरे प्रकार का प्राण खाया जाता है। अतः प्रत्येक जाति ने धर्म उसी को माना है, जिसमें उसकी अपनी जाति की जय और पालन है।''

यह सुनकर छिपकर सुनने वाला मृग यूथ में लौट आया और तब से मृगों में यही गाथा गायी जाती रही है कि गीत अपनी जाति का भला, चाहे दूसरा सुरीला भले ही लगे।'

तब एक तरुण ने कहा, ''हे मृग चेतन! जाति क्या मृग और मनुष्य योनि के लिए तुम कहते हो, या मृगों में जो पीले, काले, भूरे हैं उनके लिए भी?''

मृग ने कहा, ''वे तो सब मृग हैं। वे तो समान हैं। समानता हमारा जन्मसिद्ध अधिकार है!''

मृग यह सुनकर स्फुरित हो गये।

तब मृग ने फिर कहा, ''बीन की आवाज आ रही है और जब स्वर पास आता है तब व्याध को भी पास आता हुआ समझना चाहिए, इसलिये अब सब बिखरकर अँधेरे में छिप जाओ, ताकि वह पकड़ सके, किन्तु यूथपति के शब्द की ओर ध्यान देना।''

इस तरह जब छिपने लगे तब हिरनी ने हिरन से आकर कहा, ''देखते हो! कैसा भयानक है यह स्थान! कैसी-कैसी मुसीबतें हैं यहाँ। अपना छोटा-सा परिवार है। उसे लेकर चलो कहीं और!''

हिरन ने कहा, ''ओ प्रिये! जब जीवन-मरण में समस्त जाति ग्रस्त है, तब तू अपना स्वार्थ मत देख। तेरा एक पुत्र है, उसे लेकर तू भागकर क्या अमर हो जायेगी? क्या कोई भी त्रैलोक्य में ऐसा स्थान है जहाँ मृत्यु नहीं है? जीवन की एकमात्र शक्ति एक-दूसरे के साथ रहने में है। प्रतिभा का विकास समूह में ही तो होता है। उसी पर तो प्रभाव डालना है। जाति ही व्यक्ति के विकास का क्षेत्र है। परमात्मा की सिद्धि तब ही होती है जब आत्मा सार्वकालिक सार्वभौम उदात्तीकरण को प्राप्त करके आत्मस्वार्थ को बिल्कुल ही छोड़ देती है। अतः तू छिप जा। अब अधिक समय नहीं है।''

हिरन ने उसे एक झाड़ी के पीछे करके कहा, ''देख यहीं कहीं तेरा पुत्र भी होगा। उसे भी सँभाल।''

हिरनी ने कहा, ''और तुम कहाँ चले?''

हिरन ने कहा, ''ऐसे समय में मुझे युद्ध के लिए प्राणों की ममता त्यागकर तैयार रहना चाहिए।''

हिरन चला गया और हिरनी सोचने लगी।

(9)

अन्धकार में छिपे हुए सब हिरन अब बीन की आवाज सुनने लगे। वे आपस में कुसमुसाकर बातें करने लगे।

"हाय, कैसा दिव्य संगीत है!"

"स्वर्ग में जब चन्द देवता अपने लम्बे सींग लेकर ऊँची शिला पर बैठकर धीरे-धीरे बिल्कुल नये केले के पत्ते के रंग की दूब को चबाते होंगे तब ऐसी ही मीठी तान यह मनुष्य उन्हें रिझाने को सुनाते होंगे।"

"स्वर्ग में तो हिरनों का ही राज्य है। मनुष्यों ने बेईमानी से इस धरती पर विजय प्राप्त कर ली है। पहले मनुष्य भी हमारी तरह ही वन में रहता था। तब वह अपने शरीर पर इतने कपड़े डालकर अपने को दिखाने से शर्माता नहीं था।"

"वह अपने को क्यों छिपाता है? उसकी मादा इतने धातु के टुकड़े क्यों पहनती है?"

"मनुष्य का धर्म स्वार्थ है, और काम से वह अनियमित है। इसी से उसे अपने ऊपर लज्जा आती है। अर्थ की ही सहायता से उसका बिका हुआ दयनीय जीवन बीतता है जिसके लिए वह सब कुछ करता है।"

"अर्थ क्या होता है?"

"मनुष्य के अतिरिक्त किसी भी पशु और जन्तु, कृमि-कीट तथा विहंगम में, बल्कि जलचर, थलचर, नभचर किसी में भी अर्थ को जीवन का आधार किसी ने नहीं बनाया। अर्थ मनुष्य की सभ्यता का वह विकास है, जिसमें सहज को अविश्वास के कारण छोड़कर कृत्रिम का सहारा लिया जाता है।"

यों वे तरह-तरह की बातें कर ही रहे थे कि यूथपति ने आकर कहा, "मृगचेतन! मैं अँधेरे में भी सबको देख रहा हूँ, फिर भी मुझे तुम्हारी स्त्री नहीं दिखायी दी। क्या तुमने उन्हें कहीं विशेष ठौर पर छिपा दिया है?"

सुनकर मृग के भीतर आशंका सिहर उठी और उसे एक डर ने घेर लिया।

क्या सचमुच!

लेकिन वह इससे आगे नहीं सोच पाया।

उसने धैर्य धारण करके कहा, "यूथपति, वह यहीं कहीं होगी। में अभी ढूँढ़ता हूँ।"

यूथपति ने कहा, "मुझे इसकी सूचना देना।"

मृग ने कहा, "जो आज्ञा।"

यूथपति के आगे बढ़ जाने पर मृग को लगा कि उसके पाँवों की शक्ति क्षीण

हो गयी है। वह अँधियारे की ओर हट गया और सोचने लगा :

यह हो सकता है कि वह शावक को लेकर चली गयी? यूथ पर जब जीवन-मरण का संकट आया हुआ है। उस समय उसने केवल अपनी ही चिन्ता की?

इस विचार के आते ही उसे लगा कि उसमें तनिक भी शक्ति नहीं बची है। फिर ध्यान आया :

क्या यूथपति और बाकी सब यह समझेंगे कि हो न हो, मृगचेतन का भी हाथ इसमें अवश्य होगा?

कौन जाने? सन्देह जब निराधार ही इतना बढ़ता है, तब उसका आधार मिल जाने पर लोक का मुँह कौन बन्द कर सकता है। पापी इतना बुरा नहीं माना जाता जितना वह, जिस पर पाप का लांछन लग जाता है।

अब तो मृग को काटो तो खून नहीं। कहाँ तो वह अभी पुकारकर उसे बुलाने की सोच रहा था, कहाँ अब गले की आवाज गले में ही रुँध गयी। पुकारे भी कैसे वह? जब यूथ संकट में है तब क्या वह बोलकर व्याध की अपनी जगह बतावे?

उसे याद आने लगा।

कैसे चली गयी वह? क्या हो गया उसे?

यहीं हमने आनन्द से रातें व्यतीत की थीं। यहीं बसन्त में हमने एक-दूसरे से रोमन्थित दूब लेकर चबायी थी। यहीं वर्षा की सनसनाती वायु में चमकती बिजलियों की छाया में हम एक-दूसरे से सटकर सोये थे! यहीं हमने स्वर्ण-सिकता पर खड़े होकर पारिजातों के नीचे उगते हुए सूर्य की साक्षी देकर कहा था कि हम इसी जन्म में नहीं जन्म-जन्मान्तर में इसी प्रकार एक-दूसरे के साथी होंगे। जब आकाश में चन्द देवता का चाँदी का-सा आलोक छा गया था और महान हरिण देवता नील आकाश के वन में विचरण करते हुए तारों की सुनहली दूब चरते-चरते आकाशगंगा की सुनहली-रुपहली सिकता को देख लेते थे, और वनभूमि में सारे बाँसों में, पवन उनके अभिनन्दन में, बाँसुरी-सी बजा रहा था और कभी-कभी मयूरी कलकंठ से सहज में बोल जाती थी और सोये कमलों से भरे सरोवर के किनारे हंस बैठे ध्यान-मग्न थे, तब हम दोनों ने ही कुमुदिनियों की चाँदनी में समर्पित प्रेम की साक्षी देकर कहा था कि हे देवता! हमें सदैव तुम हरिण-योनि में ही जन्म देना! क्योंकि यह सबसे पवित्र है। जब नागरमोथा की जड़ें खोदकर खाने वाले जंगली सूअर आते थे, तब हम दोनों ने उस तरफ का रास्ता छोड़कर कितने प्रेम से अपना संकट टाला था!

क्या उसे कुछ भी याद नहीं आया? क्या वह मुझे छोड़ गयी? क्या यही है स्त्री का हृदय? महत्त्वाकांक्षा की मूर्खता के बहाने वह संकुचित स्वार्थी तृष्णा को साधने में लग गयी? क्या यही है प्रेम का अन्त?

तब हरिण में काम से क्रोध उत्पन्न हुआ और उसका विवेक हत होने लगा।

उसने करुण स्वर से घुटते-घुटते कहा :

ओ प्रिये! तू चली गयी, परन्तु तूने मेरे पुत्र का जीवन क्यों नष्ट कर दिया? जाति विनष्ट वह, किस भविष्य का नियन्ता बनेगा? ओ निर्दयी पाषाणी! तूने मेरे प्रेम के फूल को कुचल दिया और उनकी सुगन्धि को इतना तिरस्कृत कर दिया? यह तूने क्या किया कठोर हृदये!

ओ आयतलोचनी! क्या यही उन सौगन्धों का मोल है? क्या तूने स्त्रियों पर कलंक नहीं लगा दिया? कुछ करने से पहले क्या यह नहीं सोचना चाहिए कि इसका फल क्या होगा? कहीं मेरे अपने लाभ की तृष्णा सदा-सदा के लिए बहुतों के प्रति उचित करुणा और सौहार्द्र का मार्ग बन्द नहीं कर देगी?

परन्तु तू क्यों सोचती? तुझे तो तेरी वासना ने अन्धा कर दिया था। अपनी कोख से जन्मे को अपना रक्त-माँस समझकर ले गयी? अरी, क्या वह अमर रहेगा? औरों की तुझे चिन्ता नहीं?

और मुझे तूने अपमानित कर दिया। लोक में जिसका बन्धु अनुचित कार्य करता है, उसे भी तो सब अविश्वास से देखते हैं!

और उसने विह्वल होकर कहा, ''नहीं! तू गयी नहीं है! अब मुझे और मत सता! प्रिये! छिपी मत रह! आ! बाहर आ जा ताकि मैं गौरव से अपना सिर उठाकर फिर सबके सामने चल सकूँ। अन्यथा अब मुझे पूछेगा ही कौन?''

जब उसके स्वर को कोई उत्तर नहीं मिला तो उसने आगे बढ़कर कहा, ''ओ विहंगम! सुन्दर बया! तू जो इतना प्यारा-सा घर बनाकर रहती है, क्या तूने मेरी स्त्री और बालक को कहीं देखा है? देख, व्याध चक्कर दे रहा है। ऐसे में मैं क्या करूँ? उनका खो जाना तो मैं सह सकता हूँ, क्योंकि जीवन-मरण तो एक दिन सबको ही सहना पढ़ता है, लेकिन प्रश्न तो स्त्री और सन्तान के सम्मान का है। अपमान मैं कैसे सहूँगा? उस अपनान की आग उसकी मीठी स्मृतियों को भी पिघला-पिघलाकर बहा देगी! कीचड़ में गिरा कमल कब तक अपनी सुन्दरता को जीवित रख सकता है। बया, ओ री बया! मुझे बता दे! तूने उन्हें कहीं देखा? अब की बरसात में मैं तुझे इसके बदले में ढूँढ-ढूँढकर वह सरोवर दिखाऊँगा जहाँ ढेर-ढेर जुगनू होंगे; उनकी गहरे काँच के-से काले अँधेरे में दीवाली-सी जगमग होगी। तू तब जुगनू पकड़ लाना और अपने घोंसले में दीप जलाना।''

बया ने कहा, ''मीत! मेरा सिर लाज से झुक गया कि स्त्री-जाति ने ऐसे समय धोखा दे दिया। जब चाँद पीपल के पीछे था तब निगोड़ी किरन पत्तों से खेलने लगी। तब मैंने उजाले के लिए इधर के तिनके सरका दिये थे। मैं न देख पायी कुछ।''

हिरन हट गया और अँधेरे में गिरकर रोने लगा—क्या करे? क्या न करे?

उस समय मैना और तोता इसके पास आ बैठे।

मैना ने कहा, "मृगचेतन! रो मत! संकट के समय धीरज धर?"

कैसे हृदय को बाँधूँ मैना।" उसने सुबकते हुए कहा।

तोते ने कहा, "वह अवश्य चली गयी।"

कहाँ गयी होगी वह?

हठात् हिरन को याद आया।

प्रपात की ओर!

उसने देखा, चाँदनी में वह ऐसा चमक रहा था, दूर, जैसे पिघला हुआ सोना हो।

उसने सोचा, वहाँ जाऊँ।

परन्तु तभी व्याध के कुत्तों के भूँकने की कर्कश-सी आवाज सुनाई दी, जिसे सुनकर पीड़ा उसके हृदय को मरोड़ने लगी।

तोते ने धीरे से कहा, "उठ! कोई आ रहा है।"

मैना ने कहा, "पुरुष बन!"

वे दोनों उड़ गये। पास के अमलतास ने कहा, "ओ मृग! किसे खोजता है? वह तो मेरी छाया में होकर ही गयी थी अपने बच्चे के साथ। शीशम ने कहा भी था। किन्तु वह नहीं मानी। वह तो चली गयी।"

मृग फिर खड़ा हो गया और उसने स्वर्ण सिकता की ओर देखकर कहा, "सुना कान्तारभूमि! आज मैं कहता हूँ कि जिनके पाँव हैं, वे अस्थिर हैं। जिनकी जड़ें धरती में नहीं गड़ी हैं, वे न दूसरों को फल दे सकते हैं, न छाया; वे तो अपने लिए रहते हैं, और उनमें दुःख सहने की सात्त्विक वृत्ति भी बहुत कम होती है। और उनमें से फूलों की सुगन्धि भी नहीं झरती। गति की सामर्थ्य होने पर मन को चंचल होने से रोकना कितना कठिन काम है! जो भी हो, मैं इस समय लोक को व्यक्ति से ऊपर रखूँगा। यदि यूथ नहीं रहा, तो वह सृष्टि सूनी हो जायेगी। बनाने वाले की सर्वश्रेष्ठ रचना हिरन है। यदि वही खो गयी तो इस सृष्टि का तात्पर्य ही क्या है? हिरन को चन्द देवता ने ठीक अपनी आकृति का बनाया है। वह देवता एक है। स्वयं अमूर्त है। अतः अब मैं दुःख नहीं करूँगा।"

अन्धकार में ही यूथपति आगे बढ़ आया और उसने कहा, "मृगचेतन!"

मृग ने कहा, "यूथपति!"

यूथपति ने कहा, "कुछ पता चला?"

मृग ने उत्तर दिया, "देव! लगता है वह चली गयी!"

"चुप रहो! चुप रहो!" यूथपति ने कहा, "ऐसे समय में यह शब्द मत कहो। इससे बुरा उदाहरण प्रस्तुत होता है। यदि वह गयी तो जाने दो। पर हो सकता है, वह कहीं फँस ही गयी हो?"

फिर रुककर कहा, "क्या उसे ढुँढ़वाना ठीक होगा!"

मृग ने कहा, "प्रभु! ढुँढ़वाने में मृगों के जीवन क्या संकट में नहीं पड़ जायेंगे? सबके लिए एक का बलिदान देने में कोई हानि नहीं।"

यूथपति ने गर्व से कहा, "हम तुमसे प्रसन्न हैं मृगचेतन! तुम्हारा आदर्श महान है।"

मृग ने कहा, "व्यक्ति आता है। कोई भी अमर नहीं रहता। उसका कर्म ही रह जाता है और उसको भी याद करने के लिए अपनी ही जाति चाहिए।"

"ठीक कहते हो!" यूथपति ने कहा, "आज तक के हिरनों ने केवल इस संसार की व्याख्या की है। हम तो इस संसार को बदलने वाले हैं। कहते हैं पहले सब हिरन समान थे। बाद में जब हिरनों के झुंड चरागाहों के लिए लड़ने लगे तब विजेताओं ने पराजितों को दास बना लिया। दासों ने जब विद्रोह किया तब चन्द देवता के उपासक हिरनों ने कुछ योद्धाओं से मिलकर एक राजा हिरन चुन लिया और भूमि आपस में बाँट ली। बाकी हिरन उनके लिए काम करने लगे। तब शोषण की अति हो गयी। उस समय हिरनों की समानता का स्वर उठा और हिरनों ने चरने के नये तरीके निकाले। उसके बाद क्रान्ति हुई। अब केवल दल का राज्य है। सब कुछ सबका है। परन्तु दल ही सबका प्रतिनिधि है, और मैं सबका प्रतिनिधि हूँ, अतः मैं ही स्वामी हूँ। मैं तुम्हें अपना निकटस्थ बनाता हूँ।"

मृग ने कहा, "देव! आपकी जय! मैं आपका तभी तक सहयोगी हूँ जब तक आप मृगों के कल्याण में लगे हैं। मैं तो सेवक हूँ।"

यूथपति ने कहा, "कहीं तुम उस ब्रह्मचारी हरिण के अनुयायी तो नहीं हो जो प्रचार करता डोलता है कि भूमि सबकी है। क्या तुम समझते हो कि हमारी भूमि के बाहर के प्रभुवर्गीय हरिण कभी अपनी सत्ता का त्याग कर देंगे? क्या मृग जाति मूलतः ऐसी भी है कि वह भूमि का मोह छोड़ सकेगी? यदि वह ब्रह्मचारी मृग मेरे राज्य में आये तो मैं उसे बन्दी बना दूँ।"

मृग ने कहा, "यूथपति! व्यक्ति और दल में जब तक अधिकार की तृष्णा रहेगी तब तक कभी पृथ्वी पर सुख नहीं होगा। तृष्णा मूल है, सम्पत्ति और अधिकार केवल उसके बाहरी आधार हैं। इन्हीं के कारण तो हिरनों में यह विद्वेष बढ़ा है।"

"मुझे तुम पर सन्देह है मृगचेतन!" यह कहकर यूथपति ने अपने सींग झुकाये कि मृगचेतन पर आक्रमण करें, किन्तु उसी समय एक ओर से मृगों का करुण क्रन्दन सुनाई दिया।

मृग ने कहा, "यूथपति! आवेश त्यागकर देखिये। इस समय भीतर की फूट छोड़िये! सोचिये!"

"सोचना क्या रहा है मुगचेतन!" यूथपति ने आक्रमण रोककर कहा, "जो

कुछ हिरन-चिन्तन था, वह हमारा दार्शनिक कर गया। उसके आगे सोचना लोक का अहित है। हमें तो यह प्रमाणित करना है कि प्रकृति भी जो कुछ करती है वह उसी के कथानानुसार करती है। मैं देखो कितना दयालु हूँ कि तुम्हें छोड़ देता हूँ इस समय। याद है, मुझसे पहला यूथयति तो सन्देह पर ही मरवा देता था। वह कितना बर्बर था।''

मृग ने कहा, ''देव! आपने तब विद्रोह क्यों नहीं किया? विचार-स्वातन्त्र्य का आपने प्रयोग क्यों नहीं किया?''

यूथपति ने हँसकर कहा, ''मूर्ख! तब मेरे पेट में किसी का सींग चुपचाप घुस जाता।''

कोलाहल बढ़ता जा रहा था।

बीन की ध्वनि कहीं पास ही सुनाई दे रही थी।

कैसी मोहिनी तान थी वह!

पारिजात ने कुसमुसाकर कहा, ''हाय अहेरी! तुझे भी देने वाले ने कैसा चमत्कार दिया है। वन भूमि की निस्तब्धता में तूने कितना सौन्दर्य-सा भर दिया है और फिर तू उसके बहाने कैसा क्रूर कर्म करने आया है। कैसा है यह मनुष्य! सुवर्ण देकर सत्य को कुचलता है, असत्य को खरीदता है और अपने स्वार्थ और अपनी वासना को, अपने अहंकार, दम्भ और मूर्खता में अपना सर्वश्रेष्ठ आदर्श कहता है। इसने अपनी नीचता को छिपाने के लिए भी कैसे-कैसे छद्म बना लिया है और तिस पर तुर्रा यह कि इसी पृथ्वी को स्वर्ग बनाने के लिए इसकी जाति में दित्य दार्शनिक जन्म लेते हैं, नित्य पैगम्बर आते हैं और परिणाम क्या होता है? बौद्धिक दासता की यह धर्म और संस्कृति कहता है और फिर आपस में भी लड़ता है। इसका कल्याण कैसे हो!!''

पारिजात चुप हो गया।

और उसके उद्वेग से कुछ सगन्धित फूल नीचे चू पड़े।

इसी समय हिरन ने देखा कि एक बच्चा अचानक खुले में निकल गया और उसे अहेरी पकड़ने ही वाला था कि हिरन ने चौकड़ी भरी और सामने जा पहुँचा।

व्याध ने उस हृष्ट-पुष्ट को देखा तो बाण सन्धाना और सन्न-से छोड़ दिया। बच्चे को भगाने में लगे हुए मृग के शरीर में वह बाण घुस गया और बच्चा तो फिर अँधेरी झाड़ियों में खो गया लेकिन हिरन धरती पर गिरकर छटपटाने लगा।

यूथपति ने मन-ही-मन सुख का अनुभव किया कि एक शत्रु तो अपने-आप ही राह से दूर हो गया, फिर भी वह बोला नहीं क्योंकि बाकी के हिरन और हिरनियाँ आपस में कहने लगे :

''मृगचेतन शहीद हो गया।''

उस बच्चे की माँ ने अपने शावक को छाती से चिपटाकर कहा, ''बच्चे! याद

रखना, मृगचेतन एक दिन दूसरे के लिए अपना बलिदान दे गया।"

"सच, मृगचेतन कितना महान है!"

"हम इसकी स्मृति में एक स्मारक बनायेंगे।"

"जीते-जी हमने कभी इसकी कद्र नहीं की।"

"बालक ही हमारा भविष्य है। जो उनके लिए त्याग करता है, वही महान है।"

तब एक ने कहा, "हाय! अब उसकी स्त्री कितना रोयेगी?"

यूथपति ने कहा, "वह पहले ही बच्चे को लेकर भाग गयी।"

यह सुनकर एक हिरन ने कहा, "अच्छा! यह बात है। उसके आगे-पीछे कुछ रहा नहीं। विचारे और करते भी क्या?"

लेकिन जनमत इस समय ऐसी बात सुनने को तत्पर नहीं था। तब यूथपति ने कहा, "मृगचेतन ने लोक के लिए अपने प्राण दे दिये। वह चाहता तो स्वयं भाग सकता था। उसने लोक के लिए अपनों की भी चिन्ता नहीं की। दूसरे के लिए प्राण दे दिये।"

लोगों ने कहा, "यूथपति महान है। मृगचेतन से भी पहले इनका स्मारक बनाना चाहिए क्योंकि सत्य को पहचानना यही हमें सिखाते हैं।"

उधर व्याध पास आ गया और बोला, "ओ मृग! क्या यह तेरा पुत्र था?"

मृग ने कहा, "सब हिरनों के बच्चे मेरे बच्चे हैं।"

अहेरी ने कहा, "व्यभिचारी! क्या तू ही सबसे बलवान है?"

मृग ने हँसकर कहा, "तो क्या मनुष्य समाज में लोक-प्रेम की भावना पर इतना अविश्वास किया जाता है?"

अहेरी ने कहा, "पशु! तू मनुष्य के सामने अपने को रखने का साहस करता है? क्या तू नहीं जानता मैं तेरा विजेता हूँ?"

मृग ने उत्तर दिया, "तू सच कहता है सत्य वही कहलाता है जिसे विजेता अपने शस्त्रबल से प्रमाणित करता है। अब मुझे यह मत बता कि मेरा अपराध क्या था जो तूने मुझे मार डाला, क्योंकि खेत पर जाने वाला बहाना मुझे मालूम है और शताब्दियों से तू हमारी जाति का वही अपराध दुहराता आया है।"

अहेरी ने मुस्कराकर कहा, "तू करता भी तो ऐसा ही आ रहा है!"

तब हिरन ने कहा, "ओ अहेरी! मुझे सुख से मरने दे।"

अहेरी ने कहा, "सुख! मौत में भी सुख? वह तुझे कैसे मिल सकेगा?"

हिरन ने कहा, "अपनी बीन बजाता रह ताकि मरते समय में उस मीठी ध्वनि में अपने शरीर की पीड़ा को भूल जाऊँ। मैं यह सोचता हुआ मरूँ कि मुझे कोई कष्ट नहीं हुआ। मिठास से जीवन में बड़ी गहरी लीक छूटती है। उसे देखकर मैं तेरी जाति की क्रूरता को भूल जाऊँगा और मुझे यही याद रहेगा कि तेरे यहाँ ऐसी

मादाएँ भी हैं जो ऐसी सन्तान को जन्म देती हैं, जिनके हाथों बीन जैसी प्यारी चीज बनती है। अभी मैं मरा नहीं हूँ, अतः तू मुझे अपनी बीन सुना!''

तब अहेरी बीन बजाने लगा। हिरन ने अचानक ही कहा, ''अहेरी! तेरे पाँव छुऊँ। इसे मत बजा।''

''अब क्यों रोकता है हिरन! मुझसे तेरा दुःख नहीं देखा जाता। क्या करूँ। मनुष्य जाति का हृदय बहुत ही कोमल होता है। वह सुन्दर-से-सुन्दर को सहेजकर रखती है। युद्धभूमि में इसीलिए हम लाल सूली का दल भेजते हैं, जिसका कार्य घायलों की सेवा करना होता है।''

हिरन ने कहा, ''ओ ढोंगी! चुप रह और लाज से ढँक जा। मुझे मारकर तू अहिंसा की बात करता है। घाव करके मरहम लगाना तेरी ही जाति का कार्य है। स्वार्थ के लिए तू हत्या को भी धर्म और लोकोपकार कहकर वीरता के गाने गाता है। यह बीन मत बजा। इसे सुन मुझे तो सुख होता है, पर मुझे ध्यान आता है कि इसकी आवाज से दूसरे कहीं फँस न जायें, क्योंकि इसी आवाज से तो हमें फुसलाता है! मुझे दुःख से मरना स्वीकार है, न कि उस सुख से जो दूसरों के लिए दुःख का कारण बन जाये।''

तब हिरन बड़बड़ाया, ''ओ पवित्र वनभूमि! अन्तिम प्रणाम स्वीकार कर। इतने ही दिन के लिए यह रूप मिला था और इसमें एक चेतना भी मिली थी। इनका लालन-पालन तूने किया। इसीलिए तेरा आभार स्वीकार करता हूँ। तू मेरी माँ है। तू मेरी दीपशिला का दीपक है। जननी, मुझे अपने पापों के लिए क्षमा कर दे।''

उसने फिर कहा, ''तृष्णा का अन्धकार मन को घेरे रहता है। अमर प्यास भार बनी डोलती है। व्योम-अवनि, ओर-छोर यही एक व्याकुलता-सी छायी रहती है। अब सारी भूमि व्यर्थ हो गयी। वन भी मेरे लिए प्राणहीन-सा हो जायेगा, क्योंकि मैं नहीं रहूँगा। जो स्वर्णिम घर बसाया था, वह उजड़ गया है। चुन-चुनकर मैंने जो स्नेह-दीप साधा था, वह पुण्यकाम अन्तस् में आप ही न जाने कहाँ विलुप्त हो गया। लेकिन सिरजन की चाह अभी अन्तस् में बाकी है। चैत और मधु की ललाम छायाओ, प्रणाम! ओ विहंगो! फिर नये तृण लाकर नये-नये नीड़ों का निर्माण करना। फिर कलरव की मरोर से शून्य को छविमान बना देना, क्योंकि मृत्यु और जीवन दोनों ही एक खेल हैं। मैं जीवन की ज्वाला को नया प्रकाश दूँगा। सकाम मैं यौवन की महिमा को अर्पण करता हूँ अपना अभिनन्दन। मेरा फल सब काल बीच निष्कलंक होगा, क्योंकि मैं जो अथ का नश्वर विराम हूँ, अब इति को नयी गति दे जाऊँगा।

मैं जानता हूँ कि यह सलोनी माटी कभी नाश-निर्माण में चुक नहीं जाती। इसीलिए बाती की तरह बँट-बँटकर मैं सदा यहीं इसी दिवले में भर धर दिया जाता हूँ। काल मुझे ज्वाला की भाँति घेर लेता है। कुछ दिनों मैं दीन बनकर यहाँ जला

करता हूँ। किन्तु इस जलन को भी एक सार्थकता मिलती है, यह है ज्योति का वरदान। सीमा तोड़कर देखने से मैं नहीं डरता, मुझे लघुता का भान नहीं होता। हृदय जो आलोकित हो उठता है तब मेरी अल्पता भी बड़ी सप्राण बन जाती है। सचमुच, यह विवश आकर्षणों की वेदना देखकर मुझे तृप्ति ही नहीं होती। मैं ज्योति का विश्वास हूँ या माटी के रंगों का खेल, अभी तक यही सोचता हूँ।''

उसकी तड़पन देखकर मैना गाने लगी :

'ओ दिवला! मैं तेरी अर्चना करूँ। फिर तू उदास क्यों है?
'मुझे यह तो बता कि अब तक तेरी माटी कितने उच्छ्वास लुटा चुकी है?
'ओ पन्थी! माटी के इस पथ में तूने कितने पाश झेले हैं?'

हिरन ने कहा, ''मैना! तू सच मत पूछ। मैं मर रहा हूँ। सचमुच! इस समतल में कुछ परिधि मिल जाये, इसीलिए मैंने सब कुछ स्वीकार किया था। सारी तृष्णा केवल इतनी थी कि किसी तरह अपने भीतर ही कुछ प्राप्त कर लूँ। किन्तु सिरजन और विकास की पहेली सुलझाते हुए मैंने केवल यही देखा कि यह तो केवल तपन थी जिसका कोई अन्त ही नहीं था! मन की चाही किसी को कब मिल पायी है? मैंने तो अपनी निधि भी स्वयं ही लुटा दी। पर जिस दिन के लिए सब कुछ किया था आज अन्त में वही बेला जा पहुँची है।''

मैना का स्वर और करुण हो गया और उसने भीगी आँखों से देखते हुए फिर अपना गीत छेड़ा :

'ओ दिवला! क्या सचमुच आज तेरा स्नेह लाभ प्राप्त नहीं कर गया?

'भले ही अपना ही स्नेह पीने का तुझे अधिकार नहीं मिला, पर वह किसी के हित तो जला, क्या यही तेरी विजय का उपहार नहीं है?

'ओ दिवला! मैं तेरी बलिहारी! तू तो अँधियारे की आशा है।

'मुझे बता! अगर तेरी माटी पकी न होती तो क्या ज्योति का विकास होता है, अरे तेरी तो सार्थकता ही यह भी कि तू जलकर प्रकाश करता।

'ओ दिवला! मैं तेरी अर्चना करूँ, तू मुझे विश्वास जैसी अमूल्य निधि देता जा।'

गीत सुनकर व्याध ने सिर हिलाया। मृग के मुख पर मुस्कराहट छा रही थी।

तभी एक करुण पुकार सुनाई दी, ''माँ! माँ!!''

उस पुकार को सुनकर मृग में चेतना-सी लौट आयी और उसने कहा, ''कौन? यह तो मेरे पुत्र की-सी आवाज लगती है।''

पुकार सुनाई दी, ''पिता! पिता!''

मृग छटपटाने लगा।

यूथपति ने कहा, ''क्या वह विश्वासघातिनी का पुत्र लौट आया? क्या तुम उस पर विश्वास कर सकते हो?''

मृगों ने कहा, ''क्या विश्वास!! कैसा विश्वास!! यह तो माँ के संग गया था! फिर कैसे लौट आया! यूथपति! अब भी समय है। जब स्वदेश पर संकट हो और रहना असम्भव लगे तब उस भूमि को अपना नहीं कहना चाहिए।''

''ठीक है। यही आपद्धर्म है चलो हम भाग चलें।'' यह कह वे भाग चले।

मार्ग में शावक दिखायी पड़ा। वह चिल्लाया, ''मुझे भी ले चलो! मुझे मत छोड़ जाओ। मैं अकेला हूँ।''

''विश्वासघातिनी के पुत्र!'' यूथपति ने उसे सींगों से धकेल दिया और बच्चा लड़खड़ाकर नीचे ढुलक गया। यूथ तो शीघ्र ही अन्धकार भरे वृक्षों के नीचे गायब हो गया। किन्तु बच्चा लुढ़ककर वहाँ आ गया जहाँ व्याध था। व्याध ने उसे झपटकर गोद में उठा लिया और वह हँसकर बोला, ''अरे मृग! देख कैसा छौना हाथ आया है।''

मृग ने देखा तो करुण स्वर में रोता हुआ बोला, ''ओ व्याध! तुझसे करुणा की भीख माँगना तो व्यर्थ है ही। अतः यह तो नहीं कहता कि इसे छोड़ दे। पर मुझ मरते की एक याचना है। यदि उसे पूर्ण कर देगा तो मैं यही समझकर मरूँगा कि मनुष्य में सबसे अधिक दया है।''

व्याध ने प्रसन्न होकर कहा, ''वर माँग।''

''मुझे इससे कुछ पूछना है।''

''तो पूछो।''

तब मृग ने कहा, "बच्चे! तेरी माँ कहाँ ले गयी तुझे? वह कहाँ है? तू कैसे लौट आया? यूथ में क्यों नहीं गया?''

बच्चे ने रोते हुए कहा, ''पिता! जब हड़कम्प मची तो उसने कहा कि पुत्र मेरे साथ चल।''

''मैंने कहा, बाकी तो सब यही हैं। पिता भी यहीं हैं।''

''उसने कहा, पुत्र! बलवान ही शासन करते हैं। यह सब मूर्ख हैं। मृत्यु इनके सिर पर खड़ी है। हजार हिरन भी दो सिंहों को नहीं मार सकते, क्योंकि जहाँ आगे के मरे कि पीछे वालों के पाँव अपने-आप उखड़ जाते हैं। अतः मेरे साथ चल।''

''मैंने कहा, पिता को साथ ले लो।''

'वह बोली, तेरा पिता परम मूर्ख है। उससे कहने का अर्थ है कि पहले वह हमीं को मरवा डालेगा।'

'तब हम भाग चले।'

यह सुन मृग ने कहा, ''ओ दैव! यह मैं क्या सुन रहा हूँ। ओ पुत्र! तू मेरा पुत्र क्यों हुआ? अभागे! जन्म लेते ही क्यों न मर गया। बिना सिखाये ही चपल सिंह तक का बच्चा जानता है कि उसे घास नहीं खानी है, चाहे प्राण भले ही चले जायें, परन्तु तू नहीं सीख पाया कि जाति का गौरव कैसे रखा जाये! व्याध मुझे

एक बाण और मार क्योंकि यह दुःख मुझसे नहीं देखा जाता।''

व्याध ने कहा, ''तेरे मन की करूँगा रे मृग। पर इसकी पूरी बात तो सुन ले।''

किन्तु मृग नहीं सुन पाया। वह मर चुका था। यह देखकर व्याध ने उसे बाँध लिया और बच्चे से कहा, ''अब तुझे मैं जीवित ही ले चलूँगा। तुझे मारूँगा नहीं क्योंकि मुझे खाने को और बेचने को इसका माँस बहुत है। तुझे किसी को बेच दूँगा ताकि तू किसी के उपवन में पल सके।''

बच्चे ने उसके चरण चूमकर कहा, ''ओ त्रिलोक के दयालु स्वामी! ऐसी करुणा मैंने नहीं देखी।''

''अरे तूने देखा ही क्या होगा बच्चे? ठहर जा, मैं इसे उठा लूँ तब बताना।''

यह कह उसने नीरव वनभूमि में हिरन उठा लिया और मृग के बच्चे को लेकर चल पड़ा।

(10)

राह चलते शिकारी ने कहा, ''ओ बच्चे! तू अपनी बात कह।''

बच्चे ने कहा, ''दयालु! जब मैं माँ के साथ भागा तो वन के सघन अन्धकार में मेरे शरीर में काँटे छिलने लगे।

'मैंने कहा, माँ, मैं कैसे चलूँ?

'माँ ने कहा, पुत्र! विजय का पथ कठिन ही होता है। नयी भूमि की प्राप्ति के लिए नये-नये कष्टों का सामना करना पड़ता है। अतएव तू मेरे पीछे-पीछे भागता आ।

'वह तेज भागती चली। मैं हाँफने लगा।

'इसी समय मुझे लगा, कोई मुझे घूर रहा था।

'मैंने पुकारा, माँ! यह कौन है?

'माँ चिल्लायी, वत्स! वह भेड़िया है। उससे बचना कठिन है। मैं तुझे नहीं बचा सकती। हाय, बस यहीं तेरे जीवन का अन्त है। अगर में आयी भी तो भी तू नहीं बचेगा। हम दोनों ही मरेंगे। मैं तो फिर माँ बन लूँगी और मेरी कोख भी भर जायेगी। अतः तू ही मर। मैं तो चली।'

'यह कहकर वह तो भाग गयी, मगर एक चील को मुझ पर दया आ गयी। उसने झटकर भेड़िये की आँखों पर पंख फड़फड़ाये और कहा, 'बच्चे! भाग जा।'

'मैं अँधेरे में भाग चला और माँ के प्रति घोर घृणा मेरे मन में जाग उठी।

'भाग्य ने मुझे ऐसे भयानक दृश्य दिखाये कि पता नहीं मैं बचा कैसे रह गया। एक व्याध की एक रीछ से लड़ाई हो रही थी। विकराल गर्जन हो रहा था। मैं फिर भागा। देखा कि हाथियों का झुंड मस्त होकर एक सरोवर के पानी को गँदला करता

हुआ कमलों को सूँड़ों से उखाड़-उखाड़कर फेंक रहा था। मुझे डर हुआ कि कहीं कुचल न जाऊँ।

'मैं वहाँ से भी भागा।

'जिस वन को मैं सुन्दर समझता था, वह इतना भयानक भी था, यह मैं क्या जानता था? देखा कि एक जगह दलदल थी जिसमें एक गैंडा धँसा जा रहा था और बुरी तरह चिल्ला रहा था। उसी समय सरकंडों के पीछे जंगली सूअरों ने नील गायों पर हमला कर दिया।

'मैं फिर निकल भागा।

'दैव जिसे बचाता है, वह शायद मरता नहीं और तब मैं अपने घर ही में ही आ निकला। जीवन सचमुच ऐसा प्यारा होता है कि उसके लिए प्राणी सब कुछ करता है। बड़े-से-बड़े खतरे को भी यह सहज समझकर झेल लेता है। बाद में सोचता हूँ तो अभी तक रोंगटे खड़े हो जाते हैं। लेकिन घर आते ही चैन की साँस भी न ले पाया था कि मुझे यूथपति ने तेरे सामने यह कहकर धकेल दिया कि मैं विश्वासघातिनी का पुत्र था। ओ दयालु, यही मेरी कहानी है।''

व्याध ने कहा, ''मेरे साथ चल। मैं तुझे नहीं मारूँगा।''

जब वे बरगद के पास पहुँचे उसने अपने नीलम, मरकत और लातों जैसे पत्ते हिलाकर कहा, ''ओ बच्चे! तू किधर जा रहा है? क्या तू इतना निर्लज्ज है कि पिता के हत्यारे का दास बना है?''

बच्चे ने कहा, ''जिसमें इतनी शक्ति है कि मेरे पिता को मार सका, वह क्या मुझे नहीं मार सकता? अपने से सबल की तो दासता ही स्वीकार करना अच्छा है। पिता की भाँति मरने से क्या लाभ! दासता और स्वामित्व तो मौके की बात है, किन्तु जीवन एक ऐसी अवस्था है जिसका कोई स्वाँग नहीं भर सकता।''

बरगद ने पुकारकर कहा, ''ओ अनजाने! तू जो इतना बड़ा चमत्कार करने वाला जादूगर है कि तूने मेरे एक बहुत छोटे-से बीज में मेरी विराट् काया को समेटकर रख दिया है, तू बता सकता है कि प्राणी में इतना भय क्यों है? यायावर पवन कहता था कि न केवल पृथ्वी, वरन् आकाश के नक्षत्र और शून्य और सब कुछ एक ही लहर, उसके प्रतिरूप एक ही भूत पदार्थ का बहुरूप है। एक ही भूत पदार्थ के विभिन्न संघटन से विभिन्न रूप बनते हैं। इन रूपों का हर क्षण लहर रूप में परिवर्तन हुआ करता है। उसी एक मूल पदार्थ के विभिन्न संघटनों में इतने गुण हैं कि असंख्य रूप-गुण विद्यमान होते हैं। उसी से मैं बना हूँ, उसी से तू बना है! उसी से पशु और उसी से प्राणिमात्र बने हैं। सब कुछ एक है फिर बहुरूप में सब कुछ अपने ही दूसरे रूप से डरता है क्यों?''

तब एक विशाल अजगर ने व्याध के सामने सरककर पथ रोककर कहा, ''मैं

यहीं पास में पड़ा हुआ देखता रहा हूँ। जब तू छोटा-सा था, तभी मेरा जन्म हुआ था।''

''हाँ, हाँ।'' बरगद ने कहा, ''मुझे याद है। कह तू क्या कहता है।''

''मुझे भूख लगी है।'' उसका भारी स्वर गूँज उठा।

उसे देखकर शावक और व्याध दोनों थरथर काँपने लगे।

व्याध ने कहा, ''हे महानाग! तू देवता है। ले, यह बलि ले।'' यह कहकर उसने अजगर के सामने चिल्लाते हुए शावक को फेंक दिया और हिरन को लेकर भाग चला। बरगद चुप हो गया। अजगर ने उस शावक को निगल लिया और फिर घनी अँधियाली छायाओं की ओर धीरे-धीरे सरक गया।

कीर बुदबुदाया :

''भूख! भूख!! वही भयानक भूख!! प्राणिमात्र के जीवन की इच्छा, सुखभोग की इच्छा—जिजीविषा और रिरंसा!! और कुछ नहीं!!''

और तब उसने तिनके जुटा-जुटाकर नीड़ बनाना प्रारम्भ कर दिया।

चन्दा तब चमकते हुए ढलान पर आ गया था। उसने पृथ्वी के कार्य-व्यापारों को अधमिंची आँखों से देखा और कहा, ''यह पृथ्वी के निवासी नहीं जानते कि जिसे वे चाँदनी कहते हैं, वह मेरे शरीर पर कितनी प्रचंड धूप है। वह तो केवल जलन की छाई पाते हैं और तभी उन्हें काम-कल्लोल सूझती है।''

और उसने देखा, हिरनी बड़े यत्न से मरुभूमि के बल वाले पहाड़ पर चढ़ती चली जा रही थी।

(11)

तनिक ऊँचाई और।

उफ!

कितनी कठिन चढ़ाई है।

अरे अभी और!

अन्त में हिरनी पर्वत के शिखर पर चढ़ गयी। आनन्द से उसका हृदय उमँगने लगा। वह ऊपर पढ़ आयी थी।

हिरनों में इस मार्ग से आज तक कौन पर्वत पर चढ़ा था!

कोई नहीं!

वही अकेली। वही अकेली ऐसा कर सकी थी। अब जब वह लौटकर जायेगी तब सब सबसे कहेगी कि...

किन्तु उसका मन कुछ उदास हो गया।

किससे कहेगी वह?

पुत्र क्या बचा होगा।

वह काँप उठी।

और पति!!

वह अधिक नहीं सोच सकी। सोचना उसके सुख में घातक था। चाँदनी की छिटकन उसके मन को हरने लगी।

पर्वत के इस शिखर पर भाँति-भाँति के रंगीन दीप्त पत्थर थे। हिरनी ने देखा तो देखती ही रह गयी। सुन्दर झरने झर रहे थे। हिरनी ने झुककर पानी पिया, और तब कहा, "निर्झर! तेरा पानी कितना ठंडा है!"

निर्झर ने कलकल करते हुए कहा, 'अभागिन! तूने मेरा पानी आज तक यहाँ से पिया ही कब था। तू तो तब पीती थी जब वह गिरते-गिरते गर्म हो जाता था।'

चाँदनी में निर्झर बिल्लौर और पारे की तरह चमक रहा था। चारों ओर निस्तब्धता छायी हुई थी। मृग ने सोचा कि जब हम नहीं देखते तो इतनी सुन्दरता, इतनी हरियाली यहाँ क्यों है? वह इसका उत्तर नहीं सोच सकी। केवल निर्निमेष दृष्टि से देखती रही। उसे लगा, जैसे निर्झर कुछ गा रहा था। वह उसकी तान बड़ी देर तक सुनती रही।

पास में एक अत्यन्त सुन्दर हरा-भरा वृक्ष खड़ा था। उसमें अनेक अति सुगन्धित बड़े-बड़े फूल थे।

हिरनी उसके नीचे चली गयी और उसके फूलों से टपकता रस उसने पिया तो लगा कि उसके रोम-रोम में एक नयी शक्ति आ गयी थी।

पृथ्वी पर कैसे-कैसे पदार्थ हैं, उसने सोचा, जिनसे प्राणों का पालन होता है।

उसने वृक्ष से कहा, "अमृतझर! तू बड़ा सुन्दर है। क्या मेरे न होने पर भी तू व्यर्थ अपना रस टपकाता रहता है?"

वृक्ष ने कहा, "अरी पगली। मैं अमृतझर नहीं हूँ।"

"फिर इतनी मिठास!" मृगी ने आश्चर्य से पूछा।

"यह तो कुछ नहीं है," वृक्ष ने उत्तर दिया और फिर कहा, "मिठास के वृक्ष तो इस चोटी के ऊपर हैं। तू गयी नहीं इस पर?"

मृगी ने कहा, "शिखर कहाँ रह गया।"

"यह देख तेरे पीछे ही तो है!" वृक्ष ने हँसकर कहा।

ऊँचा शिखर देखकर मृगी ने कहा, "यह क्या! अभी ऊँचाई और भी बाकी है? तो क्या मैं पर्वत के सर्वोच्च शिखर पर अभी तक नहीं चढ़ पायी? यदि ऐसा है तो मेरा गर्व व्यर्थ है? अभी मुझे और चढ़ना है।"

अज्ञेय खड़ा रहा पर्वत।

सीधी चिकनी बहुत ऊँची बरगद-सी चट्टान।

इस पर कैसे चढ़े वह!

“बोल री ऊँचाई, तू कहाँ तक है!!” मृगी पुकार उठी।

तब ऊँचाई से प्रतिध्वनि आयी, “तू कहाँ तक है।”

तब सब गूँजने लगा, “तू कहाँ तक है?”

दूर बरगद ने सुना और पूछा, “रूप से रूप ही पूछता है कि मैं कहाँ तक हूँ।”

तृष्णा ऊर्ज्वस्वित हो उठी थी। मृगी का मन विक्षुब्ध हो रहा था। यह कौन बोला!! किन्तु किसी ने उत्तर नहीं दिया।

यह कैसी चढ़ान है जिसके आगे उत्तर भी नहीं मिलता। इतनी चढ़ाई के बाद भी तो मन नहीं भर पाया।

पीछे जाना कायरता है। अब क्या करूँ?

उसने वृक्ष से कहा, “दुर्विनीत, तूने मुझे यह बताकर मेरा सपना क्यों तोड़ दिया?”

वृक्ष ने कहा, “मुझे तेरी शक्ति का क्या पता था। लौट जा अब भी। कायर हैं वे जो लौटते हैं। और तू कायर है। जा, चली जा!”

“ओ मूर्ख!” मृगी ने कहा, “मैं जंगम हूँ। गति मेरी सत्ता है। तेरी तरह मैं स्थावर नहीं। समझा? मैं जाऊँगी, जिधर मन करेगा चलूँगी।”

तभी मरु ने पुकारा, “आओ! आओ!”

आवाज बहुत दूर से आ रही थी मानो उनको किसी ने क्षितिज से बुलाया था।

अब हिरनी का ध्यान उधर गया। अभी तक वह इतने विशाल प्रसार को देख नहीं पायी थी।

देखती-की-देखती रह गयी।

चाँदनी में रेगिस्तान अत्यन्त सुहावना दिखायी दे रहा था। तरह-तरह के रंग प्रतिच्छायित हो रहे थे। बालुका जैसे चाँदी, सोने की तहों नहीं में मरकत, मोती और न जाने कितने प्रकार के रत्नों के-से रंग लिये प्रशान्त स्वप्निल-सी दिख रही थी। उस शोभा को देखकर मृगी का मन हाथ से जाता रहा। यह कितना सुन्दर लोक है! इस ओर आने से मृग ने रोका था!

वह बढ़ी कि छोटी घास ने सूखी चट्टान पर से कहा, “मृगी! कहाँ जा रही है?”

मृगी ने कहा, “तू कौन है?”

“देख, मैं कितनी नीरस कठोर चट्टान पर उगी हूँ। मैं हूँ जीवन की जीत। तू भी जीवन है। जीवन से जीवन को प्रीत है। उधर न जा। उधर मरुभूमि है। मैं अपने को समझती हूँ अपराजिता, फिर भी मुझे अपने ऊपर इतना घमंड नहीं, जितना तुझे है।”

हिरनी ने सुना और कहा, “स्थावर की बेटी! जंगम से होड़ मत कर।”

घास ने फिर कहा, “तू नहीं जानती नादान कि जीवन का नाम रस है और रसहीन भूमि में प्राण जीवित नहीं रह सकता। जीवन उस संघटन का नाम है जिसमें

मात्रात्मक और गुणात्मक संकलन अपने-आप आकर एकत्र हो जाये।''

तभी फिर पुकार आयी, ''आओ! आओ!''

अब की बार की प्रतिध्वनि पहले से भी अधिक सुरीली थी। वह दूर तक फिर गूँजती चली गयी।

हिरनी ने सुना तो लगा रोम-रोम आह्वान में लहरों से बन चुके थे। प्रतिध्वनि के डूबने पर वह उतरने लगी।

जिन्होंने चढ़ाई का कष्ट जाना है, वे उतरने का सुख भी जानते हैं। आकाश अपनी ओर आने से रोकता है, धरती स्वयं ही अपनी ओर खींचती है।

उमंग से मन अब गमकने लगा। नीचे जाने वाले को सदैव शरीर-मुख मिलता है और तब तर्क बुद्धि कहती है—चला चल। नीचे चला चल। इतने नीचे कि अतल तक पहुँच जाये।

वह बढ़ चली।

पर्वत के नीचे उतरकर मुड़कर उसने देखा।

अरे, वह इतना उतर आयी थी! इतनी चढ़ान! अब क्या उसे फिर यही सब चढ़ना होगा? जीवन का हर उतार यदि पलटकर देखा जाये तो कितनी बड़ी चढ़ाई-सा दिखायी देता है। किन्तु अब वह जाकर भी क्या करेगी। वह तो अब नयी भूमि में आ गयी है।

चन्दा डूब गया।

हिरनी ने देखा, धीरे-धीरे प्रकाश तिरोहित होने लगा। जो भूमि चमक रही थी, उस पर एक धुँध-सी छाने लगी और फिर कुछ भी दिखायी देना बन्द हो गया।

अँधेरा छा गया। चारों ओर जैसे स्याही-सी पुत गयी।

उसे भय लगने लगा। एक शीतलता चारों ओर हवा पर सनसना रही थी, किन्तु झोंकों में एक खुश्की थी जो अपनी अलग ही गन्ध के कारण गले में अटकती हुई लगी। हिरनी ने गला साफ किया। फिर चारों ओर देखा।

यह खड़ी-खड़ी देखती रही।

कोई नहीं। एकान्त ने उसके भय को बढ़ा दिया। प्राणी को अपने प्रतिरूप के अभाव में सब कुछ अभावजन्य और अभावयुक्त-सा ही प्रतीत होता है।

किन्तु शीघ्र ही पौ फटने लगी।

आकाश में एक रेखा खींची, काले पर सुनहली और फिर अरुणिम छाया पर्वत के पीछे से उमड़ने लगी, रोली-सी लाल, जो आक्षितिज बिखरती चली गयी और तब बालू लाल-लाल-सी ऐसी दिखायी पड़ी जैसे किसी ने मखमल की गदीली चादरें बिछा दी हों।

उस शोभा को देखकर हिरनी का भय दूर हो गया।

उसने चाहा कि अपने उल्लास को किसी पर प्रकट कर सके। इसलिये उसने सब ओर देखा।

किन्तु वहाँ चेतन नहीं था।

झुँझलाहट हुई।

तो क्या मैं हार गयी?

उसने स्वयं ही कहा और कोई उत्तर न पाकर वह अपने-आप बोली, 'क्या मैं पहले से बुरी हूँ? कितनी सुन्दर है यह भूमि! वहीं पड़ी रहती तो मैं जीवन में क्या देख पाती। जीवन तो नित्य नवदर्शन है। जीवन उसी अनुभूति का नाम है जिसमें लघु का विराट रूप निरन्तर समाता चला जाता है। यदि यह सत्य है, तब तो मैं पहले से अब कहीं अच्छी हूँ।'

उसने फिर कहा, 'मुझे आगे चलना चाहिए।'

रेत पर सुनहली छाया आ गयी थी। परन्तु प्रातःकाल की यह छाया की स्वप्निल छाया से काफी भिन्न थी।

हिरनी चल पड़ी। उसके पाँव बालू पर धँस-धँस जाते थे, फिर भी उसने चिन्ता नहीं की।

वह बढ़ती चली गयी।

पीछे मुड़कर देखा। पर्वत काफी दूर हो गया था। अब पता चला कि वह जिस मैदान में थी उसका दूसरा छोर कहीं दिखायी ही नहीं पड़ता था।

रेत अब फैली हुई लगती थी। चारों ओर रेत।

पीलेपन को एक सफेदी घेरती हुई रेत का रंग भी बदले दे रही थी।

उसे प्यास-सी लगने लगी। गले में खराश-सी आ गयी थी।

वह पानी की खोज में इधर-उधर आँखें घुमाने लगी।

किन्तु पानी कहाँ?

कहीं तो होगा?

वह ढूँढ़ने लगी।

ऊपर अवश्य होगा।

वहाँ भी जाकर देखा। केवल बालू थी।

चिन्ता ने घेरना प्रारम्भ किया।

पानी चाहिए! पानी चाहिए!! देह की सत्ता ने सावधान किया।

उद्वेग से हिरनी विचलित हो उठी।

मैं धरती फाड़कर जल निकास लूँगी। उसने मन-ही-मन उठते अहंकार से कहा, मैंने पर्वत पार किया है। मेरे चरणों से पाषाणों का वह विराट ढेर रुन्दा पड़ा है। देख मैं कितनी छोटी हूँ, और मृत्युंजयी का गर्व लिये मैं इतना पथ चलकर आयी

हूँ। क्या यहाँ मुझे पानी नहीं मिलेगा?

मृगी चारों ओर चलने लगी, और प्यास उसके भीतर बढ़ती जा रही थी।

किन्तु जल कहाँ था! चारों ओर बालुका की अथाह राशि ही जमा थी। तह-पर-तह पड़ी थी।

वह हताश होने लगी। धूप में कहीं छाया भी दिखायी नहीं देती थी। वह कहाँ जाये!

तब उसे घबराहट ने घेरना प्रारम्भ किया और ज्यों-ज्यों प्यास बढ़ती चली गयी उसे उनकी याद आने लगी।

कितना सुन्दर था वह कान्तार! वह उसे छोड़कर क्यों चली आयी है? हत्यारी! तूने अपने बच्चे को मृत्यु के मुख में डाल दिया। तूने पति को संकट में छोड़ दिया! जाति से विश्वासघात किया। किसलिये? इसी बालू में तड़पने के लिये?

और स्मृतियाँ तब बहुत करुण हो-होकर जागने लगीं।

वह प्रपात कितना प्यारा था! उसमें से ढेर-ढेर फेन उठते थे जो किनारे की हरियालियों पर मोतियों-से सीकर बनकर छा जाते थे।

वह निर्झर कितना प्यारा था जो स्वच्छ पत्थरों पर होकर आम्रवृक्ष के पास झरता था। वहाँ एक बगुला दिन में सोया करता था और सन्ध्या-बेला में सरोवर के किनारे ध्यानमग्न-सा एक टाँग पर खड़ा होता था।

कैसी कल्लोल करते थे हम सब चाँदनी रातों में। थक जाते थे देखते-देखते, लहरों की चुलबुल में चाँदियों की रस्सियों को खुलते-बँधते, बिखर जाते और फिर बच्चे किलकते थे।

और तब वर्षा होती थी। ढेर-ढेर पानी बरसता था। बूँदें कभी मोतियों-सी झरती थीं, कभी वृक्षों को श्वेत-सा कर देती थीं। उस समय पृथ्वी से आकाश तक सब कैसा भीग जाता था। चारों ओर तरलता, तरलता...भीगापन...भीगापन ही छा जाता था...केवल पानी...पानी...

धूप चढ़ने लगी।

पानी...

पानी...

कहाँ है पानी...

दृष्टि जिधर जाती उधर आँखों को चौंधिया देती। बालू अब तलवार की धार-सी चकने लगी। आँखों की पुतली पर जैसे वह सीधा वार कर रही थी।

मरु अब तप्त होने लगा। धूप के चढ़ने के साथ बालू गर्म होती जा रही थी। कहीं-कहीं ऐसा लगता जैसे कोई आर्त पशु उल्टी साँसें खींच रहा हो। मृगी ने चौंकर देखा। कुछ नहीं। बालू कभी झरती थी, कभी हवा के थपेड़ों से खिसकती थी और

यह उसी का शब्द था।

गर्मी से उस समय मृगी की देह झुलसने लगी। हवा से उड़ती बालू जब देह पर टकराती तब लगता जैसे अंगारे उस पर झर रहे हों।

मृगी तड़पन से भर गयी।

उसने पुकारा, ''मरुभूमि! यह मत कर! मैं जल रही हूँ।''

मरुभूमि ने कहा, ''मेरा कार्य मेरा नियमन है। तू यहाँ क्यों है?''

''मैं यहाँ सुख लेने आयी थी।''

''मेरा सुख यही है।'' कहकर वह बालू हँसने लगी।

भीषण मरुस्थल ने सूर्य को अपने मुख में भर लिया। उसकी एक डाढ़ धरती पर थी, और एक डाढ़ आकाश में।

उस दाह से मृगी को लगा यह पक रही थी।

''क्या मैं पक रही हूँ?'' वह चिल्लायी।

गम्भीर स्वर से पवन ने कहा, ''तू भी, मैं भी, मरु भी, आकाश भी, धरती भी...''

वह भटकने लगी।

उसने पुकारा, ''मुझे पानी दो...''

किसी ने भी उत्तर नहीं दिया। तब वलन्त नेत्र-सा धधकता सूर्य बोला, ''मरुस्थल! मुझे हवा कर!''

''प्रभु!'' मरुस्थल चिल्लाया।

तब बालू ढेर-ढेर होकर चारों ओर छितराने लगी। मृगी का प्यास से गला चटक ही रहा था, उस समय वह दिग्भ्रमित-सी इधर-उधर चक्कर काटने लगी।

रात यहीं कितनी सूखी ठंड थी। यह भी क्या कोई सत्य हो सकता है कि वहीं इस समय प्रलय की ज्वाला-सी धधक रही है।

किन्तु मृगी सोच नहीं पाई। अब उसे लगा कि भागना ही उचित है। किन्तु वह जिधर जाती उधर ही उसे अनन्त बालुका दिखायी देती, जलती, दहकती हुई...

भटकते-भटकते वह हाँफ उठी!

अब वह कहाँ जाये! धरती पर पाँव नहीं रखा जाता। सारा प्रदेश भाँय-भाँय कर रहा था।

भय से उसका अन्तर्तम अब बार-बार दहल उठा। उसको लगा, कहीं भी रक्षा का मार्ग नहीं था।

तभी कोई अट्टहास कर उठा। यह भीषण स्वर एक प्रचंड घोष उठाता हुआ दिगन्तों में मँडरा उठा।

हाऽहाऽहाऽहा...

हाऽहाऽहाऽहा...

विस्फुरित वह्नि की लपट-सा दह्यमान पवन उसे बहाने लगा। विकराल था वह स्वर।

यह कौन बोला!!

मृगी चिल्ला उठी।

"हम! इधर आ! इधर हमें देख!"

पुकारा आर्तनाद-सी सुनाई दी। मृगी आगे बढ़ आयी। उसने देखा।

देखा और आँखें फटी रह गयीं।

यह क्या? यह कैसा खजाना पड़ा था सामने! असंख्य रत्न! रत्नों के ढेर!

पास से देखा। रत्न नहीं! यह तो कुछ और चिलचिला रहा था! अरे! यह तो हड्डियों के ढेर पड़े थे।

धूप में चमकती हड्डियाँ सूख-सूखकर बालू से घिस-घिसकर चिकनी हो गयी थीं।

तब बालू से आवाज उठने लगी :

'महत्त्वाकांक्षा की तृष्णा से व्याकुल हृदय देख! अपनी उस गति का अन्त देख, जिसे तूने उन्नति समझा है। यह देख! कौन है यह कंकाल! पहचान इसे। यह वह है जिसे लोक में सब भयभीत होकर सम्राट् कहा करते थे। इसके वैभव को पूरा करने के लिए समुद्र अपने रत्न उठाकर गर्भ को खाली कर-करके किनारे पर फेंक देता था। इनकी सेना जब चलती थी तब लाखों लाशें आतंक से इसकी जय बोला करती थीं। इसके गर्व का कहीं भी अन्त नहीं था।

'और यह किसका कंकाल है देख! यह है वह भीमाकार दुर्दमनीय योद्धा जिसकी हुँकारों को सुनकर आकाश में तुमुल गर्जन करने वाले मेघ भी चुप हो जाते थे। लरजते वज्रों का-सा भय इसकी भुजाओं में पलता था। और अब इसके सिर में बालू भर गयी है।

'और यह है कंकाल उस महाकवि का, जिसके गीतों को सुनकर फसलें झूमती थीं। सरस्वती इसके शब्दों के पाँव धोती थी। ममता और स्नेह की अगाध हिलोरें इसके स्वरों से भादों की झरन की तरह गिरती थीं। भोर और साँझ के मनोरम स्वप्न इसके सुकोमल गीतों में कलरव किया करते थे।

'और यह सुन्दरी वह है जिसके लावण्य को देखकर दिशाएँ चमत्कृत होती थीं। इसके एक कटाक्ष में राज्यों में विप्लव होते थे और उँगली हिलाने पर उस वज्रनाद पर भीषण शंखों के गर्जन उठकर प्रलयों को निस्तब्ध कर देते थे। इसके स्नान के लिए त्रिभुवन की श्री भी तरल बनकर बहती थी। किन्तु यहाँ...देख...वे सब, सब मरे पड़े हैं! आज सब मरे पड़े हैं देख! इन्हें देख!!'

और तब फिर वही भयानक अट्टहास उठा। उसे सुनकर पवन सहस्र चरण होकर कंकालों को रौंदने लगा और तुमुल रव से धरती हिलने लगी।

मृगी के रोंगटे खड़े हो गये।

उसके गले में काँटे उछल आये थे। जीभ तालू से लगती थी तो लगता था सब हिल जाता है। उसने देखा, बालू के स्तम्भ-से उठ-उठकर चक्कर काट रहे थे।

आतंक से उसने देखा कि वे सव जिह्वाओं की तरह लपलपाने लगे और फिर उसने देखा कि वह सब मिल गये और उसकी ओर एक विकराल विशाल दैत्याकार जिह्वा बढ़ने लगी। हिरनी भागी। उसने दूर से मुड़कर देखा कि एक टीला उसकी आँखों के सामने उड़ा चला जा रहा था और पवन एक विराट दानव की भाँति उसे भीम वेग से लिये भाग रहा था। और चारों ओर से ध्वनि उठती थी, 'जय महाकाल की अंशकला...जय महाकाल की अंशकला...'

हिरनी ने देखा तो वह हतबुद्धि-सी रह गयी। उस समय गर्जन उठने लगा। उसे लगा, वह शिथिल हो गयी थी। तब पर्वताकार दाँतों की तरह बालू के टीले धूप में सफेद और लाल-लाल से चमकने लगे जैसे कोई विशाल मुख था जिसमें रक्त और हड्डियाँ दिख रही थीं। और कभी-कभी उड़ती बालू ऐसी लगती थी जैसे आग की लूकें टूट रही हों।

बालू में कंकाल-अस्थियाँ सब ढँक गये और केवल फुत्कार-सा सुनाई देता रहा। तूफान आया था जिससे हिरनी बाल-बाल बच निकली थी।

जीवन और मृत्यु का वह संघर्ष उसके जोड़-जोड़ को हिला गया। दूर तक सूसाँ-सूसाँ अभी तक सुनाई दे रही थी, जैसे अब दानव कहीं हाँफ रहा था।

मृगी का गला अब तड़कने लगा।

वह चिल्लायी, ''मुझे पानी दो...महाकाल, मुझे पानी दो...।''

उसने फिर पुकारा, "महाकाल! तुम मृत्यु हो! मैं जीवन हूँ...मैं जीवन की तृष्णा हूँ...आज मैं तुम्हारे अंक में हूँ...मुझे भीख दो...।''

किन्तु अब मरु चुप हो गया था।

और उसने सिर उठाया। देखा।

विश्वास नहीं हुआ।

यह वह क्या देख रही है?

इतनी उमंग से बढ़ा आ रहा है!!

वह क्या कम है!!

पानी!!

जीवन!!

महाकाल ने सुन लिया? जय हो तुम्हारी दयालु। तुमने तो मेरे लिए असंख्य

लहरें भेज दीं! मैंने तो चुल्लू-भर माँगा था, तुमने तो समुद्र को ही उमड़ा दिया। महाकाल! तुम ही त्रैलोक्य के पालनकर्ता हो। मृत्यु भी जीवन का सम्मान करती है!

उत्तेजना से शरीर काँपने लगा।

चारों ओर अँधेरा-सा छाने लगा।

''ठहर जा रे अन्धकार!'' मृगी ने पुकारा, ''वह पानी मेरा है। मुझे तू नहीं रोक सकता!

यह कैसी गर्जना छा रही है!! उसने देखा।

फिर आँधी-सी आ रही थी। वह फिर भागने लगी और तब मरु ने फूत्कार मारकर कहा, ''कहाँ जायेगी जीवन की तृष्णा? अब कहाँ जायेगी!''

''धूल और रेत देखने नहीं देती,'' मृगी ने कहा।

''देखेगी क्या?''

''पानी! मेरे जीवन का आधार पानी!''

मरु ने हँसकर कहा, ''वह देख अपनी ही तृष्णा की छाया! वह रहा पानी!''

''पानी!'' मृगी पुकार उठी, पानी मेरा है।''

मरु व्यंग्य से हँसा और बोला, ''सच! प्राणी में भेद नहीं। ऐसे ही सम्राट तड़पा था, ऐसे ही मृगी तड़प रही है।''

वह चिल्लायी, ''वह रहीं लहरें!''

''उमड़ी आ रही हैं!'' वह फिर चिल्लायी।

पवन ने कहा, ''दौड़! भागकर पी ले न, रुकी क्यों है?''

और तब वह भाग चली।

पानी मेरा है...

सामने लहरा रहा है...

अभी और आगे है...

वह रहा, वह रहा...

अरे, यहाँ भी नहीं है...

तू रुक मत...और आगे चल...वह हिल रहा है...

बस, अब आ गया...नील घटा-सा...कैसा मदमाता-सा हिल रहा है थपेड़े मारकर...

पानी अभी उतनी ही दूर था!

मुड़कर देखा।

देखा तो भूल का अनुभव हुआ।

पानी तो वहीं था! जहाँ से भागी आ रही है उसके तनिक ही पीछे तो था! उतनी-सी दूर छोड़कर इतना व्यर्थ भागकर क्यों आयी?

वहीं चल!

वह फिर भागने लगी। परन्तु पानी तो उतनी ही दूर था। उधर क्यों जा रही है वह?

फिर मुड़कर देखा!

अरे, उधर भी जल है...

इधर भी है...

नहीं, नहीं उधर है...

मृगी ने घूमकर देखा...

चारों ओर देखा! हर तरफ लहरें हिलोरे लिये काँप रही थीं।

सर्वत्र है यह जल। फिर भी कितनी दूर है।

मृगी उसे पास ले आयेगी। वह दूर नहीं रहेगा। यह तो एकदम पास की दूरी है जो अपनी छलना में उसे सता रही है। उसे रुकना नहीं चाहिए।

वह भागने लगी। भागने लगी। उसकी जीभ भी लटकने लगी...ऐसी खिंच आयी वह...और आगे है पानी...वह रहा...नीला जल...यह अनन्त प्रधावन था...मृगी भागी चली जा रही थी...

और तब पवन ने मुस्कराकर कहा, ''अपराजित जीवन! तेरी यह आशा तो मरु का निर्मम हाहाकार भी नहीं रोक सका।''

यह सुनकर मरु ने कठोरता से कहा, ''दास! तेरे सारे सीकर तो मैंने ही प्रतिशोध से सुखा डाले, फिर भी तू उसी की प्रशंसा करता है! ले...''

और वह धूल को ऊपर उड़ाने लगा। अब झुलसती बालू से मृगी की त्वचा जलने लगी।

मृगी शिथिल हो चली।

किन्तु पानी अभी भी सामने झिलमिला रहा था। उसकी आँखें धुँधली हो चली थीं। केवल लहरें दिख रही थीं और कुछ नहीं...

और वह लड़खड़ाने लगी थी, किन्तु ऐसा लगता था, जैसे पास ही है, पास ही है ...और तब भागते-भागते अन्त में मृगी आँखें मूँदकर नीचे गिर गयी...किन्तु अब भी थोड़ी ही दूर पर पानी लहरा रहा था। उसने चाहा कि जीभ लम्बी करके उसे चाट ले और अपनी प्यास बुझा ले...और फिर उस पास की दूरी को अपने में समेटकर एक कर दे...

दिन ढल चला था। अजगर की फुँकार जैसे शान्त हो रही थी। और वह गर्मी का विषधर किसी गुहा में घुसता चता जा रहा था। निष्प्रभ सूर्य धीरे-धीरे पर्वत के पार जाकर छिप गया।

सारे लोक चल रहे थे। विराट् परिभ्रमण निरन्तर चलता जा रहा था। किन्तु

अब मृगी पड़ी थी।

उसने स्वप्न देखा :

यह सघन वन में रोमन्थन कर रही है। शावक खेल रहा है। हिरन आता है। दोनों एक-दूसरे को मुग्ध आँखों से देखते हैं। वह कहता है, "प्रिये! आज महोत्सव है।"

"क्यों प्रिय!"

"आज वन में मृगों ने एक नयी चरागाह पायी है जिसमें पास बहुत ही कोमल है।"

वे सब उसी शाद्वल में घूम रहे हैं।

चन्दा उग आया है।

वह गाने लगी है :

ओ जीवन की सुन्दरता तू चली न जा।
तू तो हमारे पास शाश्वत बनकर रह।

कोलाहल और संघर्ष, यदि तेरे प्रतिक्षण नवीन और मनोहरतम होने का नाम है, तो हमें स्वीकार है। तू रह और हममे सदैव अपनी अनुभूति को जगा क्योंकि तेरे अतिरिक्त हमारे लिए और कुछ भी नहीं है।

ओ रहस्य के मुखर रूप हम तेरा वरण करते हैं।
ओ जीवन की सुन्दरता धरती की वन्दना कर।

गीत थम गया और फिर सदा के लिए मृगी भी सम्राटों के बीच सो गयी।

(12)

प्राण! इस सघन कान्ता की सुवर्ण सिकता के सुन्दर कणों में जो तुम यह मीठा-सा गीत सुनते हो, उसी का अन्तिम गीत है। इसे मरु भी समाप्त नहीं कर सका। यह वायु पर झूमकर लौट आया है और यहीं, इस बालूका में रम गया है क्योंकि धरती उन्हें प्यार से सहेज लेती है, जो उसकी याद में एक मिठास लेकर चले जाते हैं।

('60 से पूर्व)

फीकी चाय

मैंने धूप में मूढ़ा खिसका लिया।

"हो हो हो," करते हुए सब लोग ठहाका मारकर हँस पड़े।

"अरे सच!" ओवरसियर साहब ने कहा, "ये मुंसिफ तो बड़े जोरदार आदमी मालूम देते हैं!"

"अरे साहब! आप मेरी भी तो मानिये। मैं क्या आपसे झूठ कहूँगा?" बी. डी.ओ. ने कहा, "बिल्कुल सच बात है। मैं कहता तो हूँ कि मैं वहाँ मौजूद ही था।"

"फिर?" कोऑपरेटिव इन्स्पेक्टर चमनसिंह जी बोले।

"फिर क्या?" बी.डी.ओ. साहब ने कहा, "बहस खत्म हुई कि मुंसिफ ने मुद्दई, और उसके गवाह और उसके वकील, तीनों को एक-एक माह की सजा सुना दी। वकील साहब चिल्लाये कि हुजूर! मुझे किस बात की सजा मिल रही है? मैं तो वकील हूँ? तो मुंसिफ साहब बोले—अब तो हुक्म लिख दिया गया। आप अपील करिये, वकील साहब! बस फिर क्या था...।"

"मैंने बन्द कर दिया," दारोगा जी ने मुस्कराकर कहा, "मैंने सोचा वकील साहब यार ठहरे। जरा दिल्लगी तो रहेगी। मैं क्या करूँ? मैं तो सरकारी नौकर हूँ। अफसर ने हुक्म दिया, मैंने बजा दिया। लेकिन पूछ लीजिये वकील साहब से मैंने इन्हें पेड़े और दूध वहाँ खुद ले जाकर खिलाये थे!"

"और इन्होंने खा लिये?" ओवरसियर साहब ने फिर पूछा।

"न खाता तो करता क्या?" वकील साहब ने कहा।

"अजी!" बी.डी.ओ. साहब ने कहा, "उस दिन की वकील साहब के साथ भी एक ही रही..."

"ओह हो हो..." वकील साहब ने रोकते हुए कहा, "आप भी किससे कह रहे हैं! ये लेखक लोग हैं। झूठे किस्से लिखते हैं तब इनकी रो जी चलती है। आप ख्वामखाह एक सुनायेंगे, ये दस जोड़ेंगे..."

ओवरसियर साहब को मजा आ रहा था। बोले, "तुम्हें कसम है यार! बोलो

मत! सुनाने दो। लुत्फ आ रहा है।'' फिर मुझसे कहा, ''आलीजाह! वह चाय की पत्तियाँ अभी तक आसाम से आ गयीं या...''

मैंने कहा, ''बस, अब ज्यादा देर नहीं।''

ओवरसियर साहब ठहाका लगाकर बोले, ''आपने भी हमारे जोधपुरी नाई के लहजे में कहा कि ज्यादा देर नहीं। अपने यहाँ एक ठाकुर सा'ब थे। नाई उनकी हजामत बनाने आता तो पूछते थे, 'अरे खवास! आज ही आज में बन जायेगी न?''

सब फिर हँसे।

कोऑपरेटिव इन्स्पेक्टर चमनसिंह ने इधर-उधर देखकर मुझसे कहा, ''आपने डॉक्टर साहब को और बुलवा लिया होता।''

मैंने कहा, ''डॉक्टर माथुर मुझसे जरा नाखुश हो गये हैं। आपका आदमी नीचे होगा। उसे भेज दीजिये।''

''क्यों, आपसे क्यों नाराज हैं?''

''बेवजह! अब वकील साहब मुझसे क्यों डर रहे हैं?'

''आप आदमी भेज दीजिये।'' ओवरसियर साहब बोले।

चमनसिंह जी लौटे तो बोले, ''भाई, हमें बताइये कि आपसे भला डॉक्टर साहब क्यों नाखुश हैं? हमसे तो आपकी बड़ी तारीफ करते थे।''

मैंने कहा, ''देखिये! आपने आदमी भेज दिया है, अभी वह भी आये जाते हैं। तब तक वकील साहब का किस्सा भी सुन लेते हैं। हाँ तो, बी.डी.ओ. साहब...''

वकील साहब ने कहा, ''अरे, आप भी बी.डी.ओ. सा'ब! देखिये आप भी!''

दारोगा जी हँसकर सिगरेट की राख झाड़कर बोले, ''अजी, मैं सुनाता हूँ। वकील साहब! भाई यार! इजाजत दे दो। ये तो सब दोस्त लोग हैं।''

''और वह डॉक्टर साहब वाली बात है? फिर वह आ जायेंगे तो...'' चमनसिंह जी ने कहा।

''तो,'' मैंने कहा, ''डर क्या है! उन्हीं के सामने हो जायेगी।''

दारोगा जी ने कहा, ''बात यह हुई...''

''ठहरिये जरा,'' ओवरसियर साहब ने कहा, ''डॉक्टर साहब भी आते ही होंगे। तब तक एक-एक सिगरेट सुलगा ली जाय!''

सिगरेटें जल गयीं। धुआँ उड़ा। इतने में सीढ़ियों पर भारी जूतों की आवाज हुई।

''अरे! डॉक्टर साहब आ गये।'' चमनसिंह जी ने कहा, ''भाई कमाल है।''

डॉक्टर साहब ने दरवाजे में से घुसते हुए कहा, ''हम तो जनाब हर जगह हमेशा हाजिर रहते हैं। अभी आपका आदमी फाटक पर ही मिल गया। केस देखकर आ रहे थे। चाय की सुनकर फौरन आ गये।''

फिर सब हँसे। डॉक्टर साहब ने भी एक मूढ़े पर जगह बना ली और कहा,

“अक्खाह! पूरा मजमा है आज तो! सच तो यह है कि जाड़े के दिन सबके भले, डॉक्टर के बुरे!”

ओवरसियर साहब ने हँसकर कहा, “कमबख्त लोग सबसे कम बीमार पड़ते हैं आजकल!”

फिर सब हँस पड़े।

“अरे साहब!” डॉक्टर साहब बोले, “आप भी क्या ले बैठे! दारोगा जी से पूछिये जब रात में भागना पड़ता है!”

“वही तो मैं अर्ज कर रहा था!” दारोगा जी ने कहा।

“अच्छा! तो किस्सा चल रहा था?”

“आपको भी सुननी है।” चमनसिंह जी ने कहा, “आप इनसे क्यों नाखुश हैं?” और मेरी तरफ इशारा किया।

“न हों तो क्या करें साहब!” डॉक्टर साहब ने कहा, “हमने तो पूरा प्लॉट बताया कहानी का। मगर जनाब हैं कि लिखते ही नहीं।”

“बस-बस! दारोगा जी ने कहा, “मैं भी प्लॉट ही तो बता रहा हूँ।”

“बताइये-बताइये!” डॉक्टर साहब ने कहा।

“आप भी सुनाइयेगा?”

“जरूर!”

“तो सुनिये!” दारोगा जी ने कहा, “हुआ यह कि परसों रात वकील साहब ने मुझे दावत दी।”

वकील साहब ने झेंपकर कहा, “लानत है आप पर! यों नमक अदा कर रहे हैं!”

दारोगा जी ने कहा, “अ जी ये तो सब अपने ही हैं।”

“आप सुनाइये।” सब कहने लगे, “ठहरिये, वकील साहब! देखिये कसम है, कह लेने दीजिये! हाँ दारोगा जी फिर क्या हुआ?”

दारोगा जी ने फिर कहा, “बारिश होने लगी। ग्यारह बजे थे। बाहर जबर्दस्त सर्दी थी। मैं अकेला आदमी ठहरा। वकील साहब बोले, ‘अब थाना दूर है यहाँ से। आप रात यहीं सो रहिये। सुबह चले जाइयेगा। पानी में भीगकर भी क्या करना है।’ तो मैं वहीं सो गया। रात के करीब तीन बजे थे कि क्या देखता हूँ मेरी रजाई में कोई घुसा आ रहा है।”

“क्यों झूठ बोलते हैं?” वकील साहब ने कहा

‘हैं, हैं, आपने फिर काटा!’; ‘बोलिये मत!’; ‘सुनने दीजिये।’; ‘आप कहे जाइये, दारोगा जी’; ‘बात लाजवाब लगती है।’ आदि आवाजें उठने लगीं। लामुहाला वकील साहब फिर चुप कर दिये गये और दारोगा जी फिर सुनने लगे, “तो मैं समझा कि शायद वकील साहब का कुत्ता न हो। इसलिये एकदम कूदकर खड़ा हो गया। पिस्तौल

मेरे पास था नहीं अँधेरे में ही ये वकील सा'ब मुझसे चिपक गये...''

''मैं चिपका नहीं था...'' वकील साहब ने फिर काटा।

'ओह-हो!'; 'फिर अपने काटा!'; 'जरा कह लेने दीजिये!'; 'अच्छा आपका बयान फिर सुना जायेगा।' की आवाजें उठने लगीं।

दारोगा जी फिर कहने लगे, ''तो मैंने कहा, 'क्या हुआ, वकील सा'ब?' बोले कि चुप, चुप! मैंने कहा, 'आखिर हुआ क्या?' तो बोले, 'डाकू आ गये हैं। बाहर कोई जीप रुकी है। उसमें से तीन बन्दूकवाले उतरते मैंने खिड़की से देखे हैं। एक ने कहा : लगता तो वकील अग्रवाल का मकान यही है। क्या हम ठीक जगह आ पहुँचे? दूसरा बोला : तुम उधर जाकर देखो। थाना यहाँ से दूर है। उधर एक आदमी जाओ। दूसरा उधर देखे। बाजार है उधर। मैं उतरता हूँ। दारोगा जी! वे बड़े जालिम होते हैं। मेरे बीवी-बच्चे यहीं हैं।' मैंने कहा, 'आप घबराते क्यों हैं? मेरे पास पिस्तौल इस वक्त है नहीं। मैं थाने जाकर मदद ले आता हूँ।' बस, यह सुनना था कि वकील साहब मेरे गले से लिपट गये और बोले, 'अजी दारोगा जी! मुझे अकेला छोड़कर मत जाइये। मैं भी चलता हूँ।' मैंने कहा, 'आपके बीवी-बच्चे यहीं हैं। आपका जाना क्या मुनासिब होगा? अजी! वकील साहब ने मुझे पकड़ लिया और बोले, 'बीवी-बच्चे तो हैं, पर मैं अकेला कर भी क्या लूँगा? उनसे तो वे सिर्फ दौलत लेंगे, पर मुझे तो अ,जहद तकलीफ देंगे।' तब भी मैंने इन्हें बहुत समझाया और कहा, आप यहीं रुकें और इनसे कहा, 'लेकिन वकील साहब! वह बन्दूकवाला सामने खड़ा है। निकलेंगे किधर से?' वकील साहब बोले, 'मैंने मकान बनाते वक्त यह थोड़े ही सोचा था कि पीछे से निकलकर भागने की भी जरूरत पड़ेगी। मैंने तो बस यह खयाल रखा था कि दरवाजा इतना बड़ा हो कि इसमें से मेरी अर्थी निकल जाय!' ''

उपस्थित सज्जनों ने ठहाका लगाया। वकील साहब पानी-पानी हो गये। दारोगा जी ने मुस्कराकर फिर कहा, ''जब इनकी अक्ल ने काम न किया, तो मैं इन्हें छत पर ले गया और छज्जे पर कूदकर, इन्हें कुदाकर पिछवाड़े निकाल ले गया। कसम से बला का कुहरा था, मौत की-सी सर्दी थी, और हम एक-एक कमीज पहने थे। अँधेरा ऐसा था कि हाथ नहीं सूझ रहा था। तब मैंने कहा, 'वकील साहब! आप घर पर नजर रखिये। मैं थाने से मदद लाता हूँ।' आपने मुझसे कहा, 'नहीं, नहीं, उधर भी एक बन्दूकवाला गया है। आप सँभलकर जायें। मुझे यहाँ न छोड़ें।' मैंने कहा, 'देखिये, आप इस पेड़ पर चढ़कर बैठ जाइये। मैं अभी मदद लाता हूँ।' यह कह बमुश्किल मैं चल पड़ा। बदकिस्मती की मार कि मैं अँधेरे में रास्ता भूल गया और सुबह तक भटककर आखिर थाने पहुँचा। जब मैं मदद ले आया तो वहीं पहुँचा। वकील साहब पेड़ से उतरकर खड़े काँप रहे थे। मैंने कहा, 'चलिये! मैं रात-भर सर्दी में अँधेरे में रास्ता भूलकर भटकता रह गया। आप आगे जाकर देखिये, क्या हाल

है, मैं आपके पीछे ही रहूँगा।' वकील साहब उजाला देखकर फिर शेर हो गये थे। घर पहुँचे कि तीन बन्दूकवालों ने बरामदे में से आवाज लगायी, 'राम-राम, वकील साहब! आपने तो रात-भर बाहर ठंड में मारा। हमने कितनी ही आवाजें दीं, पर कोई भी न बोला। कल ही गाँव से चल दिये थे। तारीख आज की ही है? सच, आपका मकान ढूँढ़ने में भी मुसीबत पड़ गयी रात में। बस इसे थोड़ा-सा याद था कुछ-कुछ!''

एक जोर का ठहाका लगा। दारोगा जी मुक्तकंठ से हँसे। वकील साहब ने मुस्कराकर कहा, ''आगे कहिये न!''

दारोगा जी बोले, ''मैं तो चुपचाप लौट गया। थाने में एक ही दिल्लगी रही। बताइये, कोई अपने मुवक्किलों को ही डाकू समझ बैठे तो कोई क्या करे?''

अभी सब हँस ही रहे थे कि डॉक्टर साहब बोले, ''लीजिये हमने भी एक ऐसा ही दिलचस्प किस्सा इन्हें सुना रखा है। मगर ये हैं कि उस पर कुछ लिखते ही नहीं।''

मेरी तरफ देखकर ओवरसियर साहब ने कहा, ''हमें सुनाइये, डॉक्टर साहब! हम आपकी सिफारिश करेंगे।''

चमनसिंह जी ने कहा, ''हाँ, क्या किस्सा था वह?''

डॉक्टर साहब ने कहा, ''अ जी बात दरअसल यों थी...आप तो ओवरसियर साहब! जानते ही हैं कि जैसे आपके यहाँ जिलेदार चालाक होते हैं, वैसे ही हमारे यहाँ कम्पाउंडर होते हैं।''

ओवरसियर साहब ने कहा, ''इसमें क्या शक है।''

डॉक्टर साहब ने शय पायी तो अड़ गये और बोले, ''मेरा भी ऐसा ही कम्पाउंडर है। अभी तक मैंने बस इन्हीं से कहा है, मगर सच्चाई कहने में डर ही क्या? अपने यहाँ छोटा-सा अस्पताल। बदमाश दवाएँ बेचने लगा। मैंने पकड़ा तो बोला, 'आप भी तो बेचते हैं!' भला मैं सरकारी दवाएँ बेचूँगा! मैंने कहा, 'बच्चू! ठीक कर दूँगा।' बोला 'मैं किसी से नहीं डरता!' मैंने दिल-ही-दिल में कहा कि भाई जमाना प्रजातन्त्र का है। किसी से कहो तो उल्टी सुननी पड़ती है। पहली बात तो रही नहीं कि मजाल मातहत की कि अफसर के सामने बोल जाय!''

'बिल्कुल दुरुस्त है।'; 'वो दिन गये।'; 'हम तो अपना वक्त काटते हैं कि अपनी बला से।' आदि आवाजें उठीं।

डॉक्टर साहब ने फिर कहा, ''जो कभी न हुआ सो अब होने लगा है कि कस्बे-गाँवों में भी सरकार एक मेड सर्वेंट (नौकरानी) अस्पतालों में भेजने लगी है। एक आ गयी है हमारे यहाँ। उसका एक आने लगा।''

'कौन है' 'खाविन्द?', 'यार?' आवाजें उठीं।

''अब भगवान जाने कौन था। मैंने कहा कि मुझे क्या। तुम नौकरी अंजाम

दो, घर में चाहे घासलेट की मालिश करो या मिट्टी के तेल की।''

'बिल्कुल ठीक!' 'अपना भी यही उसूल है।' की आवाजों को काटकर डॉक्टर फिर कहने लगे, ''बस! मैं तो गया एक बार छुट्टी पर और कम्पाउंडर साहब लगे उस पर डोरे डालने! जब मैं लौटकर आया छुट्टी से तो उस मेड सर्वेंट ने अर्जी मेरे सामने पेश की कि कम्पाउंडर ने मुझे सताया है। मुझ पर बुरी नीयत रखता है। उस रोज मेरे सिर में दर्द था। ड्यूटी के बाद मैं क्वार्टर चली गयी थी। वहाँ मेरा खाविन्द आया हुआ था। इसने नौकरों से कहा कि मैं बदचलन थी। यह अर्जी देखी तो मैंने कम्पाउंडर से जवाब माँगा। उसने लिखकर दिया कि औरत खुद ही बदचलन थी। एक दिन वह उसे अपनी साइकिल के पीछे कैरियर पर बिठाकर घुमाने भी ले गया था। रोज मिठाई माँगती है और उस दिन ड्यूटी के वक्त अपने किसी यार के साथ गुलछर्रे उड़ा रही थी। मैंने डाँटा तो मेरी शिकायत की है। गवाही के लिए अस्पताल के दोनों नौकर और मेहतर मौजूद हैं। जब उसका यह जवाब आया तो मैंने नौकरों और मेहतर को बुलाकर जवाब-तलबी की। पेशी में उन्होंने बयान दिये कि औरत ड्यूटी के बाद गयी थी। कम्पाउंडर ने उसे बुलाने को मेहतर भेजा जरूर था, मगर उसके यहाँ उस वक्त उसका खाविन्द था या कोई और, यह पता नहीं। चुनांचे मैंने कम्पाउंडर को बुलाकर कहा, 'मिस्टर! साइकिल पर घुमाते थे? इसे ऊपर भेज दूँ तो नौकरी से सफाचट नजर आओगे। तुमने तो इकबाल किया है कि तुम डोरे डाल रहे थे। बाल-बच्चेदार आदमी हो, तुम्हारी बीवी सुनेगी तो क्या कहेगी? और नौकरों ने बयान दिया है कि वह ड्यूटी कर चुकी थी।' बस, यह सुनना था कि बेटा के घुटने काँप गये। मेरे पाँव पकड़ लिये। मैंने माफ कर दिया उसे। बाल-बच्चेवाला था। लिखवाकर माफी मँगवायी कि आयन्दा औरत को न छेड़ूँगा और कागज रख लिया है। औरत को डाँटा और उससे भी लिखवा लिया कि अनजान आदमी को न बुलायेगी। अब बताइये कितना अच्छा प्लॉट है। यह चाहें तो क्या नहीं कर सकते। मैंने भी बच्चू को छठी का दूध याद करा दिया!''

सब हँस पड़े।

चाय आने लगी थी। उँड़ेली गयी। वकील साहब ने मूढ़ा आगे खिसकाया।

ओवरसियर साहब मुझसे बोले, ''हाँ साहब! आप बताइये, आपको ऐतराज है?''

चमनसिंह जी बोले, "यार, चाय में चीनी बहुत डाल दी।''

महाराज ने कहा, ''हुजूर! हम तो समझे रहे कि कहीं चाय में कमी न पड़ती रहे। हम तो अउर भी ले आये हैं।''

बी.डी.ओ. साहब ने कहा, ''अरे महाराज! चीनी है तो कुछ ज्यादा।''

मैंने अपना प्याला उठाया, मगर ओवरसियर साहब बोले, ''न बताइये साहब!

भला मैं लेखक होता और ऐसे प्लॉट मुझे मिलते तो मैं क्या छोड़ देता?''

बी.डी.ओ. साहब ने कहा, ''आखिर हम भी तो सुनें कि इन प्लॉटों पर कहानियाँ लिखने में हर्ज ही क्या है? वकील साहब तो बुरा मानेंगे नहीं। आप सबके नाम बदल दीजिये।''

चमनसिंह जी बोले, ''अब तो ठीक है। लीजिये, अब आपको लिखने में क्या दिक्कत है?''

मैंने कहा, ''भाई, मुझसे न होगा।''

''वजह?'' बी.डी.ओ. साहब बोले।

''वजह!'' मैंने कहा, ''दारोगा और डॉक्टर साहब दोनों दोस्त हैं, मैं इनके खिलाफ क्योंकर लिख सकता हूँ?''

वकील साहब चौंक उठे। डॉक्टर और दारोगा जी के चेहरों पर प्रश्न-वाचक चिह्न उठ खड़े हुए। महाराज के सामने बैठे बी.डी.ओ. साहब, कोऑपरेटिव इन्स्पेक्टर चमनसिंह जी और ओवरसियर साहब भी चिहुँक उठे। चमन सिंह जी ने कहा, ''आपने यह क्या कहा? डॉक्टर साहब और दारोगा जी के खिलाफ? भला यह कैसे हुआ?''

मैंने कहा, ''बात यह है कि कहानी सच्चाई के जितनी पास होगी, उतनी ही अच्छी होगी। मुझे किसी एक के बयान से तसल्ली नहीं हो सकती। अब दारोगा जी ने जो वकील साहब वाला किस्सा सुनाया उसमें देखने को लगता है कि वकील साहब भागे। मगर भागे थे असल में दारोगा जी। उन्हीं ने छत कुदायी और जरा से कस्बे में आखिर वह रास्ता इतना कैसे भूल गये कि रात-भर सर्दी में भटकते रहे। असली बेवकूफ भी थाने में वही बने और उन्होंने वकील साहब को घेर लिया है। भला मैं दारोगाओं के खिलाफ कैसे लिख सकता हूँ?''

दारोगा जी ने कहा, ''महाराज! जरा चीनी देना। चाय कुछ फीकी है।''

डॉक्टर साहब ने कहा, ''चीनी मुझे भी देना जरा-सी। रहने दीजिये। मैं समझ गया। आप यही लिखना चाहते हैं कि दोनों का मुँह बन्द करके मैं सरकारी दवाएँ बेचने को आजाद हो गया।''

एक बार फिर जोर का ठहाका लगा।

मैंने मूढ़ा छाया में खिसका लिया।

('62 से पूर्व)

दरवाज़ा

दरवाजा खुला था।

जिस समय सुक्खी घर लौटा, लच्छमी अपने सारे कामों से फुरसत पा चुकी थी। सुक्खी ने खाट पर बैठते हुए इधर-उधर देखा और जमुहाई ली। लच्छमी की दृष्टि में जैसे असन्तोष था, व्यंग्य था। सुक्खी बामन के पास पन्द्रह बीघा खेत था, दिन-रात मेहनत करता था। परन्तु लच्मी बड़े बाप की बेटी तो नहीं थी, फिर भी उसकी तुलना में अधिक पढ़ी थी। उसका बाप शहर में हलवाई था। जब भी कोई बात होती, वह यही कहती—''ऐसा ही हमारे घर होता था; सुक्खी सुनता और कुढ़ता। ऐसी कोई वस्तु सुक्खी के पास नहीं थी, जो लच्छमी के किसी भाई के पास न हो। इतना ही नहीं, वहाँ वह सदैव और अधिक महँगी होती। सुक्खी जानता था कि उसके साले कोई विशेष आमदनीवाले नहीं थे, उनकी पत्नियाँ सुख से रहती भी न थीं, लछमी की तुलना में उन्हें काम भी अधिक करना पड़ता था, और तुर्रा यह कि लच्छमी का उस घर में कोई विशेष सम्मान भी न था, फिर भी लच्छमी की बातों में एक कड़वाहट भरी रहती। सुक्खी बड़ी उम्मीदों से घर आता, लेकिन कोई एक ही बात लच्छमी के मुँह से ऐसी निकलती कि उसका सारा उत्साह ही ठंडा पड़ जाता। तिस पर भी लच्छी जब बड़बड़ाती तो यह कहती, 'जाने कैसा नसीब था कि इनको मेरी कोई बात ही नहीं सुहाती। मैं तो कहती हूँ कि रूखा-सूखा जो भगवान देता है, उसी में जिन्दगी खुशी से बीत जाये, लेकिन ये हैं कि भरी थाली को ठोकर मारते हैं।'

तब सुक्खी के मन में अभाव भर जाता। वह अपने द्वार पर बँधी भैंस को देखता जिसके लिए लच्छमी नहीं, वह स्वयं हरा काटकर लाता था, जो दूध पाँच सेर देती थी और उससे घी, दूध, मट्ठा, सब कुछ मिल जाता था। लेकिन फिर भी लच्छमी कहती तो वही रूखा-सूखा।

लच्छमी की दृष्टि से उकताकर सुक्खी ने अपने पुराने हुक्के पर नजर डाली जो मैला हो गया था। उसकी इच्छा थी कि जब बाहर से आये तब हुक्का उसे धुला-धुलाया मिले, चिलम में आग हो और वह लेटकर आराम से पिये। लेकिन लच्छमी

कहती, ''तुम भी क्या पुरानी रीति अपनाये हो! इस जमाने में लोग बीड़ी पीते हैं। इसका क्या? संग लिये-लिये चल नहीं सकते, तीन बार वह गन्दा पानी बदलो। बीड़ी अच्छी है, आराम की चीज। जब चाहे जेब से निकाली और पी ली।''

''महँगी नहीं पड़ती?'' सुक्खी टटकोरता।

''मैं तो कहती हूँ कि तुम पियो ही मत।'' लच्छमी का नया राग उठता, ''सच! कोई अच्छी चीज थोड़े ही है। मुँह से बदबू और आती है। पैसा धुआँ बनकर ही तो उड़ता है इससे किसी को फायदा क्या होता है? मैंने तो किताब में पढ़ा है कि तमाकू एक बड़ी जहरीली चीज होती है। अगर इसका लेप बनाकर एक गधे पर लगा दिया जाय तो बेचारा गधा भी बेहोश हो जाये। पता नहीं, तुम लोग कैसे पी लेते हो? हमारे तो भैया हैं बड़े। पीते भी हैं तो कभी-कभी, और वह भी सिगरेट।''

चिढ़कर सुक्खी कहता, ''हाँ हाँ, तुम्हारे वही भैया न? वह तो मुझसे ही बीड़ी माँगकर पीते थे।''

लच्छमी कहती, ''वो तो इसलिये कि दामाद हैं, कहीं मन में छोटे न बन जायें, इसलिये उल्टे तुम्हें दिखाने को तुमसे माँग ली होगी, वर्ना उनकी तो बात ही और है। मैं ज्यादा जानूँगी कि तुम?''

इसके बाद सुक्खी निरुत्तर हो जाता क्योंकि आगे के तर्क का अर्थ था बुद्धिरहित विवाद और अन्त में रुदन।

उसने अपनी बीड़ी सुलगायी और धुआँ ऊपर उड़ाया। लच्छमी ने देखा और देखा। वह देखती ही रही है और देखती ही चली जायेगी, लेकिन उसकी दृष्टि में यह सब जैसे अपूर्ण है।

सुक्खा ने कहा, ''सुनती हो!''

लच्छमी ने आँखें उठायीं। उसके माथे पर ऐसे बल पड़ गये जैसे वह सुनने के पहले ही उकता रही थी।

सुक्खी ने कहा, ''मैं जाऊँगा, अगले महीने। आज तो चूक गया।''

वह नहीं बोली।

सुक्खी को लगा जैसे वह भैंस के आगे बीन बजा रहा था।

''तुमने पूछा नहीं कहाँ?'' सुखी ने फिर झेंप मिटायी।

''और क्या कर रही हूँ?'' उसने नकली मुस्कराहट से कहा, ''तुमको तो बस बोलना ही चाहिए। एक आँख भी मेरी तरफ देखना तो तुम्हें पसन्द ही नहीं। पता नहीं मेरी सूरत जाने इतनी बुरी है क्या? ब्याह के पहले भी तो देख आये थे, तब क्यों न मना कर दिया। मुझे तो सबने समझाया था कि देख तू सहर की पली है, यहाँ देहात है। वहाँ तुझसे न रहा जायेगा। मगर तुमने जिस नजर से देखा था, मैंने तो उसे ही अपना सब कुछ मान लिया था। मुझे क्या पता था कि वह आँख फिर

नहीं दीखेगी।''

सुक्खी के मन में आया कि अब वहाँ से उठकर चल दे। वह चुप रहा।

''तो बताते क्यों नहीं?'' लच्छमी ने ताना जैसा मारा।

''गोरधन जाऊँगा।''

''क्यों?''

''परकम्मा करने।''

''सहर होता तो मैं भी जाती। जब पढ़ती थी, तब जाने क्या-क्या सोचती थी। तुम जाओ, मैं क्या रोकती हूँ!''

सुक्खी ने ढेर सारा धुआँ छोड़ा और करवट बदल ली।

सन्ध्या का अँधियारा घिरने लगा था। लच्छमी ने एक दीया जलाया और उसे प्रणाम किया और कहा, ''बुझना मत महाराज! इस अँधेरे में तुम्हारा ही सहारा है। सहर नहीं है यह जहाँ लालटैन जलती थी।''

''मैं लालटैन ले आऊँगा।'' सुक्खी बुड़बुड़ाया।

"ले आओ!'' लच्छमी ने कहा, ''तुम्हारा ही तो घर है, मेरा क्या है?''

इसके बाद सुखी मानो सो गया। दिन-भर हल चलाने के बाद मानो काफी राहत मिल गयी थी। अभी चन्दा के उठने में तनिक देर थी। लच्छमी उठी और तब उसने चूल्हा सुल्गाया और बड़बड़ायी, ''लकड़ियाँ भी जलती हैं तो कितना धुआँ देती हैं।''

सुखी ने जैसे सुना ही नहीं।

एक महीना बीत चुका था।

सुक्खी लौटा। वह गम्भीर था।

लच्छमी ने द्वार खोला और मुस्करायी।

कहा, ''आ गये?''

सुक्खी प्रसन्न हुआ।

वह खाट पर आ बैठा।

लच्छमी ने कहा, ''परकम्मा दे दी?''

''हाँ।''

''भगवान तुम्हारी इच्छा पूरी करेंगे।''

''मुझे पानी पिला दो।''

''लायी।''

सुक्खी ने हाथ-मुँह धोकर पानी पिया। वह गोरधन पर्वत की परिक्रमा करके

आया था। हर पूर्णिमा को लोग जाया करते थे। यह ब्रजभूमि के गाँवों में एक पुण्यार्जन का साधन माना जाता था।

जब वह तन से सुखिया गया, उसने कहा, "सुनो!"

लच्छमी बैठ गयी।

"जब मैं वहाँ गया तो मुझ जैसे जाने कितने ही वहाँ मौजूद थे, मैं उन सबको पीछे छोड़ चला। अकेले रास्ते में क्या देखता हूँ कि...क्या देखता हूँ कि..."

लच्छमी का कौतूहल जाग उठा। बोली, "हाय! बात कैसी बढ़ा रहे हो? मेरे तो भाव ही मिट जायेंगे। कुछ बताते क्यों नहीं? तुम्हें मेरे सिर की सौगन्ध है, सच कहती हूँ। जल्दी कहो, कहीं मुझे कुछ हो न जाय। एक बार भैया ने ऐसे ही बात बढ़ा दी थी, मुझे तो गश आ गया था। तब से सबने यही कहा कि लच्छमी बड़ी भोली-भाली है। इसके मन में मैल नहीं। जरा-सी बात में घबरा जाती है। मेरे मायके में सब मेरा बड़ा ख्याल रखते थे।"

सुक्खी ने जैसे किसी भी बात को नहीं सुना। जेब से एक कागज-सा निकाला। फिर धीरे से खोला। तहें खुलते ही कुछ हरा-सा रंग दिखा। फिर पर्तें खुलीं। फिर हथेलियों में खुजली पैदा करने वाला, उबड़-खाबड़ रास्तों को चिकनाने वाला, इन्सान के बड़े तेवरों को मुस्कराहट में बदलने वाला, कृतज्ञता का एकमात्र साँसारिक मापदंड, इज्जत की निशानी और लोक-व्यवहार में सज्जनता का दिखावा पैदा करने वाला सौ रुपए का एक नोट खुला हुआ दिखा। उसे अपने दोनों पंजों की छाया में सुक्खी ने ऐसे दिखाया जैसे बन्दरिया अपने नये बच्चे को कुछ छिपाती-छिपाती-सी दिखाती है।

लच्छमी ने कहा, "अरे!"

प्रसन्नता उसके नेत्रों में चमक उठी।

बोली, "हाय! यह क्या है?"

"देखो!" उसने गर्व से कहा।

"सौ का-सा लगै?"

"सौ का ही है।"

"तुम ले आये हो?"

"नहीं तो कौन लाया है?"

"किसी ने रखने को दिया है?"

"नहीं।"

"तो?"

"मैं लाया हूँ?"

"मैं ले लूँ?"

"हाँ, ले लो।"

"मेरी सौगन्ध?"

सुक्खी हतप्रभ हुआ।

"ले लो!" उसने स्वर खींचकर कहा, "इसमें सौगन्ध की क्या बात है।"

"अच्छा रहने दो।" वह बोली, "तुम्हीं रख लो। जाने कितनी इच्छाओं से अपने लिए लाये होगे। मैं हूँ मायके की बिगड़ी। जो आये सो मुझे दे दो। मेरा तो सत्यानाश मेरी माँ ने किया कि ले लल्ली! तू ले ले। उस बखत वह यह न सोच सकी कि बेटी है, इसे तो एक दिन पराए घर जाना ही पड़ेगा।"

सुक्खी ने नोट उसकी ओर करके कहा, "ले लो।"

"मेरे ही लिए लाये थे?"

सुक्खी ने मुसीबत टालते हुए कहा, "और किसलिये लाता?"

लच्छमी ने नोट लेकर प्रसन्नता से कहा "दो तो मुझे अब नयी किनारी वाली साड़ियाँ लेनी हैं। चूड़ियाँ भी लूँगी।"

"जरूर!" सुक्खी ने कहा।

"तुम भी देखना! मुझे रुपए लाकर दिये हैं। यह न समझना कि सब-कुछ मैं ही लील जाऊँगी। मैंने तो मायके में बड़े कुटुम्ब में यही सीखा है कि मिल-बाँट के खाना चाहिए। तुम्हें भी कुछ बनवा के दूँगी। सच तुम्हारे गले का गंडा बड़ा मैला हो गया है। अब की बार मेरे हाथ में पैसे आये हैं तो जरूर बदलना पड़ेगा तुम्हें, उसे ऐसे ही न छोड़ दूँगी। वादा करो, बदल लोगे ना? सच, मेरा दिल न तोड़ देना। मैं बड़े नरम दिल की हूँ।"

"रोटी तैयार है?" सुक्खी ने कहा।

"हाय!" वह बोली, "मुझे क्या मालूम था कि तुम आओगे आज? मैंने तो सबेरे के पराँठे रखे थे। पैरों में दरद था सो जल्दी खा लिये कि जाने उठ भी पाऊँगी कि नहीं। यहाँ था कौन और? तुम तो चले ही गये थे। मायका तो था नहीं, जहाँ जरा मेरी तबियत बिगड़ी नहीं कि सारा घर डोल उठता था। तुम्हें क्या पता मैं कितनी तकलीफ पाती हूँ। कहो तो अब बना दूँ रोटियाँ?"

"अब रहने दो।" सुक्खी ने कहा।

"क्यों? अब क्या है? काम तो करना ही है। और कौन करेगा? मायके में तो कभी-कभी पड़ोस की एक बुढ़िया थी। हम उसे बुआ कहते थे। बना देती थी। कभी-कभी क्या हमेशा ही उसे कुछ-न-कुछ मिलता ही रहता था। यहाँ कौन है?"

सुक्खी का मन विषाक्त हो गया।

पूनम के बाद दूसरा दिन था। चाँद उठा तो सही, मगर उसमें वह आब नहीं आयी। वह चाँद जब उठता है तो महासागरों में हलचल मच जाती है, लेकिन वह अपने अभाव में भी बाढ़ लाता है अमावस्या को। सुक्खी को भी पता नहीं चल

सका कि यह कौन-सी बाढ़ थी—उजाले की या अँधेरे की?

भोर में अभी कुछ देर थी। एक और महीना हो गया था। कल फिर पूनम आने वाली थी। सवेरे के अँधियारे में शीतलता थी। सुक्खी गहरी नींद में सो रहा था। उस समय ठंडी हवा आ रही थी।

लच्छमी ने देखा। सूका उग आया था।

उसकी खाट के पास आ गयी और कहा, ''सुनते हो?''

वह सोता रहा।

''सुनो न!''

खाट को तनिक हिलाया!

वह जाग उठा।

''कौन है?''

''मैं हूँ।''

वह उनींदा ही था। बोला, ''कौन?''

''अरे, मैं हूँ। तुम अभी तक मेरा बोल नहीं पहचानते? मायके में तो लोग कहते थे—यह तो बड़ी मिठबोली है। जी करै इसकी बोली ही सुनते रहें।''

सुक्खी को जैसे आदत पड़ गयी थी। बोला, ''मुझे तो यही वहम हो गया था कि मेरे सिरहाने क्या कोई कोयल बोल रही है।''

''चलो रहने दो!'' तुम तो हमेशा मजाक उड़ाते हो। तुम्हारी नजर में तो मैं कुछ भी नहीं हूँ। मुझे देखने इटावेवाले पटवारी आये थे तो कहे थे कि लड़की जो वही है जो भीतर बोली थी, तो हमें देखना बाकी नहीं। पर तुम हो कि तुम्हें तो मेरी कोई बात ही अच्छी नहीं लगती? हाय, मैं कितनी आस से आयी थी, और तुमने घोच रोप दिया। पता नहीं, तुम इतनी जल्दी-जल्दी गुस्सा कैसे हो जाते हो।''

सुक्खी ने आँखें मूँद लीं।

वह चिढ़ गयी। बोली, ''जाना नहीं है?''

''कहाँ?''

''परकम्मा देने?''

''पहले मैं गया था, तब तुम क्या खुश हुई थीं?''

''क्यों? मैंने क्या कह दिया था?''

''मैं वहाँ जाकर बहुत थक जाता हूँ।''

''भगवान की सेवा जो ठहरी।''

''और पहले लौटा तो मुझे रोटी भी न मिली!''

''मैं जानती थी कि तुम मन में बात को पालते हो। मैं तो बेवकूफ हूँ जो मुँह से बक जाती हूँ। मायके के सब लोग यही कहते थे कि अरी तू इतने साफ दिल की है, कहीं तुझे लोग गलत न समझ जायें। तेरा दिल इस सबको कैसे सहेगा, लाड़ली? मैंने क्या आपके लिए रोटी नहीं बनायी? तुम्हें मेरे दुःख-दर्द की चिन्ता क्यों होगी? तनिक भी फुरसत से बैठी होऊँ तो कहो। मैंने तो सब-कुछ वही किया है, जिसमें तुम्हें सुख मिले। लेकिन तुम्हें तो मुझ पर दया ही नहीं आती।''

सुक्खी ने मुँह फेरकर सुना, वह शायद अब रो रही थी। उठकर बैठ गया।

बोला, ''अब सबेरे-सबेरे यह क्या शुरू कर दिया?''

उल्टा असर हुआ। वह रोती रही और शब्द सुनाई पड़ते रहे, ''मेरी तो किस्मत ही फूटी थी जो मैं यहाँ आयी। नाश जाये मेरे घरवालों का, जो दो रोटी न दे सके मुझे और यहाँ भेज दिया। वहीं रह लेती तो कुछ कर तो लेती। मिडिल पास कर लेती तो नौकरी करके पेट पाल लेती, पर आसरित बनकर नहीं रहती किसी की।''

सुक्खी की समझ में ही नहीं आ रहा था कि क्या करे। सहसा ही वह हँसा।

वह चौंक उठी।

''सुन!'' सुक्खी ने कहा।

वह ऐसी बैठी रही जैसे सुनती हुई भी सुन नहीं रही थी।

सुक्खी फिर हँसा।

वह अब मन-ही-मन कौतूहल से भर गयी थी।

सुक्खी ने ही कहा, ''तू चाहती है मैं गोरधन परकम्मा को जाऊँ?''

''मैं तो कुछ भी नहीं चाहती,'' लच्छमी ने कहा, ''जाओगे तो धरम तुम्हारा, पुन्न तुम्हारा, मेरा क्या है? मैं तो कहती हूँ कि जिसने भगवान का नाम न लिया, उसका भी जनम अकारथ गया। कबीरदास जी ने कहा है—

सुख में सुमिरन ना किया, दुःख में कीया याद।
कह कबीर या दास की, कौन सुनै फरियाद॥''

''हाँ हाँ,'' सुक्खी ने लफंगों के-से लहजे में कहा, ''हमारा बब्बू कुंजड़ा भी अपनी डलिया के सामने बैठा यही गाता है। तेरे कबीर दास ने उसी से सुन लिया होगा।''

लच्छमी को हँसी आ गयी।

परन्तु सुक्खी ने फिर कहा, ''तू बड़ी धरमात्मा हैं न? तो सुन! जो तू समझ रही है कि मुझे गोरधन परकम्मा में रास्ते में नोट पड़ा मिल गया था, तो तू ये भरम मत कर कि इस बार भी मिल जायेगा। और वह नोट मुझे परकम्मा में नहीं मिला। समझी? तू चाहे तो फिर एक वैसा ही नोट ले आऊँ।''

लच्छमी समझी नहीं। टुकुर-टुकुर ताकती रही। फिर पूछा, "तो कैसे मिला?''

''तेरे क्लेश से घबरा के उस दिन मैं परकम्मा का बहाना करके चला गया

था। मिल गये यार लोग। जूए में सौ का नोट जीता। पुलिस आ गयी। बड़ी मुश्किल से भागकर जान बचायी। तू कहे तो फिर जाऊँ ऐसी परकम्मा को!'' यह कहकर वह हँसा और बोला, ''बोल, चुप क्यों हो गयी? कह ना? तेरे मायके में भी तो तेरा भइया ऐसे ही जाता था...''

लच्छमी ने सुना और बोली, ''मेरे मायके में ऐसा आज तक कोई नहीं हुआ। मैं तो उसी दिन समझ गयी थी कि पाप का धन है। तभी तो मैंने ले लिया। कहीं तुम्हारे पास छोड़ देती तो तुम जरूर शराब पी आते...''

उस समय सुक्खी ऊबकर घर के बाहर आ गया था...दरवाजा बन्द था।

('62 से पूर्व)

मैं : ज्ञान के आखर, विज्ञान के बोल

आकाश में अनगिन अंगारे बिखरे हैं। नहीं, ये तो तारे हैं!

× × ×

''आपके नाम आज कुछ पार्सल आये हैं, बाबू जी।'' पोस्टमैन ने कहा।

''देखूँ।''

"दो पत्र भी हैं।''

"लाओ।''

पोस्टमैन देकर चला गया है। मैंने पहला पार्सल खोला है। यह क्या है? राख! किसने भेजी? हिरोशिमा की भस्म!! मुझे क्यों भे जी है किसी ने? मैं स्तब्ध देखता सोच रहा हूँ।

दूसरा पार्सल खोला है। पत्र भी साथ है। ''वत्स! तुम्हारी नास्तिकता दूर करने का प्रयत्न बहुत दिनों से कर रहा हूँ। इधर एक योगी मिले हैं। उनकी कल्याणी वाणी सुनकर अपार सुख मिलता है। तुम्हें उनकी धूनी की विभूति भेज रहा हूँ। इसे माथे से लगाना। यही शिव का श्रृंगार है।'' वही राख!! आज मुझे सब जगह से राख ही मिलने की थी!!

अब मैं पत्र खोलकर पढ़ने लगा हूँ : ''तुम मुझे भूल गये होगे, किन्तु मेरा जीवन तुम्हारे बिना कितना सूना है, जान भी नहीं सकोगे शायद। मेरे माथे पर मेरे यौवन का अंगार है। पता नहीं पर न जाने क्यों मन ने कहा वह साहस तुममें अभी भी नहीं है जो मेरे जीवन के लिए एक मूल्यवान सम्बल होता। तुमने मुझे त्याग दिया : मैं रोऊँगी नहीं। तुम्हें अपने अपमान का मोल देती हूँ, यह लो! पत्र पर कुंकुम है। संगीत की घुमड़ती राशियों-सी न जाने कितनी मूली हुई स्मृतियाँ आयी हैं। कुंकुम झरकर नीचे रखी दोनों पुड़ियों की भस्मों पर बिखर गया है।

मैंने दूसरा पत्र खोला है : ''आपकी रचनाएँ पढ़ता हूँ। मेरे पास साधन नहीं, पर भूख है। किताबें पढ़ने की तृष्णा लेकर खरीदने के पैसे न जुटा पाना अन्ततोगत्वा लेखक को हानि पहुँचाना है। लेकिन मैं विद्यार्थी हूँ। इस नाते मुझे आपकी रचनाएँ

मिलेंगी। मैं डाक-खर्च दे दूँगा और पढ़-पढ़कर पुस्तकें लौटाता जाऊँगा। इधर मैंने सुना है कि आप आकाश के ग्रहों-उपग्रहों पर कल्पना करके कुछ लिखने वाले हैं। यों तो वह कल्पना होगी, किन्तु मानव की इस अद्‌भुत विजय की कल्पना सचमुच बहुत विभ्राट् होगी। अवश्य लिखिये, क्योंकि विदेशियों ने इस प्रकार के यात्रा-वर्णनों में कुछ स्थायी अभी तक नहीं दिया। आपकी दृष्टि क्या होगी यह तो मैं नहीं जानता, किन्तु मेरा विश्वास है उसमें कुछ ऐसा अवश्य होगा जो हमारे जीवन के सत्यों पर प्रकाश डाल सकेगा।'' मैंने पत्र रख दिया है और वह उड़कर नीचे गिर गया है।

मैंने चारों को देखा है। देर तक देखता रहा हूँ। यह सब क्या? एक अनाड़ी आलोचक की हिंसा का-सा विस्फोट मेरे मन में आया है और चला गया है। मैं कुछ भी नहीं सोच सका हूँ। कमरे में घूमने लगा हूँ। कब मैं निकलकर एकान्त सड़क पर चल पहाड़ हूँ यह भी नहीं जान सका हूँ। मार्ग के दृश्य भी आये हैं और निकल गये हैं, जैसे मैं एक लम्बी रोल का कैमरा-भर हूँ जिसमें सब कुछ अंकित होता हुआ भी पीछे लिपटता चला जा रहा है।

हठात् पेड़ों के पीछे लगता है उषा फूट निकली है। घने वृक्षों की कालिमा और भयानक हो गयी है। मैंने दौड़कर देखा है। देखा है भयानक आग से गाँव में हाहाकार मच रहा है। लपटें आकाश तक हिलोरें ले रही हैं। स्त्रियों के भीषण चीत्कार हृदय को झकझोर रहे हैं।

सहसा ही एक स्त्री भागी है।

''अरे, उसे पकड़ लो! उसका बच्चा भीतर रह गया है।''

''अरे मत छोड़ना! वह तो राख हो गया होगा।''

एक बरैंडा अररर कर सुलगता हुआ फूत्कार करते अजगर-सा गिरा है। अंगारे बिखर गये हैं। पता नहीं किस आदेश ने मुझे उछाल दिया है। लोग चिल्लाये हैं और फिर धुएँ और आग ने मुझे ढँक लिया है। एक बालक को मेरे हाथों ने उठा लिया है और फिर मैं कुछ भी नहीं जान पाया हूँ। केवल अंगारे ही दिख रहे हैं।

''होश आ गया?''

''हा!'' डॉक्टर का स्वर सुनायी देता है, ''अब सब ठीक हो जायेगा। विज्ञान ने इतने चमत्कार कर लिये हैं कि अब जीवन को पहले जैसा भय नहीं है।''

मैं आँखें मीचे पड़ा हूँ। पुकारता हूँ, ''डॉक्टर!''

''आराम करिये, आपको आराम की जरूरत है।''

''डॉक्टर, मेरे शरीर में इस समय संघर्ष चल रहा है न?''

''हाँ, शरीर में जीवन की शक्ति लड़ रही है, क्षय की शक्तियों से इस समय

मन में साहस रखिए। सब औषधियों से बड़ा मन है।''

''डॉक्टर, यहाँ इतना अँधेरा क्यों है?''

डॉक्टर सामने से हट गया है। दीपक जल रहा है और उसकी लौ पर पतंगा मँडरा रहा है। न जाने मैं क्यों मुसकरा उठता हूँ।

मैं कहता हूँ, ''डॉक्टर, दीपक पर पतंगा क्यों मरने आता है?''

''कवियों को प्रेम सूझता है।'' डॉक्टर कहता है, ''लेकिन असली बात तो यह है कि इसकी आँखों की बनावट और तरह की होती है, यह ज्योति को देखकर चौंधिया जाता है।''

''हाँ डॉक्टर, जिनकी आँखों की बनावट और तरह की होती है वे ही मरना जानते हैं। एक बात कहूँ?''

''कहिये।''

"मौत से न डरना ही जिन्दगी से बहुत प्यार करना है न? उसे मुट्ठी में कब भरा जा सकता है, डॉक्टर?''

डॉक्टर नहीं बोलता। मैं ही कहता हूँ, ''वह जो एक बहुत बड़ी फैली हुई सत्ता है न? उसे हम सब ज्ञान से तोलते हैं न? पर डॉक्टर उस फैलाव का दर्द कब महसूस होता है? तब जब सब कुछ मुट्ठी में राख बनकर आ जाता है और गाल पर से बहकर एक आँसू उस पर टपकता है। जानते हो न? टपककर जिस जगह वह गिरता है न, वह जगह क्या बन जाती है? अंगारा! डॉक्टर, मुझे सब तरफ अंगारे-ही-अंगारे दिखायी देते हैं।''

''कौन? नर्स!''

''हाँ, पट्टी बदलने आयी हूँ।''

''नर्स, वे जो खिड़की के पीछे धुएँ से में खड़े पेड़ दिखायी देते हैं, उनके पीछे यह इतनी चमक कैसी दिख रही है लाल-पीली-सी? क्या फिर कहीं आग लग गयी?''

''नहीं भैया जी, सवेरा हो रहा है।''

''हाँ नर्स, सबेरा ही हो रहा है लेकिन अंगारों की याद अभी तक बाकी है।'' मैं कहता जाता हूँ, ''सबेरा भी तो एक आग ही है, नर्स! राख की जाँच बताती है उसमें भी अणु-परमाणु हैं। और ये सब अन्त में ज्योति ही हैं। ज्योति ही ताप है और ताप ही अग्नि है। ठीक है न नर्स?''

''मैं नहीं जानती। मैं तो मरीजों को जानती हूँ, मर्ज को जानती हूँ।''

''तो क्या तुम अंगारों को नहीं जानतीं?''

नर्स दवा की शीशी खोलती है।

"नर्स!"

वह देखती है। मैं कहता हूँ, "अंगारे अपना रूप बदलते हैं। आह!"

"भैया, यहाँ नहीं जला है। दर्द यहाँ भी होता है?"

"हाँ नर्स! जहाँ जल चुका हूँ वहाँ जलन होती है, जहाँ नहीं जला हूँ वहाँ दर्द होता है।"

"अच्छे हो जाओगे! साहस का दीपक जलाकर मन में रखो। अच्छे हो जाओगे!"

"हाँ नर्स! अब न दर्द होता है, न जलन! पर मुझे यह कौन याद आ रहे हैं। ऐसा लगता है जैसे अंगारे फैलते चले जा रहे हैं।"

"मैं तुम्हारे पास आयी, तुमने कुछ नहीं किया। मैं हिरोशिमा की भस्म हूँ, मुझे नहीं पहचाना!"

"तुम कौन हो?"

"मैं तुम्हारा विज्ञान हूँ।"

"मैं तुम्हारे पास आयी, तुमने मुझे माथे से नहीं लगाया। मैं योगी की धूनी की राख हूँ।"

"तुम कौन हो?"

"मैं तुम्हारा दर्शन हूँ, आत्मा हूँ, ज्ञान हूँ।"

"अभी तक तुमने मेरे पत्र का उत्तर नहीं दिया। मैं प्रतीक्षा कर रही हूँ। मैं तुम्हारी प्रिया थी न?"

"तुम कौन हो?"

"मैं! तुम्हारी भावना का सत्य हूँ। तुम हो न? समाज ही तो नहीं हो तुम! तुम्हारे मन का भी तो एक अपनत्व है! मैं उसी का एक सौन्दर्य हूँ।"

"क्या केवल तुम्हीं मेरे फानूस का एकमात्र रंग हो?"

"उठकर मन के फानूस को अपनी इकाई के सूर्य के सामने पकड़ो। देखो, मैं तुम्हारे रूपों के कितने तारों में छायी हूँ!"

"शायद आपने मेरी बात भुला दी। मैं वही विद्यार्थी हूँ।"

"शैय्या पर पड़ा हूँ। अब कैसे लिख सकता हूँ! पुस्तकें मैं कब लिखूँगा अब? पर तुम कौन हो?"

"मैं आपके अस्तित्व का समाज में एक प्रतिफलन हूँ, जैसे..."

"नर्स!"

"आयी भैया!"

"मुझे पानी पिला दो।"

''एक बहुत बड़ा सर्कस का-सा पहिया घूम रहा है। उसे देखा भी नहीं जाता। बहुत छोटा-सा एक बौना करतब दिखा रहा है। वह हमारी पृथ्वी है। और सैकड़ों लोग उसे देख रहे हैं—वह मैं हूँ।''

'मैं ही वह योगी की धूनी की भस्म हूँ, क्योंकि वह मेरी संस्कृति और मेरी पीढ़ी-पीढ़ी चली आती यातना की उदात्तीकृत नकारात्मक स्वीकृति है। मैं ही वह हिरोशिमा की भस्म हूँ, जिसे मेरे ही आडम्बर और मेरी ही तृष्णा ने मुझे दिया है। मेरे ही यह अतीत और वर्तमान मेरे भीतरी स्तरों के कुंकुमों को अपने में विनष्ट करते हुए, नये प्रश्नों को नहीं सहते और उन्हें नीचे उड़ा देते हैं। क्योंकि अभाव की कचोट का सत्य इन्हें सहन नहीं होता, दयनीयता इनकी करुणा को न जगाकर इनमें उपहास बन जाती है और मैं ही इस सबका सामंजस्य करता हुआ, अपने असम रूपों में उलझता हुआ, भटका करता हूँ। मुझे कहाँ जाना है? मैं क्यों इतना व्याकुल हो गया हूँ?''

''भैया!''

''कौन?''

''देखो यह आया है। झुककर चरण छू बेटा! ये तेरे परमात्मा हैं। इन्होंने अपनी जान जोखिम में डालकर तुझे काल के मुँह से उबारा था बेटा!''

बच्चे का प्यारा-प्यारा मुँह है। यह मेरे पाँवों पर सिर रखना नहीं जानता। टुम-टुम आँखों से मुझे देखता रहता है।

और मैं सोचता हूँ—''क्या यही हिरोशिमा की आग में अबोध-सा जल मरा था! मनुष्य की हिंसा ने उसके ममत्व को भस्म कर दिया था! क्यों? क्योंकि सृष्टि के रहस्य परमाणु को मनुष्य ने पकड़ना सीख लिया? उसने विज्ञान की अति में अहं को उठाया। उसने पशुओं की हड्डियों के पत्थर बने स्वरूप धरती में से खोदकर सृष्टि-रचना की दौड़ देखकर अपन को नगण्य तो माना किन्तु उस 'ईश्वर' को अस्वीकार किया। उसने असंख्य चमत्कार दिखाकर भी मन को दिया? उसको दौड़ एक व्यापक भ्रान्ति तो बन गयी, किन्तु उसने सान्त्वना का स्थल कहाँ पाया।''

और मैं सोचता हूँ, 'क्या यही दुधमुँहा कल योगी बनकर अपने ही रूप को झुठाने लगेगा। अतीत का दर्शन, धर्म का गौरव और स्थितप्रज्ञ की प्रचंड गरिमा क्या इसके अस्तित्व को स्वीकार करते हैं? यह जो यह, एक प्राण, एक 'अहं' का ही विकास पूर्णत्व क्या स्थिरता है, या है वह गति, जिसने अपना केन्द्र बिन्दु कहीं खो दिया है।'

और मैं सोच रहा हूँ, 'कितने मीठे सपनों की कविता और ललित कलाएँ इसके

जीवन की वेदना और तृप्ति बनकर आत्मविकास के लिए बाँहें पसारे खड़ी हैं, यह कौन जानता है। क्या इसका 'वर्तमान' कल के 'भविष्य' में उन तृप्तियों की सुन्दरता को पा सकेगा? या विक्षोभ में इसकी ममताएँ चकनाचूर हो जायेंगी और इसका भी उभय पक्षों में विलय हो जायेगा?'

और मैं सोच रहा हूँ, 'विवशता, जिज्ञासा, विश्वास और 'अपार' के प्रति कौतूहल, उन्नति का संघर्ष, इसका विकास बन पायेगा?'

'यह कौन है? पूछता है मन। तो इससे पूँछूँ कि अपने-आपसे? सचमुच! क्यों 'मैं' ही तो नहीं है यह बालक? उगता हुआ बीज, जिसने एक भस्म के रूप में अपने को अब्रह्मांड में समाया है, और दूसरी भस्म के रूप में जिसने पिंड में ब्रह्मांड को छिपा लिया है, और तीसरे कुंकुम के रूप में मानव की वेदना को झटकारा है, और चौथे प्रश्न के रूप में व्यापक में अपनत्व खोजने के लिए आँखें उठायी हैं?'

''बेटा!'' माँ कहती है, ''इन्हें याद रखना। भैया, अभी बच्चा है, कुछ नहीं समझता। अभी तो यह बेचारा भोला है, ठीक परमात्मा-जैसा।''

मैं सोचता हूँ, ''क्या परमात्मा भी ऐसा भोला है? या यह इसके भोलेपन की निश्छलता के कारण इसे परमात्मा कहती है?''

माँ कहती है, ''ढोक दे! यह तेरे परमात्मा हैं!'' उसके नयनों में आँसू झलक आते हैं। कैसे हैं ये ममता के आँसू! इनमें अधिकार को ज्वाला है, परन्तु वह किसी नगर को किसी भी विज्ञान के आडम्बर का साधन बनकर जला नहीं सकती, न वह किसी पुरुष की एकान्त पूर्णता की सीमित व्याप्ति की कारा का प्रतीक है। इसमें तो संस्कृति की अबाध बहती धारा का समस्त सौन्दर्य अपने सर्वोच्च आदर्शों के साथ उतर आया है। यह मेरे मन में भी आ गया है।

''बच गया, बेटा! उसने बचाया तुझे! पर 'उसके' लिए 'ये' आये थे, 'उसका' रूप धरकर। बेटा, ढोक दे!''

माँ उसका सिर मेरे पाँवों पर रख देती है। यह देखकर मैं कहता हूँ, ''बहन, परमात्मा को मेरे पाँवों पर क्यों झुका दिया तुमने?''

माँ हँसकर कहती है, ''भैया तुमने जीवन दिया इसे। तुम इसके परमात्मा हो। परमात्मा जो परमात्मा के सामने झुके तो दोष भी क्या है?''

मैं सुनता हूँ। मुझे सबका उत्तर मिल गया है। अब मुझे अंगारे नहीं दिखते। वे सारे अंगारे—धरती के, आकाश के, सब, सब, माँ के गालों पर बहे आँसू बने दिखायी देते हैं।

बालक सिर उठाता है मेरी समस्याएँ सुलझ गयी है।

''डॉक्टर!''

''कहिये!''

''मेरी एक प्रार्थना है।''

''हाँ, हाँ, कहिए।''

''मेरी कुछ जरूरी डाक है। उसका जवाब देना है। मैं उठ नहीं सकता। आप मेरी मदद करेंगे?''

''क्यों नहीं।''

''तो सुनिये, मेरे यह काम कर दीजिये। हिरोशिमा से मेरे पास कुछ भस्म आयी थी। उसने मुझसे जवाब माँगा था। अभी जो यहाँ माँ आयी थी न? इसका एक आँसू आप वहाँ पार्सल कर दें। वह जो दूसरा पार्सल था, योगी की भस्म का, उसे इस बालक की मुस्कान भेज दें। और वह जो मेरी प्रिया थी, उसे मेरे घाव भेज दें। हो सके तो साथ हह जले हुए गाँव के आशीर्वाद भी। विद्यार्थी को लिख दें कि आपका रोगी 'मैं' जीवित हूँ, क्योंकि मृत्यु पर यह जीवित रहने की साध, अखंड रूप से अभी तक एक विजय-ध्वज-सी दिखायी दे रही है। करेंगे न मेरा इतना काम डॉक्टर?''

''अभी आप सो जाइये! जो आप कहेंगे मैं वही करूँगा।

''मैं अच्छी तरह सो जाऊँगा, डॉक्टर!''

''मेरी नींद पराजय नहीं। नये जागरण के लिए बल-संचीय है। जानती हो, नर्स?''

नर्स नहीं समझती।

''नर्स!''

''भैया जी!''

''देखो, मैं बहुत दिनों से चला आ रहा हूँ। पीछे के रास्ते में जो धूलि मेरे पाँवों से उठी है, वह मेरे कपड़ों पर छा गयी है, अभी तक दूर नहीं हुई।''

''भैया जी, सो जाइये सभी!''

''कब तक सोता ही रहूँ? अब मैं जाग उठना चाहता था, सो जाग गया। नर्स! विवेक तो डॉक्टर है, लेकिन तुम उससे भी ऊँची हो!''

''डॉक्टर से भी?''

''हाँ, यही तो मैं कहता हूँ। तुम नहीं जानतीं। डॉक्टर ही रोगी के लिए काफी होता तो तुम्हारी क्या आवश्यकता थी। नर्स! मनुष्य ममता और स्नेह के बल पर जीवित रहता है। देह और मन का एकात्म ही संवेदना है। विवेक उसके व्यक्तित्व का पूर्णत्व नहीं है। उसने गत और वर्तमान युग में इस एकांगी दृष्टि को लेकर ही तो व्यक्ति को समूह में या तो खो देना चाहा है, या उस पर लाद देने का यत्न किया है। उसे देखा

कभी नहीं। उसको परिधि में बाँधकर व्याख्या करके सरल कर देने का यत्न किया है, जैसे टीका-टिप्पणी करने वाले प्रोफेसर हर ज्ञान और विज्ञान के लिए कुंजी बनाया करते हैं, किन्तु ऐसे प्रयत्नों के पीछे केवल अहंकार और जड़ता ही नहीं रहती, कुछ स्वार्थ भी बना रहता है। उसे परिधि में न बाँधा जाय तो क्या कोई हर्ज है?

"मैं नहीं जानती भैया। मैं तो सिर्फ तुम्हारे घावों को देखकर उन पर मरहम लगाना जानती हूँ।"

"क्यों करती हो ऐसा नर्स?"

"तुम्हें दुःख होता है न!"

"मैं दुःखी हूँ इसी से?"

"हाँ भैया जी!"

"ठीक कहती हो नर्स! दुःख शरीर का धर्म है, मन उसकी व्यथा की अनुभूति का केन्द्र है, विवेक उसका प्रतिशोध चाहता है। नर्स, क्या विवेक से मनुष्य को कोई लाभ नहीं?"

नर्स हँसती है।

"क्यों हँसती हो नर्स?"

"भैया, तुमने डॉक्टर साहब के लिए ही तो विवेक कहा था। उनसे क्या कोई लाभ ही नहीं है? वे दया की पहचान जानते हैं भैया। तब ही तो मैं लगाती हूँ। तुम बहुत जल्दी ही अच्छे हो जाओगे, भइया। बहुत जल्दी।"

नर्स चली गयी है।

अब मैं देख रहा हूँ। आकाश में अंगारे नहीं हैं, तारे हैं। विद्यार्थी! इन तारों तक मनुष्य अवश्य जायेगा। प्रिये! वह जायेगा परन्तु प्यार के लिए। केवल प्रकृति के नये रूपों को खोजने में ही मन की तृप्ति नहीं है। योगी! तुम क्या स्थिर बने रहोगे? मुझे अपनी शक्ति दे दो विकास को मैं और व्यापक बना लूँ। बर्बरता! तू मिट जा, क्योंकि अपनी सभ्यता का यह पतन मुझे सिर झुकाने को विवश कर देता है। सबमें 'मैं' हूँ, अतीत से अब तक 'मैं' हूँ। 'मैं' ही सत्य हूँ, क्योंकि यह 'मैं' सर्वात्म बनने के लिए फिर अच्छा होता चला जा रहा है। 'मैं' ही मन के स्तरों की सुन्दरता का अनुभव करके लोक के 'तू' में अपना विसर्जन करता जा रहा हूँ जैसे शहीद के बलिदान की इकाई में स्वतन्त्रता बहुजन के लिए कल्याण बन जाती है।

आकाश में तारे नहीं दिखते, 'मैं' फूल देख रहा हूँ। इस नये 'मैं' के वृक्ष पर ये कितने गन्धित फूल झूल रहे हैं।

('62 से पूर्व)

जानवर-देवता

हुसैन मुहम्मद जिस दिन विलायत से लौटकर आया उस दिन मैं और शेख नबी उससे मिलने साथ-साथ पहुँचे। वह हमें देखकर बहुत प्रेम से मिला। मैं उसको देख प्रसन्न हुआ। अब वह हम लोगों की तुलना में कितनी अच्छी हिन्दी और अँग्रेजी बोलने लगा था। बातचीत चलती रही। तस्करे में वह बोला, "हम हिन्दू लोगों में बहुत-से रीति-रिवाज अजीब इसलिये मालूम देते हैं कि हमारा मुल्क बहुत पुराना है। और यह इसलिये कि यहाँ एक जाति नहीं, अनेक जातियाँ आपस में घुल-मिल गयी हैं। इसलिये यह कहना उचित होगा कि यह देश मूर्खों का देश है। वस्तुतः इस देश में बहुत-सी जातियाँ बाहर से भी आयी हैं। असल में प्राचीन काल में मनुष्य जानवर-देवताओं की पूजा किया करता था। और बाद में जब जातियाँ शादी-ब्याह करके आपस में मिल-मिला गयीं तब देवताओं के परिवार बन गये। हमारे यहाँ शिव और विष्णु के साथ इसीलिए हनुमान बन्दर, नाग, नन्दी बैल, देवी के साथ शेर और न जाने किस-किस देवता की पूजा होती है।"

शेख नबी ने मुस्कराकर कहा, "अये मियाँ, तुम हिन्दू कब से हो गये?"

हुसैन मुहम्मद ने कहा, "जो हिन्द में रहे सो हिन्दू। हिन्दू नाम भी तो ईरानी लोगों का दिया हुआ है। चूँकि हिन्दुकुश-सिन्धु वगैरह से ही इधर के लोगों को पहचानते थे, यहाँ के बाशिन्दों के लिए यह नाम चल पड़ा। वर्ना पहले यहाँ के लोग अपने को हिन्दू नहीं कहते थे। कोई ब्राह्मण वैदिक धर्म को मानता था, कोई शैव था, कोई वैष्णव। और सच तो यह है कि यहाँ ने जाने कितने देवी-देवताओं को मानने वाले लोग थे।"

"हाँ," शेख नबी ने कहा, "हिन्दुओं की जमीन ही ऐसी है।"

हुसैन मुहम्मद ने कहा, "नहीं शेख साहब, इन्सान तो हर मुल्क में एक जमाने में जानवर-देवता की पूजा करता था। आपको याद होगा कि यहूदियों में बैल की पूजा होती थी और हजरत मूसा ने उसे रोका था। हमारे पैगम्बर साहब ने भी रोक लगायी थी, लेकिन जानवर-देवता की पूजा आज भी मुसलमानों में मौजूद है।"

"लाहौल बिला कूवत!" शेख नबी ने कहा, "यह क्या कह रहे हो, मियाँ! रसूल के पाक दामन पर क्यों अपनी विलायती छाँट रहे हो?"

"तो सुनिये। मुझे यह किस्सा विलायत में एक दक्खिनी दोस्त ने सुनाया था। कोई पच्चीसेक साल हुए, तोंडनूर नाम की जगह में एक घटना हुई। वह रामानुजाचार्य का मंगलाशासन क्षेत्र है, मैलकोटा के नीचे। वहीं उन्होंने जैनों को हराकर, विवाद में पराजित करके, वैष्णव बनाया था। वहाँ ज्यादातर शूद्र रहते हैं—कुर्मी, कुम्हार, गड़रिया जैसे लोग। कुछ वैखानस और पंचरात्र ब्राह्मण भी बसते हैं। तो घटना यह हुई कि उन दिनों जो मुल्क भर में अँग्रेजी हुकूमत के कारण भड़काये जाने से हिन्दू-मुसलमानों में दंगे हो रहे थे, उस छोटी-सी जगह में भी तनाजा पड़ गया। हिन्दू थे कम और जाति के कारण बँटे हुए। विजयराघवाचारी नाम का ग्राम पुरोहित, ज्योतिष का कार्य करता, देवाराधना करता अपना समय निकाल रहा था। तो वह स्मार्त ब्राह्मण वहाँ के मुसलमानों का एका देखकर घबरा गया। वहाँ के लोग उसे घेर बैठे और उससे बचाव की तरकीबें पूछने लगे। खबर आयी कि मुसलमान गऊ-कशी करने वाले हैं और हिन्दुओं में इससे बेचैनी की हवा फैल गयी और दामम्मा और बौमम्मा नामक औरतों ने घर-घर में यह खबर फैला दी।"

हुसैन मुहम्मद ने एक साँस ली और फिर कहना शुरू किया, "नतीजा यह हुआ आखिरशः दोनों तरफ मजहबी जुनून इतना बढ़ गया कि एक मैदान में दोनों दलबन्दी करके इकट्ठे हो गये। हिन्दू थे कम, मुसलमान थे ज्यादा। अब जो लगा कि मुसलमान हमला करने ही वाले हैं तो हिन्दुओं में घबराहट की लहर दौड़ गयी। ऐसा लगा कि भग्गी मच जायेगी। ठीक उसी समय एक बकरी चराने वाला चैन्नैगौडा आट्याडयन नामक बूढ़ा सामने बढ़ आया। उसकी काँख में कपड़े से ढका कुछ छटपटा रहा था। बगल में था मरीगौप्पा, एक बड़ा तसला लिये जो उसने वहीं दोनों दलों के बीच रख दिया और तिम्मप्पा नामक एक जवान ने उसमें बाल्टी से पानी उड़ेल दिया। अब मुसलमानों को उत्तेजना बढ़ चुकी थी। शोर-गुल करते वे आगे बढ़े कि चैन्नैगोडा ने काँखवाला कपड़ा खोल झट से एक जानवर निकाला और दूसरे हाथ से उस पर चक्कू चला दिया। सूअर चिल्लाया और खून तसले के पानी में गिरा। तसले का पानी रँग गया। और तब चैन्नैगौडा ने सूअर मुसलमानों की भीड़ पर फेंक दिया। भीड़ एकदम पीछे हट गयी, बीच से काई फट गयी। अब तो मुसलमान बहुत ज्यादा नाराज हो गये। वे फिर आगे बढ़े। तब चैन्नैगौडा ने तसले का पानी भीड़ पर दोनों हाथों से उछालना शुरू किया। पलक मारते 'हराम-हराम' चिल्लाते सारे मुसलमान भाग गये। चैन्नैगोडा ने मुड़कर देखा कि डर के मारे हिन्दू पहले ही भाग चुके थे। उसने अकेले ही सारी भीड़ भगा दी थी।"

यह कहकर हुसैन मुहम्मद हँसा और बोला, "यह क्या था? जानवर-देवता का

कमाल। मुसलमान उससे नफरत क्यों करते हैं? क्योंकि यह उनके यहाँ टैबू है। जब मुसलमान हिन्दुस्तान आये थे तब वे हिन्दुओं को गाय और उसकी हड्डी से ऐसे ही डराया करते थे।''

वह फिर हँसा और बोला, ''क्या ये लड़ाइयाँ हमारे मध्यकालीन विश्वासों को प्रकट नहीं करतीं? अभी इन्सान आजाद नहीं हुआ है, उसका दिमाग अभी भी गुलाम है।''

''रहम करिये, रहम करिये,'' शेख साहब ने कहा, ''आप विलायत में जाने क्या बकवास सीख आये हैं।''

''जी, मैंने यह हिन्दुस्तान की नज़ीर दी है।''

''आप तो रहने ही दीजिये।''

''फिर आप भी तो कुछ बताइये।''

''देखिये, मजहब ऐसी चीज है जिस पर यक-ब-यक कुछ कहा नहीं जा सकता।''

''यही तो वह अन्धचाल है जिसकी वजह से हम लकीर पीटते चले जाते हैं और सोचने की तकलीफ भी नहीं करते। अच्छा तो बताइये।'' हुसैन मुहम्मद ने कहा, ''फिर क्या वजह है कि सूअर ही से नफरत की जाती है?''

''क्योंकि वह गन्दा होता है,'' शेख साहब ने कहा, ''मैला खाता है। आप समझते क्यों नहीं?''

''गन्दा?'' हुसैन मुहम्मद ने कहा, ''गन्दे सब जानवर होते हैं। साबुन लगाकर कौन-सा जानवर नहाता है? मैला तो गाय भी खा जाती है, लेकिन उसे आराम से खाया जाता है। पुराने जमाने में ब्राह्मण भी उसे खाते थे, लेकिन खेती के लिए फायदेमन्द जानवरों को बाद में छोड़ा जाने लगा। फिर अब कहिये!''

शेख साहब को जवाब नहीं सूझा। हुसैन मुहम्मद कहता रहा, ''विलायत में सूअर खूब खाया जाता है और आप नहीं कह सकते कि उसके खाने से तन्दुरुस्ती बिगड़ती है। यूरोप और अमेरिका ने मामूली तरक्की नहीं की है। वह बात और है कि आप आमिष और निरामिष का सवाल पैदा कर दें। लेकिन वह समस्या हमारे-आपके सामने इस वक्त नहीं है।''

शेख साहब को आवेग तो था, लेकिन वह उसे प्रकट नहीं कर पा रहे थे। कहा, ''तो फिर इन्सान क्या किसी जमाने में इतना बेवकूक था कि यह जानवरों की पूजा करता था?''

हुसैन मुहम्मद ने कहा, ''नहीं, आप बेवकूफ क्यों कहते हैं? पुराने आदमी अपनी जरूरतों की चीजों को महत्त्व देते थे। राजपूत के लिए तलवार कीमती चीज थी। वह तलवार की पूजा करता था। ब्राह्मण के लिए विद्या बड़ी थी। वह सरस्वती-पूजा में किताबें रखकर पूजा करता था। बनिए के लिए दौलत बड़ी थी। वह दीवाली में

रुपए की पूजा करता था। शूद्र के लिए नाज बड़ा था। वह होली में आग जलाकर नया नाज भूनकर रंगरेलियाँ मनाता था। और भी पुराने जमाने में गाय मुफीद थी, क्योंकि बैल देती थी, दूध देती थी। वह भी देवता बन गयी। इसी तरह जब शुरू में आदमी प्रकृति को समझने की चेष्टा करता, या उससे डरता, वह पशुओं के पास रहने के कारण उन्हीं से अपना संसार समझता था। इस पर तो बड़ी भारी किताब लिखी जा सकती है।''

शेख नबी उत्तेजित से हो उठे। बोले, ''खुदा की मार हो!''

''बस, बस आप जोश में क्यों आते हैं, शेख साहब,'' हुसैन मुहम्मद ने हँसकर कहा, ''इसी को तो जानवर-देवता कहते हैं। हिन्दुओं में जंगली सूअर का एक अवतार माना जाता है। हो सकता है मुसलमान होने के बहुत पहले ही अरबों ने, जबकि वे यहूदी भी न थे, इस जंगली सूअर को देवता मानने वालों से कभी लड़ाई की होगी। फिर किसी तरह इन दो जातियों में यह जंग बढ़ गयी होगी। और उसी का नतीजा है कि अरबों, यहूदियों में सूअर से नफरत हो गयी और बाद में वह परम्परा में आ गयी। दरअसल पुराना आदमी और ही तरह का था। वह टॉटैम और टैबू का इतिहास है। आप जिस जानवर की पूजा करते हैं, वह टॉटैम है, और जिससे लड़ते हैं, जिसके खिलाफ हैं, वह आपके लिए टैबू है।''

शेख साहब ने निरुत्तर होते हुए कहा, ''अरे मियाँ! तुम कोई विलायत से लौटे हुए पहले आदमी नहीं हो। रहम करो। कम-अज-कम अपने दीन से तो डरो।''

लेकिन शेख साहब की बात का असर बिल्कुल नहीं पड़ा। वह बोला, ''देखिये, आपको मैं किसी दिन दूरबीन से चाँद-सितारे दिखाऊँगा और उस दिन अपनी धरती का छोटापन देखकर आपको यकीन आयेगा कि हम, हमारे दर्शन, हमारे मजहब, सब कुछ कितने छोटे हैं!''

लेकिन शेख साहब उठकर चले गये थे।

('62 से पूर्व)

कोने और गोलाइयाँ

"गाँवों में भी बड़े-बड़े अजीब इन्सान मिल जाते हैं", चाचा हरनाथ ने कहना शुरू किया, ''मैं आपको एक किस्सा सुनाता हूँ–

बहुत गरीब था बल्देव और इतना गरीब था कि गरीबी भी उसका आटा गीला करते झिझकती थी। माँ ने उसे बड़ी-बड़ी मुसीबतें झेलकर पाला था। रमिया बुढ़िया ने उसे एक फटे कुर्ते में बचपन के कच्चे टीलों में से गुजारा था और बड़े होकर जब उसने जवानी के पहाड़ों में से अपना रास्ता बनाया, तब भी उसकी देह पर एक फटा कुर्ता ही दिखायी देता था। लेकिन उसी बल्देव की हविस गधे की पिछली टाँगों की तरह थी कि जाने कब उसकी मर्जी आ जाती और यह दुलत्ती झाड़ने लगती।

बाबू रामेश्वरसहाय गाँव के दारोगा थे। वह हर गरीब से वाकिफ थे, क्योंकि उन्हें जब उस बदकिस्मत गाँव में कोई केस नहीं मिलता, तब वह इन ऐरे-गैरों में से ही किसी को बन्द कर लेते। एक बार इस नीच जाति बल्देव को भी उन्होंने थाने में बन्द कर लिया। रमिया ने थाने के चारों तरफ मँडरा-मँडराकर गालियाँ देना शुरू किया और अन्त में बल्देव को छोड़ दिया गया। लेकिन इन तीन दिनों के सज्जनों के सम्पर्क ने बल्देव के दिन की गरीबी को गायब कर दिया।

अब वह गालियाँ देना सीख गया। अकड़ना उसके लिए आसान हो गया। जब कहता तो यही कि मैं किस साले से डरता हूँ! ऊपर वाले के सामने भी सिर नहीं झुकाऊँगा क्योंकि उसने भी मुझे नंगा ही रखा है। दारोगा है क्या चीज? देख लूँगा साले को!

दारोगा जी को पता चला लेकिन उन्होंने यह उचित नहीं समझा कि इस तरह उसे पिटवाया जाय। वह रोज मुंशी दौलतपरशाद की हवेली में जाया करते थे। मुंशी जी अफीम खाकर नीचे आराम करते। दारोगा जी मुंशिन जी के पास ऊपर बैठे रहते। यह बात किसी तरह बल्देव को मालूम हो गयी थी और अब उसे पिटवाने में उसके खुल जाने का खतरा था। एक दिन जब उन्होंने उसे अकेले में आँखें दिखायीं तो वह बोला, ''दारोगा जी! मुंसिन के पास बखत कटता है। मुझे पता चला है। आप

हल्के की देखभाल करते हैं, मैं थाने की देखभाल करता हूँ। गरीब आदमी हूँ। थाने से नहीं डरता, फाँसी में नहीं डरता। अगर मुझसे बिगाड़खाता किया तो उस बखत मुंसिन के घर में कूदूँगा, जब आप होंगे। सामने से गठरी बाँध के ले आऊँगा और आप उफ न कर सकेंगे वर्ना ऐसे बदनाम होंगे कि याद करेंगे। कहीं का न छोड़ूँगा। अफसरों तक कलई खुल जायेगी।''

दारोगा जी ने सुना तो मन मसोसकर रह गये।

कुछ दिन और बीत गये। एक रोज दारोगा जी थाने के आगे मूँछों पर ताव दे रहे थे। शहर का एक बाबू साइकिल पर आ गया और पूछने पर पता लगा कि यह डर्बी लॉटरी के टिकट बेचता था। दारोगा जी ने एक टिकट खरीदा। थाने के मुंशी जी ने भी अपनी किस्मत की छुरी पेश की, जिसे भी इनाम की म्यान की दरकार थी। उधर से चला आया बल्देव। उसने सलाम किया और बैठ गया। सुनता रहा, सुनता रहा। फिर बोला, ''हजूर! इसमें रुपया मिलता है। भगवान करे आपको भी मिले, हजूर। दस लाख!''

''तू भी ले ले!'' दारोगा जी ने मुस्कराकर कहा।

''ले लूँ हजूर! दोनों बखत किसी दिन भी भरपेट रोटी खायी हो, ऐसा याद नहीं आता। बस वे थाने में बन्द रहने के दिन जरूर याद आते हैं। हजूर, तब जरूर टैम पै खाना मिल जाता था।'' उसने मस्ती से कहा।

''तो तुझे थाने में कब तक रखा जायेगा, बल्देवा!'' दारोगा जी ने पान की पीक थूककर कहा।

बल्देव ने कहा, ''हजुर के पास तो कुं जी है। बुढ़िया की भूख नहीं देखी जाती। अपने मुंशी दौलतपरसाद हैं न...उनके घर से...''

दारोगा जी ने बात बदली, ''अबे तो टिकट तो ले ले...''

''हजुर, आप टिकट ले लें मेरा,'' बल्देव ने मुस्कराकर कहा, ''आप ही को मुबारक हो। गरीब का भला करे, ऐसा भी कोई होता है क्या सरकार? अपने मुंशी जी हैं दौलत परसाद...''

दारोगा जी ने रिश्वत दी, ''अबे, क्या समझता है? देख तेरा टिकट हम लेते हैं। साढ़े बारह देते हैं।''

थाने में सकता पड़ गया। बल्देव स्वयं काँप गया। पंडितों ने सुना तो कहा, ''यह क्या हो रहा है, भाई? जमदूत ने विष्णुदूत के आगे पापी की जमानत दे दी?'' बल्देव गाँव में प्रसिद्ध हो गया। दारोगा जी का नाम दानियों में फैल गया और उनकी नर्मदिली का यश फैलता चला गया। परिणामस्वरूप बल्देव उनका कुत्ता बन गया। दारोगा जी के प्रताप से माधोलाल ने बल्देव को अपनी ईख पेरने पर नौकर भी रख लिया जहाँ उसे दोनों जून रोटी मिलती, तनख्वाह से माँ पल जाती। दिन-भर वह

खूब मेहनत करता। दारोगा जी एक बेकार आदमी को निगहबानी से बरी हो गये और मुंसिन के यहाँ रात-रात-भर गुजारने लगे।

बात आयी-गयी हो गयी। बरसात के दिन थे। घनी ऊमस पड़ रही थी। दारोगा जी बैठे थे। नौकर पंखा झल रहा था। एक आदमी थाने के द्वार पर आया। शहरी बाबू को बिठाया गया। पान पेश हुआ। पूछा, "कहिये जनाब का..."

आगन्तुक ने कहा, "आपकी ही खिदमत में आया था।"

"हाँ-हाँ, फरमाइये..."

"आपके यहाँ कोई श्री बल्देव हैं इस गाँव में..."

दारोगा जी के कानों में वह श्री ऐसा लगा जैसे कोई सोने की थाली में सड़ा चूहा रखा हो। हँसी भी आयी। चौंके भी। शहरी बाबू कहता रहा, "उनकी डर्बी की लॉटरी आयी है। हमारे एक साथी यहाँ टिकट बेच गये थे। वह बीमार हैं, इससे आ न सके। पूरे दस लाख..."

दारोगा जी के नीचे से धरती खिसक गयी। उनके साढ़े बारह रुपयों में इतना दम था! उन्हें लगा यह देखकर भी देख नहीं रहे हैं, सुनकर भी सुन नहीं रहे हैं. ..दस लाख...बल्देवा के दस लाख...साला...भूखा...नंगा..."

शहरी बाबू ने कहा, "आप उन्हें बुलवा देते तो...मेरे साथी ने आपका ही पता बताया है मुझे।"

"ठहरिये, ठहरिये।" दारोगा जी ने कहा, "आप भी क्या कहते हैं! आप एक इन्सान को मार डालना चाहते हैं? दस लाख...बल्देवा के...जनाब सीना फट जायेगा उसका और पागल हो जायेगा यह सुनकर...पानी लाना, पानी..."

पंखेवाले ने पानी पिलाया। दारोगा जी कुछ चैतन हुए। फिर बोले, "बाबू साहब! अगर आप मुझे इजाजत दें तो यह काम मुझ पर छोड़ें। मैं उसे बचा लूँगा, वर्ना यह रुपया मिट्टी हो जायेगा।"

"कैसे?" बाबू ने पूछा।

दारोगा जी ने पंखेवाले से कहा, "खबरदार जो मुँह से लफ्ज भी निकला!"

पंखेवाला काँप गया। दारोगा जी जोश में उठे और बाबू से बोले, "मैं परगने का मालिक हूँ। हर इन्सान की जिन्दगी की देखभाल और बहबूदी मेरा काम है। आप नहीं, मैं उसे यह खबर दूँगा। आप भगवान के लिए एक भी लफ्ज न बोलें।"

बाबू समझा नहीं बोला, "जैसी आपकी मर्जी।"

दारोगा जी बाहर जाकर गरजे, "करीम! हरबख्श!"

वे कई नाम पुकार उठे।

ये सिपाही आ गये। दारोगा जी को उत्तेजित देखकर डर गये। दारोगा जी चिल्लाए, "पकड़ लाओ उस साले बल्देवा को! उसने अपने को समझा क्या है!

फौरन...''

बाबू समझा नहीं। उठने लगा। दारोगा जी ने उसके कन्धे पकड़कर बिठा दिया। कुछ ही देर में सिपाही बल्देवा को घसीट लाये। अब वह कमाता था। थाने में उसे डर लगने लगा था। वह चिल्लाया, ''दुहाई है हजूर की...''

''दुहाई के बच्चे...तेरी...'' दारोगा जी ने एकदम उसे कोई पचास गालियाँ दीं और गरजे, ''बाँध दो साले को खम्भे से! समझ क्या रखा है इसने? लगाओ मार साले में जो बोल जाय। छिड़क दो साले पर गुड़ का पानी...''

बाबू उठ खड़ा हुआ। दारोगा जी ने इशारा किया। उसे तीन सिपाही घेरे थे। वह भी चुप हो गया।

अब बल्देवा को बाँधकर पिटाई शुरू हुई। मीठे पानी पर चींटे लग गये। जिन्दा भुनते हुए सूअर की तरह बल्देवा पिटते हुए कराहने लगा। दारोगा जी बराबर गरज रहे थे। पहले बल्देवा ने गालियाँ दीं, फिर मिन्नतें कीं, फिर रोया, फिर घिघियाया, मगर हाथ नहीं रुके, लातें नहीं रुकीं, बेंत नहीं थमे...बाबू थर्रा-थर्रा गया, मगर सिपाही उसे घेरे खड़े रहे...और बल्देवा अधमरा-सा हो गया। अब उसके मुँह से आवाज का निकलना बन्द हो गया था। सारा गाँव आ गया था, लेकिन चार सिपाही बन्दूक लिये उधर खड़े थे। किसी की मजाल नहीं थी जो बोल जाता।

जब बल्देवा के आगे-पीछे के दरवाजे खुल गये और धोती गन्दी हो गयी और उसका सिर लटक गया, सारी देह पर निशान पड़ गये, दारोगा जी ने बाबू से कहा, ''कागज दीजिये।''

बाबू ने कागज दे दिया।

''रुको! वह चिल्लाये।

सिपाही थम गये। दारोगा जी बल्देवा के पास गये और चिल्लाये, ''अबे बल्देवा...''

बल्देव घबराया, ''हुजूर!''

''अबे सुनता है...''

''हजूर, अब नहीं करूँगा।''

''अबे तेरी लाटरी आयी है। तुझे दस लाख रुपए मिले हैं।''

''आग लगाओ रुपयों को हजुर...मुझे छुड़ा दें...हजूर चैंटे खाये जा रहे हैं...''

गाँव में सन्नाटा छा गया। दस लाख! बल्देवा के! पंडित नीलकंठ चिल्लाये, ''दारोगा जी की जै। बचा लिया बल्देवा को। बचा लिया कंगले को।''

बल्देवा बेहोश हो चुका था। दारोगा जी मुस्करा दिये।

बल्देवा खुलवाया गया। दारोगा जी ने हुक्म दिया, ''जख्म साफ करो। मरहम लगाओ। पंखा करो। दूध मँगाओ। रबड़ी डलवा लेना उसमें।''

अब बल्देव की सेवा प्रारम्भ हुई, पर इस सेवा से गहरी नींद आ गयी।

सवेरे दारोगा जी ने उसे सोते देखा तो हिलाया, ''बल्देव!''

वह जाग उठा।

''क्या हाल है?''

''ठीक है, हजूर!''

''तेरे दस लाख रुपए आये हैं, पता है?''

''हाँ हजूर! कल सुना था, तभी इस मार से बच निकला। हजूर, मेरा क्या कसूर था?''

दारोगा जी ने मुस्कराकर कहा, ''पगले! कल की मार तो ऐसी थी कि मेरे भी रोंगटे खड़े हो जाते थे, पर मैं क्या करता। जो तेरे बदन में इतना दर्द न होता तो तू इस दस लाख की खबर सुनकर पागल हो गया होता। वह तो कह कि इस खबर ने तुझे इस मार से जिला दिया।''

बल्देवा दारोगा जी के घुटनों पर सिर रखकर कृतज्ञता से रो उठा। फिर बोला, ''हजूर, मैं भी कैसा नीच था कि आपको मुंसिन की धमकी देता था। मुझे माफ कर दें, हजूर! ये सब आप ही का है। आप ही के रुपयों से तो आया है। आप ही ले लें।''

दारोगा जी हँसे और बोले, ''अरे पागल! अगर मैं गुनाह न करूँ और धब्बा न लगे, तो मेरी चादर तो तुझ-जैसे दस-दस लाख के जाने कितने धोबी धोया करें। भगवान ने मुझे ऐसी चीज दी है—हुकूमत! वही मेरी किस्मत में है और मैं उससे ज्यादा पा भी नहीं सकता।''

बाबा हरनाथ ने एक साँस ली और कहा, ''कहिये! आप बता सकते हैं कि इन्सान कब और क्या करेगा!''

('62 से पूर्व)

ममता की मज़बूरी

अस्पताल में एकदम शोर मच उठा।

'मार डाला! मार डाला!' की आवाज गूँज उठी।

मरीजाएँ उठ बैठीं। वे अपनी तकलीफों को भूल गयीं। नर्सें चिल्लाने लगीं। वार्ड सर्वेंटों की तीखी आवाजें सुनाई देने लगीं। मर्द चौकीदार और नौकर भागकर इकट्ठे हो गये।

नर्स मिस विलियम ने सोती डॉक्टर बारूदवाला को जगाया।

लेडी डॉक्टर ड्यूटी पर थी। उस वक्त कुछ काम नहीं था, इसलिये अपने कमरे में जाकर लेट गयी थी। मिस विलियम से कह गयी थी कि जरूरत हो तो फौरन मुझे बुला लेना।

"क्या हुआ?" डॉक्टर ने पूछा।

"गजब हो गया, डॉक्टर!" नर्स ने घबराये से स्वर में कहा।

डॉक्टर चिहुँककर खड़ी हो गयी। पूछा, "जल्दी बताओ क्या बात है? नम्बर सत्ताईस का क्या हाल है?"

"वह तो ठीक है।"

"ओह! फिर क्या बात है?"

"नम्बर तेरह..."

"उसको क्या हुआ? वह तो बिल्कुल ठीक थी..."

" जी हाँ, वह तो अब भी ठीक है..."

"क्या पहेलियाँ बुझा रही हो?...बताती क्यों नहीं?"

"जी...जी...उसने अपने बच्चे का गला घोंटकर मार डाला..."

"नॉनसैन्स!" डॉक्टर चिल्लायी, "ऐसा कैसे हो सकता है? यह उसी का तो बच्चा था!"

"जी हाँ!"

"चलो, मैं देखती हूँ।"

डॉक्टर को आते देख सब राह देने लगे। डॉक्टर ने जाकर देखा। सचमुच बच्चा मरा पड़ा था। मरीजाएँ हिचकी ले-लेकर रो रही थीं। जिसकी जो इच्छा होती थी, वह वही बक उठती थी। और पलँग के नीचे पड़ी थी बच्चे की माँ। सिर के बाल बिखरे हुए। अस्पताल के कपड़े पहने।

पुलिस को फोन हो चुका था।

दारोगा भीतर आ गया।

बोला, "कहाँ है खूनी?"

लेडी डॉक्टर ने इशारा किया।

नम्बर तेरह की दोनों गोरी और खूबसूरत कलाइयों ऊपर उठ गयीं। सिपाही ने उनमें हथकड़ी डाल दी।

लेडी डॉक्टर ने कहा, "इस हालत में आप मरीजा को ले जा रहे हैं। यह फिर यहीं लौटाकर लानी पड़ेगी, वर्ना मर जायेगी।"

नम्बर तेरह के खूबसूरत चेहरे पर पागल-सी हँसी दिखायी दी और उसने कहा, "तो क्या खून करने के बाद भी मुझे जीना चाहिए, डॉक्टर? मैं ग्रेजुएट हूँ।"

"ग्रेजुएट!" दारोगा पीछे हट गया। डॉक्टर ने उसकी ओर गौर से देखा।"

"राजेश्वरी अरोड़ा! ग्रेजुएट! हत्यारी! अपने बच्चे की कातिल!"

डॉक्टर ने कहा, "तुमने इस बच्चे को गला घोंटकर मारा है?"

"हाँ।" औरत अब बिल्कुल शान्त थी।

दारोगा ने देखा, वह बहुत ज्यादा खूबसूरत थी। उसको आश्चर्य हुआ। उसने कहा, "तुमने उसे मारा क्यों?"

औरत ने बिल्कुल संयत स्वर से कहा, "उसका मर जाना अच्छा है, इंस्पैक्टर साहब! आप नहीं समझेंगे। मैंने जो कुछ किया है बहुत सोच-विचार कर किया है। जब यह गर्भ में था, तब से ही सोचती आ रही थी। लेकिन तब हिम्मत नहीं पड़ती थी, क्योंकि मुझे सिर्फ अपना अक्स ही शीशे में दिखायी पड़ता था। और अब! अब आज इसे पैदा हुए तीसरा दिन है। मुझे इस नतीजे पर पहुँचने में पूरे तीन दिन लग गये हैं। इसे देखकर ममता ने मुझे मजबूर कर दिया।"

सबने सुना।

डॉक्टर ने कहा, "ममता ने मजबूर कर दिया कि तुम अपने बच्चे का खून कर दो। इस नादान दुधमुँहे को गला घोंटकर मार दिया जो तुम्हारी छाती को बार-बार टटोलता था। चुड़ैल! तूने दुनिया की औरतों का मुँह काला कर दिया है, तूने वह किया है जिस पर कोई यकीन नहीं कर सकता। तूने इस खूबसूरत फूल-जैसे बच्चे का गला घोंट डाला? क्यों तेरी अँगुलियाँ इसके नर्म गले को दबाते वक्त कटकर नहीं गिर गयीं? तूने अपनी कोख में इसे इतने दिन तक इसीलिए रखा था?"

"चुप रहो, डॉक्टर!" औरत अब फफक-फफककर रोने लगी, "मुझे कमजोर मत बनाओ। मुझे फिर से मेरी ऊँचाई से नीचे मत गिराओ!"

"खून से भीगे हाथ लेकर तू ऊँचाई की बात करती है?" डॉक्टर बारूदवाला तीखी आवाज से चिल्लायी, "जानवरों में भी मादा अपने बच्चे को नहीं मारती। आखिर तो वह तेरा लहू था, तेरा ही जिस्म था। तुझे क्या पता कि उसमें कौन छिपा हुआ था। वह कोई शेक्सपियर था, या गाँधी। हम यहाँ रात-दिन जागकर हजारों इन्सानों को रोशनी दिखाती हैं, लेकिन मैंने आज तक तुझ-जैसी खतरनाक औरत नहीं देखी।"

दारोगा का वक्त बरबाद हो रहा था। उसने कहा, "देखिये डॉक्टर! मैं अभी सुपरिंटेंडेंट साहब से फोन पर बातें करने की कोशिश करता हूँ, और आखिर खूनी को तो हमें कस्टडी में लेना ही पड़ेगा..."

जज बिशन नारायन कुलश्रेष्ठ बूढ़े आदमी थे। कोर्ट में ठसाठस भीड़ थी। नम्बर तेरह कटहरे में लायी गयी। जूरी ने सिर उठाकर देखा। डॉक्टर बारुदवाला तथा अन्यों की गवाहियाँ हो चुकी थीं। पुलिस ने मरे हुए बच्चे के फोटो भी पेश कर दिये थे।

जज ने कहा, "राजेश्वरी अरोड़ा! क्या यह सच है कि तुमने अपने बच्चे का कत्ल किया?"

सबकी निगाहें उठ गयीं। कटघरे में बिखरे बालों वाली खूबसूरत औरत एक सादी धोती और कुर्ती पहने नंगे पाँव चुपचाप खड़ी थी। उसने जज की ओर देखकर कहा, " जी हाँ!"

उसके स्वर का अडिग विश्वास सुनकर भीड़ कुछ सकते में पड़ गयी।

पुलिस की पैरवी करने वाला वकील पुकार उठा, "मी लार्ड! कातिल ने जुर्म का इकबाल किया है।"

जज बिशन नारायन की बूढ़ी आँखें जैसे काँप उठीं। उन्होंने कहा, "राजेश्वरी अरोड़ा! क्या तुम बता सकती हो कि तुमने ऐसा क्यों किया?"

स्त्री स्तब्ध खड़ी रही। फिर उसने धीरे से कहा, "मैं इसका जवाब देना नहीं चाहती।"

जज ने कहा, "पुलिस के मुताबिक तुम मास्टर रामकिशन शर्मा की लड़की हो। मास्टर शर्मा दो साल हुए मर गये। तब से तुम बच्चों को घर पर पढ़ाकर अपनी रो जी चलाती थीं। और यह भी मालूम हुआ है कि तुम्हारी शादी नहीं हुई है। यह तुम्हारा नाजायज बच्चा है। यह ठीक है?"

स्त्री रोयी नहीं। उसने केवल जज की ओर देखा और जलती नजरों से पल-भर देखा। फिर आँखें झुका लीं और कहा, "यह ठीक है।"

जज ने फिर कहा, ''और चूँकि यह तुम्हारी नाजायज औलाद है, तुमने अपना असली नाम छिपा लिया। अस्पताल में अपना नाम राजेश्वरी अरोड़ा लिखाया, जबकि तुम्हारा असली नाम है विमला शर्मा। क्या यह ठीक है?''

औरत को जैसे अब कोई झिझक नहीं हुई। उसने कहा, '' जी हाँ।''

जज ने पूछा, ''इससे जाहिर हुआ कि तुमने अपने बच्चे को इसीलिए मारा कि तुम आगे उसे अपने पास रखना नहीं चाहती थीं, क्योंकि नाजायज औलाद को रखने में तुम्हारी बदनामी थी...''

औरत की आवाज अचानक गूँज उठी, ''नहीं!''

जज चौंक उठे। कचहरी में सारे लोग चौंक उठे।

सरकारी वकील चिल्लाया, ''मी लार्ड! यह औरत मक्कार है, क्योंकि यह ग्रेजुएट है और बातें बनाना जानती है।''

औरत ने मुस्कराकर कहा, ''वकील साहब! आप घबराते क्यों हैं! आपके पैसे पूरे मिल जायेंगे! मैं बचाव के खातिर ऐसा नहीं कहती, क्योंकि मैं खुद जिन्दा रहना नहीं चाहती।''

कचहरी में कुछ लोग हँसे। वकील झेंप-सा गया। जज ने फिर शान्ति स्थापित की।

औरत फिर चुप हो गयी थी। वह दृढ़-सी दिखायी देती थी। ऐसा लगता था जैसे वह संगमरमर की मूर्ति मात्र थी। जज ने आँखें उठायीं। कहा, ''तो विमला शर्मा? तुमने फिर उसे क्यों मारा?''

''मैं इसका जवाब नहीं देना चाहती।'' औरत ने उसी कठोरता से उत्तर दिया।

जज ने कहा, ''तुम्हारी उम्र क्या है?''

''मैं उन्नीस साल की हो चुकी हूँ।'' औरत ने निर्द्वन्द्व स्वर से कहा।

''हम यह जानना चाहते हैं कि तुम्हारे यह बच्चा किस तरह हुआ?''

औरत हँस पड़ी। उसने कहा, ''जज साहब! आपको इन बातों से क्या लेना-देना है? मुझे फाँसी की सजा दे दीजिये। मैं इस बात को भी नहीं बताऊँगी जैसे वह बात नहीं बतायी है, क्योंकि आपके कानून में इनकी रोक नहीं है। इस वक्त मैं आराम से मर सकती हूँ। मैंने पाप किया है और बदनाम भी हूँ। फिर मुझे डर क्यों हो? लेकिन आप जो पूछते हैं, उससे इन्सानियत पर धब्बा लग जाने का खतरा है।''

जज ने कहा, ''तो क्या माँ के हाथों एक बच्चा मार डाला जाय, उसमें इन्सानियत पर धब्बा नहीं लगता?''

''नहीं!'' औरत ने कहा, ''क्योंकि मुझे बच्चे की जिन्दगी, उसके आने वाले कल का ज्यादा ध्यान था।''

सरकारी वकील चिल्लाया, ''झूठ बोलती है, मी लार्ड! यह कुँआरी होकर मजे

लूटती थी, तब क्या इसे पता नहीं था कि इसके गुनाहों का नतीजा क्या निकलेगा?''

''खामोश रहिये!'' औरत यकायक चिल्ला उठी, ''मैं यह झूठ कभी भी गँवारा नहीं कर सकती। मैंने कभी बदचलनी नहीं की। यह बच्चा मेरे पाप का फल नहीं। यह बच्चा मेरे ऐश का नतीजा नहीं। मैं उस वक्त मजबूर कर दी गयी थी। समाज के दावेदारों ने यह पाप जबर्दस्ती दिया। धोखे से मुझसे बलात्कार किया गया था। और वह भी कहाँ? मेरे पिता के ही मित्र हैं। नगर में प्रतिष्ठित व्यक्ति हैं। पिता का मित्र जानकर मैं उनसे नौकरी माँगने गयी थी कि कहीं मुझे जगह दिला दें। और गयी थी उनके साथ, जो मेरे गुरु थे। वही मुझे ले गये थे। उन दोनों ने मुझे जबर्दस्ती गन्दा कर दिया। जज साहब! मैंने उस बच्चे को पेट में पाला, क्योंकि मैंने सोचा कि दूसरे की जिन्दगी को मुझे खत्म करने का क्या हक है? मैंने उसे ढोया। लेकिन जब यह पैदा हुआ और मैंने उसका मासूम चेहरा देखा, मुझे लगा कि इसे मैं जिन्दा छोड़ दूँ तो इस हराम की औलाद को कौन इज्जत देगा? अगर मैं पालती हूँ तो यह मुझसे नफरत करेगा, या फिर बदचलन, नाली का कीड़ा बन जायेगा। इसीलिए मैंने उसका गला अस्पताल में घोंट दिया, ताकि मुझे वहाँ गिरफ्तार कर लिया जाय और फाँसी पर चढ़ा दिया जाय।''

कचहरी में सन्नाटा खिंच गया।

जज ने फैसला सुनाया, ''यह सच है कि किसी को भी कानून अपने हाथों में लेने का हक नहीं है, लेकिन एक कुँआरी लड़की से उसके पिता के समान व्यक्ति और गुरु ने बलात्कार किया और फिर उसके पाप की सन्तान हुई यह उसका हृदय नहीं सह सका। ममता की मजबूरी में माँ ने बच्चे को कत्ल कर दिया। जिस समाज में इन अत्याचारों पर रोक नहीं है, जहाँ नाजायज होना एक अपराध समझा जाता हो, वहाँ एक पढ़ी-लिखी स्त्री का आत्मसम्मान की सीमा में ऐसा कर गुजरना समाज के लिए एक श्रेष्ठ उदाहरण प्रस्तुत करता है। मैं, जैसा कि जूरी ने मुझसे इत्तिफाक किया है, इस विमला शर्मा को बेकसूर समझता हूँ। क्योंकि पुलिस की जाँच ने उसके पिता के मित्र और गुरु की साजिश के खत पकड़कर गुनहगारों को हिरासत में ले लिया है, और उसका बयान सच्चा प्रमाणित हो गया है, मैं उसे रिहा करता हूँ।''

डॉक्टर बारूदवाला ने देखा कि उस समय वह औरत रोती हुई चिल्ला उठी, ''हाय, मुझे फाँसी दे दो। जिन हाथों से मैंने अपने बच्चे को गला घोंटकर मारा है, उन्हें काट-काटकर नमक भर दो।''

('62 से पूर्व)

●●●